사막으로 떠난 인어

지병림

[사막과 별빛] 소설
사막으로 떠난 인어

1판 1쇄 2022년 5월 15일

지 은 이 지병림
펴 낸 이 김기숙
일러스트 nona C.
디 자 인 nona C.
펴 낸 곳 사막과별빛
출판등록 2021년 5월 31일/ 제732-97-01144호
주 소 경기도 의정부시 녹양동 입석로 70번길 26, 106동 2층 5호
전자우편 editor_desert@naver.com

ISBN 979-11-978256-9-9
정 가 16,000원

사막으로 떠난 인어

지병림 소설집

사막과별빛

차 례

'가령 네가 오후 네 시에 온다면
난 세 시부터 행복해지기 시작할 거야.
시간이 다가올수록 난 점점 행복해지겠지.
그러다가 네 시가 되면
나는 안절부절 못하고 걱정이 될 거야.
네가 얼마나 행복한지 느끼고 있는 거지.
네 장미꽃이 그렇게까지 소중하게 된 건
네가 길들인 시간 때문이야.'

생떽쥐페리의 '어린 왕자' 중에서

사막으로 떠난 인어

내 삶 안에서 남자를 기억하는
순간의 편린들을 모두 끌어다 맞출수록
남자를 모르고 살았던 날들이
전생의 기억처럼 어렴풋이 스쳐갔다.

내 첫사랑은 게이였다. 애석하게도 나는 그의 죽음 이후에야 이 사실을 인지했다. 생전에 그 스스로 커밍아웃을 했지만 나는 믿지 않았다. 진실이 무엇이든 그를 사모하는 내 마음은 변함이 없다. 그가 어떤 방식으로 삶의 무게를 버텼든 나는 이해할 수 있다. 장국영! 중학교 1학년 여름, 하굣길에 나는 그를 처음 만났다. 교문 앞에서 편지지와 머리핀을 팔던 잡상인들의 승합차에서 그의 존재를 발견했다. 세 묶음의 편지지를 사면 하나씩 끼워 주던 책받침 속에서 장국영은 그윽한 눈빛으로 나를 응시하고 있었다. 장국영이 초콜릿 광고로 처음 국내에 알려지기 시작할 무렵, 내 꿈은 하루빨리 멋진 여성으로 장성하여 장국영과 결혼하는 일이었다. 초등학교 6학년 때 초경을 치른 후부터 또래 남학생들이 교복을 입고 지나가는 것만 봐도 괜히 얼굴이 화끈거렸다. 아무 거리낌 없이 바라볼 수 있는 남자는 분필 가루를 날리며 판서에 급급한 선생님들뿐이었다. 하나같이 키가 작고 못생긴 데다 걸핏하면 버럭거리기를 잘했다. 그러니 사춘기 소녀의 심장이 설렐 턱이 없었다.

장국영을 바라보는 순간만큼 내 심장이 존재감을 드러낸 적은 없었다. 장국영은 소란스러운 광둥어 억양이 무색할 만큼 수려한 외모의 소유자였다. 그는 중학교 3년 내내 열심히 공부해서 외국어 고등학교에 합격해야 하는 이유였다. 외고 입시에 성공한 나는 망설임 없이 중국어 반 배정을 신청했다. 그 무렵 내 꿈은 중국어를 배워 홍콩에 입성하는 것으로 한 단계 성장을 거듭했다. 동네 미장원에서 싸게 말아 올린 파마머리를 어지럽게 휘날리고 다니던 화학 선생은 수업 시간의 절반을 처녀 시절의 케케묵은 연애담으로 허비했다. 자신의 마음을 사기 위해서 도서관 자리를 서로 맡아 주겠다고 줄 서던 남학생이 한둘이 아니었다는…. 뭐 별로 알고 싶지도 않은 이야기를 늘어놓았다. 가뜩이나 공부할 맛 안 나는 세상을 따분하게 만드는 데 남다른 재주가 있는 선생이었다. 화학 선생은 털이 고스란히 드러난 종아리 위로 무릎까지 내려오는 스커트를 즐겨 입었다. 그러고도 모든 여교사를 통틀어 본인이 최고의 멋쟁이라고 믿고 있었다. 입만 열면 거짓말이 흘러나왔으므로 화학 시간 만큼은 반 아이들 모두 입시 스트레스를 잊고 박장대소했다.

그 무렵 임용 고시를 마치고 첫 발령을 받은 중국어 선생님의 등장으로 안구는 물론 두뇌 정화가 시작됐다. 중국풍 원피스를 받쳐 입은 허리는 호리호리하게 빠졌고, 꽃처럼 화사한 얼굴은 보기만 해도 미소가 지어졌다. 졸음이 쏟아지던 수학 시간에 중국어 선생을 떠올리면 절로 미소가 지어졌다. 그녀가 멋들어진 발음으로 중국어책을 읽을 때마다 신세계가 열렸다. 나무 그늘에 앉아 운동장에서 뛰어노는 아이들을 바라보는 그녀에게 다가가면 나긋한 목소리로 중국어 노래까지 불러주었다.

[1]니 원 워 아이 니 요두 뚜어 션
당신을 얼마나 사랑하는 지 내게 물었죠?

워 더 칭 예 쩐, 워 더 아이 예 쩐,
제 마음은 진심이에요. 제 마음은 변하지 않아요

위에 리앙 따이 비아오 워 더 신
저 달빛이 제 마음을 그대로 대신하고 있잖아요.

월량대표아적심! 42살에 천식으로 요절한 대만 여가수, 등려군의 노래였다. 등려군은 대만 출신이지만 중국 본토까지 널리 알려져 유명세를 떨쳤다. 홍콩 배우인 장국영이 그녀의 노래를 여러 번 리메이크해 불렀다는 사실을 알게 된 나는 기를 쓰고 등려군의 노래를 암송했다. 대학에 들어가 과외 아르바이트로 돈을 모아 가장 먼저 홍콩가는 비행기 표를 끊었다. 용케 홍콩 땅을 밟았지만 내가 배운 중국어를 쉽사리 알아듣는 사람은 많지 않았다. 캔토니즈와 만다린은 하늘과 땅 차이라는 말을 왜 중국어 선생님은 해 주지 않았을까? 어렵사리 홍콩에 도착했지만, 공항에 발 디딘 순간부

---

[1] 마흔 두 살에 요절한 대만 여가수, 등려군의 노래 '월량대표아적심(月亮代表我的心)'

터 별나라에 떨어진 기분이었다. 두 귀가 있었지만 무용지물이었다. 한 마디도 머리와 가슴으로 빨아들일 수 없었다. 장국영을 만날 수 없는 것은 물론이고, 홍콩 시내 어디서도 비슷한 사람 하나 보지 못했다. 내가 배운 만다린을 써먹으려면 중국 본토로 가야 한다는 말을 홍콩 시민들은 영어로 친절하게 일러줬다. 그러나 장국영도 없는 '중화인민공화국'에 굳이 발길을 재촉할 이유는 없었다. 이제 더 이상 중국어를 기억할 이유도 없었다.

나는 비행기 창밖으로 펼쳐진 홍콩 하늘을 야속한 눈으로 노려봤다. 캠퍼스엔 새 학기가 시작되었고, 사막처럼 황량하게 말라가던 내 가슴도 물기를 머금기 시작했다. 그럭저럭 살아지던 2003년 만우절, 거짓말처럼 장국영의 자살 소식이 들려왔다. 갑작스런 그의 죽음을 두고 많은 의혹이 들끓었다. 몇 백 억에 달하는 그의 전 재산이 그의 동성 연인에게 고스란히 상속됐다. 그의 유산을 노린 살인이라는 설이 팽배했고, 그가 남긴 유서는 조작된 것이라는 말도 있었다. 하지만 내게 중요한 사실은 번복할 수 없는 그의 죽음이었다. 비통한 심정으로 그를 원망하는 나날이 이어졌다. 꿈 하나를 잃었을 뿐인데 비통하고 허탈하기 짝이 없었다. 세수를 하다가도 밥을 먹다가도 눈물이 하염없이 흘러내렸다. 그제서야 장국영이 나의 유일한 꿈이었다는 사실을 깨닫았지만, 어디서부터 어떻게 무엇을 다시 시작해야 좋을지 감을 잡을 수 없었다.

그리고 거대한 세월이 흘렀다. 비록 장국영은 별이 돼 버렸지만, 홍콩 사대천왕에 등극했던 이들은 세월이 무색할 정도로 건재함을 과시했다. 지천명을 넘긴 나이에도 여전히 불타는 카리스마와 우수 어린 눈빛으로 대중을 압도하고 있었다. 아름다운 미녀를 아내로 맞아 여럿의 자녀를 두고 인간이 태어나 누릴 수 있는 모든 희로애락을 만끽하고 있었다. 영화 '천녀유혼'에서 장국영의 상대역으로 인기를 몰았던 왕조현만이 거대한 뚱보가 되어 캐나다 어딘가에서 은둔 중이라는 소식을 간간이 전할 뿐이었다. 거대한 몸집만이 아니었다. 과도한 성형으로 일그러진 얼굴도 파파라치들의 먹잇감이 되었다. 항간에는 장국영의 자살 이후 마음을 잡지 못한 탓이라는 소문이 무성했다. 장국영이 없는 삶은 무기력과 우울감으로 그녀를 몰아넣었을 것이다. 한 번도 그를 만나보지 못한 내 삶도 그를 잃은 후 바람 빠진 고무풍선처럼 늘어졌었다. 더 이상 들을 수 없는 달달하고 편안한 음성, 빛과 그림자를 절반씩 조합한 듯한 눈빛을 꿈에서만 봐야 하는 현실은 그녀에게 지옥이나 다름없었을 것이다. 한 시대를 풍미했던 여배우도 장국영을 잃은 슬픔을 대체할 만한 무언가를 찾지 못했다. 장국영을 능가하는 재력을 가진 자도 그녀의 슬픔을 대체하지 못 했다. 한 때, 장국영의 절친이었던 왕조현은 과도한 성형수술과 무절제한 생활로 삶을 방치하고 있었다. 파파라치들의 구미를 당기는 먹잇감을 자초한 꼴이었다. 그럴 거면, 바짝 몸을 낮추고 철저하게 숨어 살아야 했다. 전에 없이 눈부신 삶을 일으켰어야지 망가진 풍채와 얼굴로 장국영의 명예에 누를 끼쳐서는 안 될 일이었다. 차라리 별이 되는 편이 나았을지 모른다.

2003년 4월 이후, 장국영이 없는 세월은 그럭저럭 흘러갔다. 중국 본토에도 몇 번 가봤지만, 그곳에서 만나게 된 중국인들을 통해서 장국영이 외모와 감성 면에서 얼마나 뛰어난 자였는가를 돌이킬 뿐이었다. 장국영을 그리워하는 마음은 더욱 커져갔다. 나는 대학을 졸업하고 여러 군데의 직장을 전전했다. 대부분은 공들여 배운 중국어를 활용할 수 있는 일터였다. 외국어 회화 학원의 중국어 보조 강사나 집에서 할 수 있는 중국어 번역일이었다. 하지만 그런 일은 안정적인 삶을 보장하지 못했다. 서른 중반을 훌쩍 넘길 즈음, 처음으로 4대 보험이 적용되는 직장에 적을 둘 수 있었다. 덴마크에 본사를 둔 강남 소재의 작은 무역회사였다. 시차에 맞춰 덴마크 본사 직원과 통화를 하고, 중국에 있는 공장으로 수주를 주는 일로 하루가 시작되었다. 평일엔 직장 생활에 충실하고 주말엔 집 근처의 도서관에서 소설책에 파묻혀 지냈다. 아직도 공허한 마음을 채울 무언가가 절실했다. 공무원 시험을 목표로 재수, 삼수를 거듭하는 사람들 틈에 자리를 잡고 앉아 소설을 읽고 있으면 구원받은 기분이었다. 사회가 부여한 틀에 자신의 가치를 맞추기 위해서 누렇게 뜬 얼굴로 법전과 씨름하고 있는 사람들 천지였다. 그 틈에서 나는 매일 새로운 세상을 만났다. 공무원 시험에 합격해서 자신을 제도권 안에 몰아넣기 위해서 안간힘을 쓰는 그들이 가련하게 느껴지기까지 했다. 소설을 읽는 동안은 현실을 무시할 수 있는 용기가 생겼다. 언젠가 작가가 되리란 뚜렷한 꿈도 갖게 되었다. 출출하면 8,000원짜리 구내식당 메뉴로 끼니를 때웠지만 마음까지 허하진 않았다. 목표에 합당한 삶을 운항하는 각자의 연료를 찾아야 한다. 나는 누가 뭐래도 소설이 나를 다음 세상으로 연결해 줄 거라고 굳게 믿었다. 장국영과 마찬가지로 소설은 나의 영혼을 움직인 우주였다. 좋은 인생은 머리가 아닌 가슴으로 살아야 한다. 나는 작가 지망생들의 카페에도 가입해서 그날의 단상을 짤막하게 올리기도 했다. 카페 정기 모임에는 모 대학 문예창작과 겸임 교수이자 평론가라고 신분을 밝힌 이가 하나 있었다. '21세기적 소설 창작의 이해'란 저서를 집필했다는 그는 나를 비롯한 다른 회원들을 '문하생'이라고 불렀다. 가끔 엉큼한 수작을 부리거나 그것이 안 통한다 싶을 땐 몇만 원도 채 되지 않는 술값을 물리기도 했다. 하지만 나에게는 그런 허접한 평론가에게 연연하지 않아도 될 만큼의 자신감이 있었다. 누구보다도 스스로를 믿는 힘을 의심하지 않았기 때문이다.

불혹의 나이를 목전에 두고도 점심시간에 편의점 샌드위치나 씹으며 소설책을 뒤적이는 나를 동료들은 한심하게 봤다. 약간 맹하거나 생각이 없다고도 믿는 것 같았다. 그렇게 주말을 헛되이 보내지 말고 연애를 하면서 시집갈 궁리를 하라고 다그쳤다. 자기계발서나 부동산 책도 아닌 소설을 읽는다는 행위 자체를 쓸모없는 일로 여기는 시대였다. 대책 없이 책만 파다가는 고독수가 생긴다며 함부로 혀를 차는 과장도 있었다. 미국에 사는 언니가 구해 준 약을 먹고 칠전팔기 끝에 임신해 떡두꺼비 같은 아들을 낳았단 이야기를 매일같이 반복하는 아줌마였다. 마치 아들을 낳기 위해 이제껏 살아온 사람처럼 아들 사진을 책상 구석구석에 도배했다. 아들이라도 낳지 못했다면 뭐 하나 빛날 것이 없는 인생이었다.

나는 월급을 쪼개 적금을 붓고 화장품과 옷값을 아낀 돈으로 매월 다양한 장르의 소설책을 사들였다. 8권짜리 역사 소설은 물론이고 삼국지, 사기, 이상문학상 전집부터 노르웨이의 소설가, 시그리드 운세트의 소설까지 모두 섭렵했다. 서재이자 침실로 쓰던 내 방은 사방이 모두 책으로 둘러싸였다. 책으로 둘러싸인 방에 앉아 있으면 엄마의 자궁 속에서 자라나는 기분이었다. 서가의 책 가운데는 아버지의 어릴 적 친구가 쓴 책들도 몇 권 있었다. 할아버지 댁에서 아버지의 형제들과 부대끼며 아버지와 고등학교를 함께 다닌 친구였다. 일제 강점기 때 만석꾼의 아들로 태어나 서울에서 고등학교를 마친 할아버지였다. 중국 유학까지 다녀온 할아버지는 백 세를 눈앞에 둔 나이에도 당신의 전성기를 또렷이 술회했다. 그 시절을 말하는 할아버지는 마치 젊디젊은 청년 같았다. 할아버지는 가정 형편이 어려워 오갈 데 없었던 아들의 급우까지 자신의 기와집에서 기거하도록 허락했다. 그런 친구가 쓴 작품이 텔레비전 드라마로 방영되면 명절을 맞아 한데 모여 전을 부치고 갈비를 굽던 일가친척들이 자신의 일처럼 박수를 치며 기뻐했다. 착한 사람들이었다. 하지만 친구의 어려운 시절을 배려했던 아버지는 정작 작가로 이름을 떨치지 못했다. 아버지는 군인이 되어 말뚝을 박았다. 아버지의 글에는 격조가 있었고, 필체마저 훌륭했다. 아버지의 필체에 반하여 결혼을 결심했다는 엄마의 고백이 담긴 연애편지도 본 적 있다. 엄마도 원래는 우주의 울림을 따르는 지적 본성을 가진 사람이었다. 아버지는 친구의 작품이 드라마로 방영되는 안방에 앉아 벼루에 먹을 갈며 저녁을 보냈다. 한솥밥을 먹고 자란 친구가 버젓이 일가를 이루었는데도 질투조차 할 줄 몰랐다. 적어도 내가 보기엔 그랬다. 사업이란 명목으로 벌인 일들이 시원찮게 돌아가면서 할아버지가 물려주신 전답도 뿔뿔이 흩어졌다. 그런 아버지를 지켜봐야 하는 현실은 늘 속이 탔다. 하지만 정작 햇살 좋은 주말 내내 도서관에 틀어박혀 소설책이나 탐닉하는 나를 보며 속을 태운 사람은 아버지였다.

"주말마다 도서관에서 뭘 하는 게냐? 고시 공부라도 하는 게냐?"

아버지가 배낭을 거꾸로 뒤집자 대여해 온 소설책들이 우르르 쏟아졌다.

"제 가방 함부로 뒤지지 마시라니까요!"

"이건 다 뭐냐! 시집갈 궁리는 안 하고 도대체 뭘 하고 다니는 거냐?"

"저 인생에 대해서 더 이상 간섭하지 마세요!"

"뭐야? 이것이 어디서?!"

평소에 점잖던 아버지는 화가 치밀면 일단 손에 잡히는 대로 들어 올렸다. 하지만 이내 허공을 가로지른 팔을 파르르 떨고는 힘없이 내려놓곤 했다. 한바탕 회오리가 몰아친 밤에 나를 위로할 수 있는 것은 장국영의 리즈 시절이 담긴 낡은 책받침 뿐이었다. 뜨거운 눈물이 장국영의 뺨 위로 밤새 뚝뚝 떨어졌다. 아! 장국영은 왜 그렇게 일찍 별이 되어야만 했을까? 아버지가 나를 엄하게 대하는 것은 기대 때문이란 걸 모르지 않았다. 나를 어디에 내놓아도 빠지지 않는 자랑거리로 만들고 싶은 것이다. 나는 아버지의 자존심이었다. 누구에게도 엄마 없이 키운 딸이란 소리 따윈 듣게 하고 싶지 않은 것이다.

과장의 주선으로 이루어진 소개팅 장소에서 만난 남자는 물론 장국영을 닮은 외모의 소유자는 아니었다. 애초에 장국영을 능가하는 외모를 가진 자가 나오리란 기대 따윈 하진 않았다. 하지만 남자는 장국영의 리즈 시절을 또렷하게 기억하고 있었다. 장국영이 국내 초콜릿 광고에 등장해서 절정의 인기를 누리던 시절에 자신은 복학생이었다고 했다. 군대에 있을 때도 장국영의 노래를 즐겨 들었음은 물론이고, 심지어 그의 전공이 중국어라고 했다. 훤칠한 키에 미남은 아니었지만 나를 바라볼 때의 흐트러짐 없는 시선에서 거부할 수 없는 매력이 묻어났다. 그가 우수에 젖은 눈빛으로 가늘게 눈을 뜨며 담배를 물자 별안간 가슴이 뛰었다. 내게 첫눈에 반한 정도는 아니어도, 적어도 남자는 나를 귀엽게 보고 있었다. 처음 만난 날 밥값을 지불하고, 2차로 옮긴 고깃집에서도 기꺼이 지갑을 열었다. 11시를 넘기기 전에 안전하게 집 앞까지 바래다줌은 물론이고, 내가 집에 들어가서 잠이 들었는지 문자로 확인했다. 그 후론 매일 연락을 해왔다. 오전 날씨를 체크해서 출근 전에 입을 옷을 정해주기도 하고, 점심은 뭘 먹었으며 저녁으론 뭘 먹고 싶은

지 물었다. 나는 주말마다 도서관으로 재촉하던 발길을 멈추었다. 주말 점심엔 남자와 만나 월남쌈이나 까르보나라로 식사를 하고, 극장으로 가서 새로 개봉한 영화를 보았다. 세 번째 만나 극장 데이트를 하던 날은 내 손을 꽉 잡았다. 남자는 자신이 꿰고 있는 서울 시내의 이름난 고깃집에서 꽃등심이나 소갈비를 손수 구워주었다. 양면이 알맞게 익은 고기를 한 점씩 내 앞에 놓아주었다. 그는 내가 고기 맛을 본 다음에서야 자신도 젓가락을 들었다. 고기를 먹을 때는 어김없이 소주를 주문했다. 자그마한 소주잔을 엄지와 검지로 가볍게 들고 웃을 때의 미소는 뭐든 다 들어줄 것만 같았다. 너무 살가운 사람…. 예쁜 사람…. 소주처럼 달달하게 내 마음의 빗장을 녹여주고, 촉촉하게 나를 바라보는…. 장국영을 닮은 그의 눈빛을 언제라도 기꺼이 마주하고 싶었다. 내 앞에 놓인 소주잔을 가득 채워주고 자신의 차례를 기다리는 남자의 눈빛엔 호감을 뛰어넘은 신뢰와 안정감이 어려있었다. 고기의 단물이 배인 혀를 차가운 소주가 휘감았다. 씁쓸했던 것도 잠시 소주가 위장을 뜨겁게 감싸기 시작하자 어쩐지 모를 안정감이 찾아왔다. 아주 오래전부터 남자를 알고 지낸 것처럼 편안한 기분이었다.

남자와 만난 지 한 달쯤 되었을 때였다. 남자가 자신의 어머니에게 인사를 드리러 가자고 제안했다. 나는 정해진 수순에 따르듯 그의 제안을 받아들였다. 하지만 막상 그의 집 안으로 들어서자 자신이 없어졌다. 남자는 평소와 달리 잘 웃지도 않고, 말수까지 부쩍 줄어든 내가 그저 긴장한 탓이라고 여기는 것 같았다.

"여기가 우리 집이에요."

우·리·집…. 나는 남자가 방금 뱉은 말을 천천히 따라 해 보았다. 거실로 들어서자 남자의 어머니가 휠체어에 앉은 채로 나를 맞았다. 턱짓으로 내게 자리를 권하는 어머니의 말투는 무척 어눌했다. 원래는 언변이 뛰어난 분이셨지만 쓰러지면서 이 지경에 이르렀다고 했다. 남자는 삼 년 전, 뇌졸중으로 쓰러져 누워만 지내던 어머니를 휠체어에 앉히기까지 안간힘을 다했다고 말했다. 이제 어머니를 휠체어에서 일으켜 세우는 일만 남았다며 식탁에 놓인 반찬으로 열심히 젓가락질을 하는 남자는 무척이나 배가 고팠던 것 같았다. 간병인이 차려준 굴비와 미역국으로 저녁 식사를 마친 나는 가만히 있기가 어색해 남은 음식을 한군데로 모았다. 식탁 위로 빈 그릇이 높게 쌓이자 간병인이 개수대로 옮기라며 내게 주방 일을 재촉했다.

"물을 바가지에 받아 놓고 닦아야 절약이 되지 않갔시요?"

내가 개수대 앞에서 소매를 걷기 무섭게 조선족 출신의 간병인이 날카롭게 지적했다. 남자의 어머니가 휠체어에 앉아 매의 눈으로 이 광경을 지켜보고 있었다.

"네…."

나는 군말 없이 간병인이 시키는 대로 바가지에 물을 받은 다음 수도를 잠갔다. 거품을 낸 수세미로 그릇을 살살 문지르자 간병인이 식탁에서 옮겨온 빈 그릇들이 싱크대 위로 수북하게 쌓였다. 설거지를 마치고 거실로 나오니 비스듬히 열린 방문 틈으로 책장이 보였다. 책장을 빼곡하게 차지한 것은 1990년대에 유통되던 비디오 테이프와 영화 DVD였다. 어디선가 기증받은 자기계발서와 잡지들로 가득한 방을 서재라고 할 수는 없었다. 하지만 장국영의 일대기와 생전의 대표작들을 모은 추모집을 보자 가슴이 뭉클했다. 나는 반가운 마음으로 집게손가락을 세워 '장국영'을 끄집어냈다. 책장을 넘기자 향긋한 종이 향이 눈꺼풀을 기분 좋게 쓸어내렸다. 한 방향으로 넘어가던 책장은 어느 시점에서 멈추었다. 페이지의 끄트머리가 세모로 접혀 있었다. 누군가 푸른 형광펜으로 밑줄을 그어놓은 부분에 시선이 멈췄다. 나는 그것이 남자의 흔적이라고 믿으며, 밑줄이 그어진 문장을 천천히 읽어내려갔다. 밑줄은 '이제 더는 세상을 사랑할 용기가 없다.'라는 문장에서 별표로 매듭을 짓고 있었다. 장국영이 유서에 남긴 마지막 말이었다. 빗물인지 눈물인지 모를 물방울이 푸른 형광펜을 녹인 흔적도 보였다. 그것을 보자 갑자기 남자에게 머물 이유를 찾은 것 같았다.

그때였다. 입가에 미소가 번지는 순간 누군가 내 손에서 거칠게 책을 낚아챘다.

"무슨 책을 그렇게 보고 있어?"

남자가 독기 어린 눈으로 쏘아보고 있었다. 남자가 너무 사납게 윽박지르는 바람에 나도 모르게 뒷걸음치며 물러나고 말았다. 별안간 사방이 사막이었다. 고스톱 게임에 열중하느라 곧잘 밤을 샌다는 말을 당차게 전하던 그를 이제야 황망하게 바라본다. 고스톱 게임에 지는 날은 컴퓨터 화면에 대고 혼자 욕을 한다던 그의 비밀이 떠올랐다.

"난 활동적인 여자가 좋아. 이제 책 따윈 만지지 말아줘."

책이 쑤욱 빠져나간 삶 안에서 오로지 그의 입에서 나오는 말과 표정만으로 우주를 만날 수 있을까. 그가 나의 책이 될 수 있을까? 나는 이제 영영 돌이킬 수 없는 세상으로 끌려왔는지 모른다. 허락 없이 남자의 방으로 들어선 것은 아무래도 큰 실수인 것만 같았다.

"난감한 순간, 나랑 연락이 잘 안 될 때 이 반지를 봐. 날 믿어 봐!"

내 마음이 이렇게 심란한데도 남자는 얼마 후 미래를 약속했다. 그는 양손으로 뜨거운 잔을 쥐듯 나의 두 주먹을 억센 힘으로 감쌌다. 남자가 끼워 준 반지가 손가락 마디를 아프게 짓눌렀다. 어쩐지 남자와 연락이 안 되는 순간이 온다고 생각하니 벌써 가슴 한쪽이 쓰라렸다. 영원한 내편에게 의지하면서 정착하고 싶은 마음을 반납하고 싶지 않았다. 예고 없이 튀어나오는 남자의 거친 태도가 당황스럽긴 했지만 남자와의 만남을 고사할 만큼은 아니라고 믿고 싶었다.

"아무 일도 일어나지 않는 삶이 덜 고통스러운 법이란다."

그날 밤, 집으로 돌아온 나는 엄마의 말을 떠올렸다. 영국에서 어학연수를 하던 1년여 동안 몇 차례 재회한 엄마는 백인의 아내가 되어 있었다. 처음 만나던 날, 엄마는 영국 황태자비가 생전에 즐겨 사용하던 명품 핸드백을 들고 이십여 년 만에 내 앞에 나타났다. 남편의 추수감사절 선물이라며 핸드폰과 차 열쇠가 겨우 들어갈 만한 작은 핸드백을 트로피처럼 테이블 한가운데 올려놓았다. 나를 부둥켜안고 눈물을 지으며, 하마터면 깜빡할 뻔했다는 듯 서둘러 쇼핑백을 내밀었다. 리본을 풀고 상자의 뚜껑을 거두자 핑크색으로 반짝이는 핸드백이 모습을 드러냈다.

"널 찾았다고 하니까 남편이 선물해 줬어."

와인을 한 모금 들이킨 엄마가 라자냐를 오물거리며 거짓말을 했다. 엄마를 찾은 건 나였다. 나는 1년이 넘도록 막내 고모를 설득해서 엄마의 행방을 수소문했다. 아버지에게 비밀로 하는 조건으로 막내 고모는 어렵사리 엄마의 연락처를 알려줬다. 고모를 통해 내게 연락할 방법이 있었음에도 엄마는 그동안 나를 찾지 않은 것이다.

"북한 영부인이 애용하는 가방이라고 했더니, 내 아내가 그보다 못할 게 뭐 있냐면서 말이지…. 아! 딸이랑 나란히 같은 가방을 드는 게 소원이라고 했더니 네 것도 하나 더 사줬어. 역시 우리 로버트는 스윗해."

세월의 간극과 환경이 엄마를 바꾸어 놓은 걸까? 아니면 엄마는 원래부터 물욕이 강한 사람이었을까? 아버지가 부대에서 가져오는 건빵과 별사탕이 지긋지긋했던 걸까? 백인 남편은 엄마에게 가방을 사주면서 무한한 우월감을 느꼈을 것이다. 북한처럼 말도 안 되는 나라와 수십 년째 힘겨루기나 하고 있는 엄마의 조국을 측은하게 여기면서 말이다. 본인이 엄마를 수렁에서 구원했다고 믿고 있을지도 모른다. 엄마의 나라에서 이루지 못했던 꿈들을 자신이 얼마나 손쉽게 이룰 수 있는 지 증명하느라 신났을 것이다. 오믈렛과 토스트로 아침을 차리고 백인을 닮은 아이들과 잔디를 깎으면서 엄마는 과연 행복했을까? 나를 포기하는 대가로 엄마는 무엇을 얻었을까?

"헤이, 아 유 차이니즈?"

지난 여름 여행차 방문했던 밀란의 어느 호텔 조식 자

리에서 나는 느닷없는 질문을 받았다. 거대한 행렬을 이룬 중국 관광객들은 각자의 접시에 음식을 주워 담느라 바빴다. 어떤 이들은 차례를 다투다 서로 부딪혀 바닥에 음식을 떨어뜨리기도 했다. 그러면 여지없이 말싸움이 붙었다. 홀 안에 준비되어 있던 모든 음식은 금세 동이 나고 말았다. 시끄럽고 정신이 사나워서 아침을 먹는 일에 집중할 수 없을 정도였다. 고요했던 식당의 아침 풍경은 금세 아수라장이 되고 말았다. 바로 그 사달을 낸 장본인들을 가리키며 너도 같은 일행이냐고 물었던 사람은 건너편 테이블에 있던 이태리 남자였다.

"전 한국 사람이에요. 중국과 한국은 서로 다른 나라에요."

내 답변이 흥미로웠는지 그는 한술 더 떠서 말했다.

"에이. 다르긴 뭐가 달라요? 생김새도 비슷하구먼! 당신 사촌들이 음식 다 바닥내기 전에 우리도 덩달아 서두르게 생겼지 뭐에요!"

장국영이 태어난 홍콩이라면 또 모를까? 내가 봐도 시끄럽기 짝이 없는 중국인 관광객들에 빗대어 '그 나물에 그 밥' 평가를 받고 있자니 당황스럽고 불쾌했다.

"뭘 잘 모르시나 본데, 한국은 중국과 같은 공산 국가가 아니란 말이에요. 한국 여권이면 비자 없이도 미국도 갈 수 있다구요!"

"그래요? 미국까지 비자 없이 갈 수 있어요?"

그는 진심으로 놀랐는 지 푸른 눈을 커다랗게 치켜뜨면서 나를 다시 봤다. 이제껏 자신을 실망시켜온 중국인들과 무엇이 다른지 찬찬히 내 얼굴 구석구석을 뜯어보는 눈길이 좀처럼 무례해서 견딜 수 없었다.

"어쩐지 한국인들은 뭔가 달라 보이더라니까."

뒤늦게 칭찬 일색으로 상황을 수습하려고 했지만 낯선 이방인의 무례한 농담은 쉽게 잊혀지질 않았다. 모든 동양인을 한 묶음으로 묶어 한 수 아래로 보는 무지함까지 수습되진 못 했다.

영국에서 어학연수를 받을 때, 자신을 '옐로 피버'라고 자랑스럽게 밝히며 내게 접근하던 백인들이 꽤 있었다. 그들은 내 직업은 뭔지, 몇 살 인지, 결혼은 했는지, 학력은 어떻게 되는지, 돈은 좀 모았는지…. 꽤나 사적인 질문들을 줄기차게 퍼부으며 자신이 백인이란 이유로 내가 착실하게 답하며 점수를 얻으려고 노력하길 바랐다. 내가 성의 없이 대화를 거부하면 대부분은 쉽게 분노했다. 나이가 한 살이라도 많거나 직급이나 사회적 위치가 높을수록 이런 경향이 무척 짙게 나타났다.

"이런 무례한 동양 계집 같으니라고!"

그들은 내게 긁혀버린 자존심을 침착하게 다스리지 못했다. 대개는 또래의 자국 여성들에게 좀처럼 받아보지 못했던 무조건적인 선망과 존중을 기대했다. 엄마는 어떻게 백인 남자와 사랑에 빠질 수 있었을까? 아마도 엄마는 고분고분하게 굴었을 것이다. 순종적이고 나긋나긋한 데다 지적인 부인을 얻었으니 백인 남편이 여기저기 자랑하고 다닐 만 했다.

"난 네가 외국인과 결혼하길 권유해."

후식으로 나온 당근 케이크를 포크로 베어 먹으며 엄마가 말했다. 그 사이 나의 장래까지 고민했다니 의외였다. 확장된 나의 동공을 본 엄마가 확신에 찼는지 서둘러 다음 말을 이어나갔다.

"유교적인 한국 남자들과는 달라도 한참 달라."

엄마가 말하는 외국인이란 장국영 같은 동양 남자가 아닌 백인이었다.

"이제 와서 이런 말을 한다는 게 우습지만…. 난 네가 행복하길 원해."

엄마는 찻잔을 만지작거리면서 숙연한 눈빛으로 고개를 숙였다.

"남편이 잘해 줘요?"

"그야 물론이지! 언제나 아내의 의견을 인정하고 존중해 줘. 가사 일도 공평하게 분담하고 시댁 식구들과의 관계도 친구처럼 참 편안해. 친정 제사는 생략해도 시댁 제사엔 여자들이 빠질 수 없지. 기제며 차례에 성묘에 제사상 차릴 일이 얼마나 많니? 제수 음식 장만에 설거지까지 다 여자들이 하잖아. 너희 한국은 아직도 그렇게 제사를 많이 지내니? 요즘은 그래도 좀 덜하지?"

너희 한국은? 그렇게 말하면서 엄마는 자꾸만 나를 머나먼 우주로 쏘아 올렸다. 제삿날 엄마의 빈자리를 대신해 고모들과 장을 봐다 육전을 굽고 숙채를 무치는 건 바로 나였다. 집안의 장손인 아버지가 제사상에 술잔을 올리면 나는 절을 올렸다. 외롭게 자란 나를 잘 봐 달라는 부탁도 아버지와 고모들은 잊지 않고 조상님께 전했다. 제삿날은 엄마가 가장 그리워지는 날이기도 했다. 그래서 떠난 거에요? 묻고 싶은 말은 입안에서만 우물거리다 음식물과 함께 목으로 넘어갔다. 나는 식어버린 아메리카노를 한 모금 마시며 더부룩한 속을 달랬다.

아버지는 내가 정상적인 한국 남성과 교제 중이란 사실을 알고는 안심하는 눈치였다. 한 달 간격으로 덴마크 출장을 떠나면서 외국물을 먹기 시작한 내가 국제결혼이라도 하겠다고 할까 봐 아버지는 전전긍긍이었다. 당신을 떠나 백인의 아내가 돼버린 엄마의 전철을 밟으면서까지 아버지의 마음에 어둠을 드리우고 싶진 않았다. 남들처럼 효도는 못 할망정 상처를 더 하고 싶진 않았다.

"코펜하겐 도착하면 바로 연락줘요."

남자가 트렁크에서 짐을 내리며 말했다. 코펜하겐으로 출장 일정이 잡히자 남자는 당연하다는 듯 인천 국제공항까지 바래다주었다. 운전대를 잡은 남자의 손가락 위에서 커플링이 반짝였다. 명품은 아니지만 보석 공예를 하는 후배에게 부탁해서 특별히 제작한 반지라고 했다. 탑승 수속을 마치고 비행기 좌석을 찾고 자리를 잡자 마음이 놓였다. 규칙적인 박자에 맞춰 돌아가는 엔진의 기계음 소리, 비행기 특유의 냄새, 기압 차로 살짝 부어오르는 손과 발, 모든 것이 심란했던 마음의 평안을 되돌려놨다. 무엇이 나를 심란하게 만드는가? 아직도 나를 바라보고 있는 남자, 사랑의 시작 그리고 결혼과 함께 내게 부과될 도리와 의무…. 나마저 시집을 가버리면 혼자 남을 아버지, 그리고 거동이 불편한 남자의 어머니와 함께하게 될 삶의 부피가 압력으로 다가왔다. 기체가 흔들리기 시작하자 승무원들이 안전벨트 착용을 당부하며 일사불란하게 움직이기 시작했다. 아기 바구니에서 잠자고 있던 아이를 꺼내 벨트를 착용하라는 승무원과 젊은 아기 엄마와 한바탕 실랑이가 붙었다. 점점 크게 울려 퍼지는 아기 울음소리 때문인지 창밖의 쏟아지던 별을 보는 일도 어지러웠다.

이튿날 저녁, 비행기가 코펜하겐 공항 활주로에 멈춘

지 한 시간 여 만에 시내의 호텔에 도착했다. 공항에서 택시를 잡는 것은 언제나 많은 부담을 초래했다. 기다렸다는 듯 달려들어 택시비 흥정을 시작하는 거구의 택시 기사들은 쉽사리 포기할 기세가 아니었다. 흥정에 소요될 에너지가 아까워 군소리 없이 승차하면 바가지 요금을 먹이기 일쑤였다. 기내에서 마주쳤던 승객들 중에는 동양인들이 제법 많았다. 물으나 마나 안데르센 동화를 읽고 성장한 어른들일 것이다. 아직도 가슴속 깊은 곳에 동심을 간직한 동양인 관광객들은 공항에 설치된 가짜 인어 공주 동상 앞에서 기념사진 촬영을 하느라 벌써부터 야단이었다.

코펜하겐 공항을 빠져나와 숙소에 도착해 짐을 풀었다. 어느새 창 밖으로 노을이 짙게 깔려 있었다. 방 안으로 들어서자 다시금 혼자란 사실에 맞닥뜨렸다. 지독한 외로움이 여지없이 달려들었다. 공항에서 그토록 벗어나고 싶었던 중국인 관광객들의 소란스러움이 되려 그리울 정도였다. 무슨 영문인지 갑자기 머리가 지끈거렸다. 혼자라는 사실을 잠시라도 잊어보고 싶어 서둘러 남자의 번호를 눌렀다. 목소리를 듣는 것만으로도 충분히 위로가 될 것 같았다.

"여… 보… 세요. 호호호!"

서울은 한밤중이었다. 그는 그는 혀가 꼬부라지도록 취해있었다. 곁에 있던 여자들은 뭔가 눈치를 챘는지 하하호호! 일부러 더 크게 웃고 떠들기 시작했다.

"어딘데 여자들 웃음소리가 들려요?"

한 번도 흐트러진 모습을 보인 적이 없는 남자였다. 내가 추궁 아닌 추궁을 하자, 남자가 발끈했다.

"지금 화류계 여자들한테 질투하는 거야? 그 정도밖에 안 되는 여자였어?"

남자는 지금 거래처 직원들로부터 접대를 받는 중이라고 했다. 엄연한 업무적 미팅이라며 날을 세웠다. 꼬치꼬치 따지고 드는 나의 행동거지를 용납할 수 없다는 말투였다. 나는 남자가 나를 만나서 새 삶을 시작할 거라고 믿었다. 내가 평강 공주도 아니지만, 남자를 구원 수 있다고 믿었던 것이 오만이었을까? 무엇이 남자를 취하게 만드는 걸까? 남자가 거품처럼 사라지기라도 한다면, 난 어찌해야 할까. 말도 없이 떠나간 장국영의 얼굴이 자꾸만 떠올랐다. 속았다 한들, 속였다 한들…. 어느 유행가의 가사처럼 애초에 언약 따윈 모두 날조였다 할지라도 묻지 말아야 한다. 사업상 일주일에 한 번 꼴로 이런 자리가 있다는 남자의 설명이 채 끝나기도 전에 전화는 끊어졌다. 어색한 대화를 종결시켜 버린 불안정한 와이파이가 다행스러울 정도였다.

샤워를 마치고 막 잠이 들려는 찰나 술집을 빠져나온 남자가 다시 전화를 걸어왔다. 지금 집으로 돌아가는 길이라며 나를 안심시키려고 애썼다. 내비게이션에 목적지를 입력하며 꼬박꼬박 경어를 붙이는 상대는 대리 기사인 듯했다. 술에 취해 비틀거리며 했던 말을 반복하는 그에게서 장국영의 목소리가 잠깐씩 스쳤다. 통화를 하면서 자신의 집 안으로 들어선 그는 사죄와 다짐의 마음을 담아 말했다.

"집에 도착했으니 안심해…."

술기운이 오르기 시작했는지 남자는 울먹이기 시작했다. 간병인의 도움 없이는 화장실도 못 가는 노모의 걱정도 늘어놓았다. 그는 이윽고 흐느끼기 시작했다.

"불쌍한 우리 엄마만 잘 부탁해."

나는 언제부터 남자를 사랑하게 된 걸까? 감당은 모두 내 몫이란 깨달음에 이르자 그동안 머리를 짓누르던 두통의 원인이 바로 이것이었구나 싶었다.

이튿날 아침, 술이 덜 깬 목소리로 내게 전화를 건 남자는 진심으로 용서를 구했다. 어떤 말을 주고받았는지는 기억이 나지 않는다고 했다. 들켜서는 안 될 것을 들킨 사람처럼 불안하고 초조한 목소리였다. 출장을 마치고 귀국하는 날, 인천공항으로 데리러 오겠다고 했다. 다시는 마음 상하게 하는 일이 없을 거라고도 연거푸 말했다. 나는 그의 다짐을 받고서야 출장 업무에 집중할 수 있었다. 코펜하겐 본사에서 프레젠테이션을 마치고 현지 직원들의 안내를 받으며 본사 건물을 둘러봤다. 일정을 마치고 지나가던 사람들에게 길을 물어 인어 공주 동상이 있는 해변가에 가까스로 당도했다. 인어 공주는 체념한 듯 바다를 향해 고개를 떨군 채 하염없이 울고 있었다. 비늘로 뒤덮인 자신의 다리를 바위 위에 간신히 얹어놓고 비스듬히 기대어 앉아 누군가를 잃은 슬픔을 한 없이 흘려보내고 있었다. 그러고 보니 장국영이 죽었다는 소식을 듣고도 여태 나는 엉엉 울어 보지를 못했다. 인어 공주 동상을 보자 참아왔던 눈물이 쏟아졌다. 장국영이 몹시 그리워 견딜 수 없었다. 그는 세상의 어떤 부류와도 맺어지지 못한 채 거품이 되고 말았다. 장국영이란 또 하나의 우주는 이제 영영 사라졌다. 너와 나는 각자의 세계로 영원히 안녕…. 아! 바다 끝 하늘 위에도 그의 눈물뿐이다. 물에 빠진 왕자를 구해낸 생명의 은인이 자신이라는 말도 못 한 채 인어 공주는 철저히 외면당한다. 다시 바다로 돌아갈 수 있는 유일한 방법은 왕자의 숨통을 끊어 놓는 일 뿐이었다. 그 시절에도 인간의 사랑엔 넘을 수 없이 벽이 도사렸다. 진심으로 왕자를 사랑한 인어 공주는 마녀가 가르쳐 준 마지막 방법을 결국 실행하지 못한다. 자신을 버리고 다른 여자에게로 향하는 왕자를 차라리 죽여버리고 인어의 삶을 새로 시작하라는 마녀의 지령을 따르지 못한다. 결국 인어는 자신의 심장을 칼로 찌름으로써 왕자의 목숨을 구해낸다.

니 원 워 아이 니 요두 뚜어 션
당신을 얼마나 사랑하는지 내게 물었죠?

워 더 칭 예 쩐, 워 더 아이 예 쩐,
제 마음은 진심이에요. 제 마음은 변하지 않아요.

위에 리앙 따이 비아오 워 더 신
저 달빛이 제 마음을 그대로 대신하고 있잖아요.

코펜하겐에서 돌아오자마자 야근이 줄기차게 이어졌다. 과장에게 출장 업무를 보고 하고, 덴마크 지사에 이메일과 팩스를 보낸 연후에야 한 숨 돌릴 수 있었다. 공항으로 마중 나온 남자의 차로 집까지 도착한 이후 사흘이 지났다. 남자와 만나기로 한 주말이 다가오자 조금씩 망설여졌다. 남자는 매일 밤 전화를 걸어와 이미지 쇄신에 힘쓰며 굳은 다짐을 받아내려고 애썼다. 지금 이 순간을 끌어당기지 않으면 영영 못 보게 될지도 모른다는 불안감은 나만 느끼는 것이 아니었다. 남자가 끌어주지 않았더라면 내 쪽에서는 생각할 시간이 필요했을 것이다. 장국영은 떠났지만 그를 향해 설레던 내 심장은 아직 살아있기 때문이다.

주말 오후, 엄마에게 선물 받은 가방을 들고 약속 장소로 나갔다. 남자는 검은 마스크를 쓴 채 꽃다발을 들고 서 있었다. 바이러스 전파로 전국이 술렁이고 있었다. 남자가 준비한 꽃다발은 하얀 안개꽃으로 둘러싸인 샛노란 프리지어였다. 한 시간 이상 같은 자리에서 그 꽃을 들고 기다렸다고 했다. 프리지어의 꽃말은 청초함이래요. 남자의 차 안에 도착했을 때 그가 웃으며 말했다. 마스크를 벗자 마침내 환한 그의 웃음을 볼 수 있었다. 안개꽃은요? 그건 사랑의 성공! 남자는 주저 없이 답을 하며 해맑게 웃었다. 그동안의 혼란과 서운함을 모두 거두어내는 웃음이었다. 남자와 시간을 보내는 동안 그의 얼굴을 요리조리 읽어보았다. 책장을 넘기듯 그의 손을 잡고 길을 걸으며 확신에 찬 언약이 번뜩이는 순간을 책갈피로 표시했다. 남자의 팔 끝으로 뻗은 다섯 손가락에 내 손가락을 포개어 보기도 했다. 남자는 기다렸다는 듯이 깍지를 끼고 내 손을 그러쥐었다. 신성한 언약 앞에서 망설이던 모든 시간이 갑자기 부끄러웠다. 아직 후회하기는 이르다는 희망을 안고 나는 우산처럼 펼쳐진 남자의 어깨 밑으로 숨어들었다.

영국 어학연수 시절에는 된장을 풀어 국을 끓이고 고춧가루와 참기름 만으로 겉절이를 버무리며 향수병을 위로했다. 묘하게도 된장국을 한 술 뜰 때는 마음이 평온해졌다.

남자를 만나는 동안은 꼭 그런 기분이었다. 파스타에 물린 위장으로 얼큰한 된장국이 시원하게 내려앉는 기분. 이제야 살 것 같은 기분을 남자는 아주 오랜만에 맛보게 해 주었다. 뚝배기에 고개를 파묻고 묵묵히 수저질을 하며 반찬을 집어 먹는 남자를 지켜보는 일은 추억이 담긴 옛 집을 다시 찾는 기분이었다. 매일 아침 김이 모락모락 나는 된장찌개와 계란말이를 올려놓고 고개를 주억거리며 묵묵히 수저질을 하다가 이따금 국이 더 필요한 지 물으며 웃는 아침을 떠올렸다. 그것은 내가 꿈꿔온 삶이었고, 그런 삶이 갖고 싶을 때 내 인생에 나타난 게 남자였다.

"비행기 예약은 언제 할까? 미리 해둬야 하는 거 아니야?"

저녁을 먹기 위해 식당에 도착한 남자는 메뉴판에서 시선을 거두면서 나를 바라본다. 신혼여행 일정을 상의하며 남자는 바야흐로 닻을 올리고자 한다. 결혼하면 어머니와 한 집에서 살 것인지 따로 신혼집을 얻을 지에 대해서 아직 구체적 논의가 없었다. 지금처럼 간병인을 두고 살 것인지 여부도 아직 들은 바가 없다. 비행기를 타고 함께 여행을 떠나면 영영 헤어 나오지 못할 늪으로 빠져버릴 것 같다. 남자를 사랑하게 된 지 불과 100일이 지나지 않았다. 갖은 표정을 머금은 그의 눈빛과 표정, 따뜻한 혈액이 쉼 없이 흐르는 손을 놓치지 않기 위해서 어떻게든 안간힘을 쓸 것이다. 그가 만취한 상태로 새벽에 귀가하거나 술기운을 빌려 호통을 치더라도 나는 놓지 못할 것이다. 조선족 가정부의 잔소리를 들으며 집안일을 거들고 휠체어에 앉아 나를 집요하게 관찰하는 노모의 마음에 들기 위해서 끝없이 노력할 것이다. 이성이 아직 감성을 지배하고 있는 지금을 사랑으로 초월해야 한다. 그는 장국영 이후 내 심장을 뛰게 만든 최초의 사람이었다. 어쩌면 남자의 몸을 빌어 장국영이 내게 찾아온 것일지도 모른다.

"결혼 날짜 잡히면 인터넷으로 예약해야죠."

친절하게 답을 일러주자 그가 덤덤하게 말을 잇는다.

"그래? 직원들이 늘 대신해줘서 난 잘 몰라."

컴퓨터 자판을 두드리는 일이 아직도 서툴다던 남자의 말이 떠오른다. 검지를 세우고 키보드와 모니터를 번갈아 보면서 글자를 입력하는 남자의 모습을 상상하자니 조금 난감했다. 부족한 부분을 함께 채워 나가면서도 핀잔이나 들으며 남자의 자존심에 상처가 나지 않도록 주의해야 한다.

"제가 해 놓을게요."

여기까지 온 이상 끝까지 가야만 했다. 그가 보유한 자잘한 결핍들을 문제 삼을 시간에 있는 그대로 남자를 받아들이는 것이 빠를 것 같았다. 그때 남자의 미간이 움찔했다. 그가 마련해 둔 널찍한 집을 봤으니 비행기 예약 쯤은 내가 맡아 주길 기대하는 눈치다. 생각보다 치밀한 사람이었다.

집 안의 세간은 그대로 쓰면 되니 혼수는 아무것도 준비할 필요가 없다는 말도 했다. 다만 텔레비전 스크린이 작아 영화 보는 재미가 떨어진다며 아쉬워했다. 극장용 오디오가 내장된 텔레비전을 하나 봐 두었는데 가격이 자그마치 1억이라고 했다. 그러고 보니 남자는 집의 형태나 부동산에 대해서는 물론이고 자신을 배신한 상대를 어떻게 무너뜨리는가에 대해서도 나름의 공식을 갖고 있었다. 냄새만 맡고도 물과 희석한 양주인지 아닌 지를 귀신같이 알아냈고 재수 없이 걸리는 업소 주인은 남녀노소를 불문하고 코피가 터지도록 맞았다고 자랑처럼 말한 적도 있었다. 이윽고 남자는 허름한 식당 의자에 걸맞지 않은 내 명품 핸드백을 유심히 들여다봤다. 청국장을 먹는 동안 남자는 핸드백과 내 얼굴을 번갈아 살폈다. 마침내 식사가 끝나자 그는 가방 주머니에서 작은 약병을 꺼냈다.

"홍삼 영양제야."

자신의 입 안으로 알약을 털어 넣은 남자는 내게도 한 알 건네주었다. 나는 물과 함께 영양제를 삼키며 앞으로 헤쳐나갈 험난한 삶과 맞설 힘을 비축했다.

그날 밤, 불안한 마음으로 남자를 따라 도착한 곳은 서울 도심의 어느 일식집이었다. 오랜 후배들에게 예비 신부인 날 소개하는 자리라고 했다. 자신을 향해 일제히 목례를 하는 식당 직원들의 어깨를 스스럼없이 두드리며 남자는 실내로 진입했다. 어쩐지 모르게 우쭐해진 남자의 활기를 띠기 시작한 눈동자가 나는 두려워졌다. 이왕이면 외국인과 결혼하라던 엄마가 떠올랐다. 엄마의 말을 거역한 대가가 조금씩 현실로 나타나는 것만 같았다. 남자가 어쩐지 낯설게 느껴졌다. 장국영의 얼굴도 어김없이 떠올랐다. 미리 예약된 방으로 들어서자 건장한 남자의 후배 서너 명이 자리에서 일어나 남자를 맞았다. 그중 하나는 나를 '형수님'이라고 부르며 90도 각도로 깍듯하게 인사했다. 술잔을 비운 남자는 한 때 자신의 어머니가 대한민국 남심을 흔들 정도로 미인이었다고 떠들기 시작했다. 나는 고개를 끄덕이며 그의 말에 동의했다. 술잔을 연거푸 비운 남자는 취기가 발동했는지 갑자기 자리에서 벌떡 일어섰다. 거동이 불편한 노모에게 전화를 걸더니 식사는 했는지, 화장실은 몇 번이나 다녀왔는지, 간병인은 지금 뭘 하고 있는지 묻고 또 물었다.

"봐봐! 아주 간단해. 하루에 세 번만 잘하면 돼! 엄마, 아침에 일어날 때! 밥 먹을 때! 화장실 갈 때! 그러면 나랑 사는데 아무 지장 없어!"

휠체어에서 어머니를 일으켜야 하는 기본적인 횟수에 대해서 남자는 참 쉽게 설명했다. 남자는 이렇게 말하면서 내 머리를 천천히 쓰다듬었다.

"네…. 네…. 노력할게요. 그런데, 노력이야 하겠지

만…. 제가 어머님과 결혼하는 건 아니니까… 그러니까 제 말은….”

시부모 봉양에 부족함이 없을 수 있겠냐마는 어쨌든 노력하겠다는 말을 할 생각이었다. 그런데 발설을 하고 보니 오해의 소지가 있는 것 같았다. 아니나 다를까, 내 말이 떨어지기 무섭게, 남자가 탁자 유리를 주먹으로 쾅 내려쳤다. 유리가 그 자리에서 쩍! 갈라졌다. 나의 머리를 쓰다듬던 그의 손에 어느새 내 머리채가 잡혀 있었다. 너무 놀란 나머지 목소리를 잃은 인어처럼 비명도 지르지 못했다. 종잡을 수 없는 성격인 줄은 알았지만 이토록 기괴한 지경인 줄은 상상조차 못했다. 나는 남자의 손아귀에서 빠져나오기 위해서 몸을 뒤틀며 머리를 흔들었다.

“형님. 취하셨습니까? 그 손 좀 놓고 얘기합시다.”

마지못해 남자의 흥분을 잠재운 건 그 광경을 지켜보던 후배란 남자들이었다. 후배들의 만류가 이어지자 남자는 그 순간을 기다렸다는 듯 내 머리채를 놓아주었다. 현기증이 오는가 싶더니 눈물이 핑 돌았다. 자리에 주저앉아 눈물을 훔치고 있는 나를 남자는 물끄러미 바라보고 있었다. 무슨 일이라도 있었냐고 묻는 얼굴이었다. 남자의 얼굴은 태연하고 평온했다. 남자는 온전한 사람이 아니었다. ‘마음이 피곤하여 더 이상 세상을 사랑할 수 없다.’는 구절에 밑줄을 긋고 눈물을 떨구었던 남자가 한없이 가여웠다. 이렇게 라도 남자는 나를 잃고 싶지 않은 것이다. 그는 내가 자신을 떠날 수 없다고 굳게 믿고 있는 것이다.

"넌 섹시하고 지적이야. 마냥 보호해주고 싶을 만큼 순수하고 귀여울 때도 많아. 그러니까 제발 날 실망시키지 말아 줘."

내 앞으로 놓인 빈 술잔에 남자가 뜨거운 사케를 들이부었다.

"마셔! 그리고 이제 나에게만 집중해."

나는 남자가 채워 준 뜨거운 사케를 천천히 마셨다.

"형수! 뭐 합니까? 한 곡 뽑아보이소!"

고요한 침묵을 깨면서 후배 하나가 나를 부추겼다. 후배라는 사람은 내게 마이크를 건네주며 노래를 권했다.

"여기가 뭐 '이자카야'라도 돼?"

"일본에서는 식사하면서 즉석에서 노래도 하고 그래요. 분위기도 딱딱한데 형수가 노래 한 곡 하이소!"

잔뜩 겁을 집어 먹고 나는 자리에서 일어났다. 두 손을 가슴 앞으로 모으고 천천히 입술을 움직였다.

니 원 워 아이 니 요두 뚜어 션
당신을 얼마나 사랑하는지 내게 물었죠?

워 더 칭 예 쩐, 워 더 아이 예 쩐,
제 마음은 진심이에요. 제 마음은 변하지 않아요.

위에 리앙 따이 비아오 워 더 신
저 달빛이 제 마음을 그대로 대신하고 있잖아요.

은막에서 사라진 장국영의 근황은 소식은 그가 죽어서야 세간에 상세히 알려졌다. 수십 년간 우울증에 시달려 온 그가 의지할 사람은 동성 연인뿐이었다. 뉴스는 타살로 의심되는 자살이란 소식을 공공연한 비밀처럼 발표했다. 그와 함께 영화를 찍었던 배우들과 감독들이 슬픔에 잠긴 얼굴로 그의 장례식장에 나타났다. 그가 주연으로 등장한 새로운 영화를 보는 것만 같았지만 영원히 그를 볼 수 없다는 현실을 상기하자 내 청춘이 다 끝나버린 것처럼 괴로웠다. 성공한 커리어우먼이 되어 그를 만나겠다던 꿈은 영영 이루어지지 못했다. 영영…. 장국영은 내 곁을 떠났지만 언젠가 사랑하는 사람을 만나면 이 노래를 꼭 바치겠다고 마음 먹었었다.

어느새 유리창에 굵은 빗줄기가 흘러내렸다. 장국영이 스스로 숨통을 끊어버린 날도 이렇게 비가 내렸다. 그의 시신이 담긴 운구를 옮기는 내내 사람들은 우산을 들고 비를 피했다. 어디선가 그가 부르던 노래가 흘러나오자 빗줄기가 점점 굵어졌다. 식은 땀으로 젖은 옷 아래서 한기가 올라왔고, 빗물에 젖은 구두를 신은 발이 시렸다. 장국영은 세상을 하직하는 날 깃털처럼 가볍게 날아올랐을 것이다. 비우면 비울수록 그에게 유리하게 작용했을 것이다. 나는 그를 잘 안다. 그가 출연한 모든 영화에서 그가 읊었던 대사들을 여태 기억한다. 떠나는 연인을 붙잡기 위해서 비를 뚫고 계단을 거슬러 오르던 모습, 결국 자신을 알아채지 못하고 떠나버린 연인의 뒤에서 두 주먹으로 벽을 치며 괴로워하던 모습을 어제 일처럼 똑똑히 기억한다. 나는 이슬처럼 저 세상으로 사라진 장국영을 떠올렸다. 온몸으로 전해지는 영문을 알 수 없는 불안함과 언제 다시 끓어오를지 모르는 남자의 분노를 감내하려면 방법이 없었다. 어떤 말로도 다하지 못한 슬픔과 남자를 향한 두려움이 교차하며 노래는 어설프게 끝이 났다.

"야! 당장 때려치워!"

실눈을 뜨며 담배를 태우던 남자가 어쩐 일인지 소리를 버럭 질렀다. 남자의 낯선 모습에 다시금 당황한 나는 제자리에서 한 발짝도 꼼짝할 수 없었다. 노래가 끝났지만 박수를 쳐주는 자는 아무도 없었다. 남자를 형님으로 치켜세우는 낯선 사내들 앞에서 첫사랑의 노래를 부른 내가 너무나 도 한심스러웠다.

"음정! 박자! 뭐 하나 제대로 맞는 게 없잖아!"

남자의 냉정한 평가가 내려지자 나는 더욱 주눅이 들었다.

"잘 부르셨는데…. 에이…. 왜 그러십니까. 형님!"

사내들이 남자를 진정시키려고 애썼다.

"야! 듣기 싫어! 누가 알아듣지도 못하는 짱깨 노래를 함부로 부르라고 시켰어? 어디서 잘난 척이야! 네가 그렇게 잘났어?"

남자는 양주를 병째 들고 벌컥벌컥 마시더니 급기야 벽을 향해 자신의 머리를 박기 시작했다.

"형님, 그러다 또 사고납니다. 진정 하십시오!"

남자보다 한 뼘이나 어깨가 높은 사내들은 연신 고개를 조아렸다. 처음 겪어보는 일이 아니라는 듯 그들은 익숙하고 태연하게 그 상황에 대응했다. 남자는 그런 사내들에게 발길질을 하며 함부로 욕설을 내뱉었다.

"이 쓰레기들!"

유리잔이 벽을 들이박고 바닥으로 튕기며 조각이 되어 흩어졌다.

"부탁이에요. 이제 제발 그만해요!"

남자의 모욕과 무례를 더는 견딜 수 없어 나는 급기야

발악을 하고 말았다. 다른 사람은 몰라도 나만은 남자를 바꿀 수 있다고 믿었다. 내 삶은 변화를 원했으며 남자도 변화를 원한다고 확신하고 있었다. 남자와 함께라면 어떤 고통도 감당할 자신이 있었다.

"뭐야!? 이게 어디서?"

남자는 언젠가 아버지가 내게 했던 말을 녹음기처럼 되풀이하고 있었다.

"난 네가 이왕이면 외국인과 결혼했으면 해."

자신과 꼭 닮은 가방을 선물해주던 엄마의 바람도 아프게 떠올랐다.

"너 도대체 정체가 뭐야? 넌 누구야?"

남자는 순식간에 달려들어 양손으로 내 목덜미를 움켜쥐었다.

"말해! 왜 내가 싫어하는 짓만 골라서 하냐는 말이야!"

남자는 나를 풀어주지 않았다. 신고를 받고 출동한 경찰이 들이닥쳐 남자를 진정시켜 보아도 그의 손아귀에 실려 있던 힘은 조금도 풀어지지 않았다. 동행을 기약하며 오래도록 깍지 끼던 그 손아귀가 있는 대로 내 숨통을 비틀었다. 이제 나는 지칠 대로 지쳐서 모래 한 줌 움켜쥘 힘조차 없다.

"우선 인질부터 풀어주고 천천히 얘기합시다. 원하는

게 뭡니까?"

설득이 이어질수록 남자는 약이 오른 듯 점점 포악해졌다. 남자는 나를 풀어 줄 기세가 전혀 아니다. 나 역시 반항하거나 달아나려고 애쓰지 않는다. 나는 너무 깊이 들어섰다. 배은망덕한 왕자를 없애버리기만 했으면 인어 공주는 바다로 돌아갈 수 있었다. 그토록 쉬운 답을 알면서도 그녀는 용기를 내지 못했다. 한 순간만! 딱 한 순간만 독한 마음을 먹었으면 될 일이었다. 그러나 인어 공주는 끝내 일을 저지르지 못하고 거품이 되고 말았다. 세상은 이론으로 풀이하거나 합리화할 수 없는 일들 투성이다.

'아, 측은하고 가여워. 어디에서 당신을 처음 보았던가. 내 삶 안에서 남자를 기억하는 순간의 편린들을 모두 끌어다 맞출수록 남자를 모르고 살았던 날들이 전생의 기억처럼 어렴풋이 스쳐갔다. 남자라는 책 한 권을 오롯이 가슴에 쥐고서 나아가려 했으나 모두 욕심이 되었다. 나는 차마 그의 숨통을 끊어버릴 수 없었다. 이제 당신이 넘겨주는 책장 외에 다른 책은 읽지 않겠어요. 당신보다 먼저 일어나 쌀을 씻고, 생선의 배를 갈라 찌개가 얼큰하게 끓으면 마지막으로 넣은 두부와 파가 송송 익을 무렵에 당신을 깨우겠어요. 아침,저녁으로 방바닥에 걸레질을 하고, 낮 시간을 쪼개 당신에게 먹일 찬거리들을 손질하고, 당신을 닮은 아이들에게 입힐 배냇 저고리를 뜨면서 늙어갈 거예요. 다시는 새벽마다 술로 지새우거나 거품으로 사라진 어머니의 건강했던 시절을 아쉬워하며 땅을 치지 마세요. 당신마저 거품이 돼버릴까 봐 나는 너무나도 두려워요.'

코펜하겐에서 인어 공주를 만난 날도 억수 같은 피가 퍼부었다. 우산을 깜빡했으므로 나는 신문을 펼쳐 겨우겨우 비를 피하며 걸었다. 그러다 혜성처럼 등장한 우산 장수를 만나 10유로나 주고 일회용 비닐우산을 샀다. 우산 가격은 5유로였지만 우산 장수는 내게 지불할 거스름 돈을 갖고 있지 않았다. 우산을 펼쳐 하늘을 가리자 다시금 장국영이 떠올랐다. 장국영이 사라지던 날에도 비가 쏟아졌다. 무엇이 인어 공주와 장국영을 거품으로 만들었는지 아무도 모른다. 나도 모르고, 남자에게 물어봐야 답을 들을 수는 없을 것이다.

"말해 봐! 넌 누구야!?"

'부푼 가슴을 안고 새해를 맞이한 게 엊그제 같은데, 어느새 봄이 훌쩍 가버렸는지 모르겠다. 이제 곧 가을이라니 잊혀진 여름은 잠시 쉬어 가는 경유지 같다. 환승역…. 아, 아직도 목적지에 이르지를 못했다는 말인가. 봄날 품어보았던 모든 기대와 꿈은…. 너와 하나가 되어 평생 해로하리란 약속은…. 잠깐 쉬어 가는 경유지였을 뿐인가. 땅끝 세상이 장난감 마을처럼 멀어져간다. 지상의 일들이 한낱 꿈처럼 부질없다. 태양의 반대편에서 별 사이를 파고들며 전화기 너머 남자의 목소리를 단물처럼 먹고 살던 시절로 돌아가고 싶다. 빗줄기가 점점 굵어진다. 서울의 새벽은 냉골이다. 심해를 뚫고 나와 뭍으로 모습을 드러냈지만, 아직도 나는 인간의 언어를 이해할 수 없는 물고기인 것만 같다. 남자는 다만 모든 것이 억울할 뿐 바탕이 악한 사람은 아니다. 나는 목소리를 내어놓지도…. 칼을 들고 왕자의 가슴을 향해 달려가지도…. 이도 저도 못 하는 나약한 인간일 뿐이다.'

"어서 말해! 도대체 정체가 뭐야?"

내 마음을 전해 읽었는지 남자는 측은한 눈으로 나를 바라보다가 다시 보드라운 손아귀에 억센 힘을 싣는다. 아, 심장이… 눈동자가… 밖으로 터져 나올 것만 같다. 세상이 빙그르르 돈다. 중심을 잡고 버티기 위해 짚은 바닥이 지린 오줌과 눈물로 어느새 바다를 이루었다. 남자는 열심히 나에게 몰입할 뿐 미동이 없다. 으…. 으…. 실눈을 뜨며 나를 노려보다 체념하듯 힘을 잃어간다. 이 순간 남자는 제 어미를 다시 걷게 만들겠다는 일념으로 절박하다.

남자가 내 손에서 책을 빼앗으며 성을 내던 이유를 그

제서야 알 것 같았다. 나는 정답지를 쥐고도 정답을 확인하지 못한 채 철부지처럼 남자의 곁을 맴돌고 있었다. 아, 하지만 여전히 모르겠다. 내 귓가를 간질이던 그의 음성, 심장을 파도처럼 출렁이게 하던 우수 어린 그의 눈빛. 그것은 분명 운명이었다. 어디선가 몇 발의 총성이 들려온 듯했지만 여전히 나는 놓여날 수 없다. 이제라도 사랑하는 남자의 가슴에 칼을 꽂아야 한다. 하지만 나는 아무것도 할 수 없다. 예고 없이 내 곁을 떠난 장국영처럼 남자는 서서히 멀어져간다. 사랑이 이루어지지 않는 삶은 껍데기일 뿐이다. 비루한 생명체의 움직임 뿐이다. 뿌옇게 차오르는 시야로 남자의 앙다문 턱 끝이 멀어진다. 빗물이 별빛처럼 쏟아진다. 아…. 나도 이제 거품이 된다.

순정

어떻게 우리의 미래가
지금 머문 자리에서 확대되지 않고
깊어질 수도 있다는 생각은 하지를 못했는지….
어떻게 지켜낸 당신인데 함부로 타협하려 들었는지….

은영은 비스듬히 대기실 의자에 앉았다. 창밖으로 내다보이는 상가 건물에 물끄러미 시선을 던지고 자신의 이름이 호명되길 기다리고 있었다. 결혼한 여자들이 찾는 산부인과는 언제나 생명의 탄생을 맞이할 긴장과 설렘으로 가득하다. 감히 환자라고 명할 수 없는 대기자들은 불면 날아갈까 갖은 정성을 다하는 남편의 호위를 받으며 들어선다. 하나같이 미소를 머금은 채 만삭의 배를 당당히 내민다. 그 속에서 자꾸만 위축되는 자신의 멍한 가슴을 다스리기 위해 은영은 연신 밭은기침을 해댔다. 마른 입술을 혀로 끌어당겼다 놓아주었다. 졸음을 쫓기 위해 어쩔 수 없이 정을 붙였던 인스턴트 커피를 이젠 줄이리란 새해 결심을 억지로 떠올리며 창밖 먼 산으로 시선을 주었다. 그러던 은영은 간밤에 준형이 털어놓은 고백에 이르러 아프게 침을 한 번 삼켰다.

털 부츠 속으로 언 발을 녹이듯 은영의 몸을 다녀간 남편은 한 대의 담배를 태우며 '무정자증'이란 단어를 꺼내 들었다. 경제 교과서 귀퉁이에 가끔 소개되던 IMF란 용어가 '9시 뉴스'를 강타할 때처럼 낯설고 황망한 기분이었다. 한자어로 변환하여 그 의미하는 바를 너무나 명료하게 알아차리고 이윽고 단어의 본질을 받아들이기까지 은영은 남편이 두 대 째 담배에 불을 붙이는 것을 말없이 지켜보았다. 미리 말하지 못했던 것은 물론 고의가 아니라고 해명했다. 스스로를 무정자증이라 호기롭게 털어놓는 남편을 원망하거나 비난할 수는 없었다.

결혼식 날 남편은 딱 벌어진 어깨 위로 누가 봐도 잘생긴 얼굴을 빛내며 하얀 드레스를 입고 걸어 들어오던 은영의 손등에 입을 맞추었다. 남편을 빼닮은 아이를 낳는다면 우린 얼마나 더 행복해질까. 잘 익은 밥이 단내 나는 김을 뿜어 올리는 것처럼 충만한 행복이었다. 사랑하는 남편이 미안한 듯, 겸연쩍은 듯, 혹은 다소 괴로운 듯 넓은 등을 보이고 앉아 시나브로 담배 연기를 뿜어 올렸다. 은영은 무언가 물컹한 것이 쑥 빠져나와 허공으로 산산이 흩어지는 것을 느꼈다. 그것은 슬픔이라고밖에는 달리 말할 방도가 없었다. 애를 꼭 낳아야 되니? 다소 냉소적인 남편의 물음에 아니라고 대답하지 못하고 울음을 터트리고 말았을 때, 남편은 커다란 슬픔의 외벽을 쌓듯 문을 열고 거실로 휑하니 사라졌다.

말문을 열지 못하고 주저하는 환자의 마음을 헤아리듯 간호사를 내보낸 중년의 남자 의사는 긴장된 은영의 마음을 다독이듯 미소를 지어 보였다. 뭔가 고백하기 어려운 질환이나 고민을 풀어놓지 못하고 망설이고 있다고 생각한 원장은 아파요? 물으며 웃는다. '무정자증'이란 단어가 고요한 진료실의 적요를 가르자 결혼한 지 얼마 되지도 않았는데 남편이 그런 증세를 보인다는 것은 어떻게 알았나요? 본인이 오래전부터 알고 있었다면서 어제 저한테 털어놨어요, 정액 검사를 해야 알 수 있는 건데, 남편이 그런 검사를 왜 받았나요? 아직 신혼인데…. 음…. 이런 문제는 사실 비뇨기과에 가서 답을 얻어야 하는데, 치료한다고 해도 가능성은 거의 없다고 봐야 돼요. 오래 전에 남편분이 정액 검사를 받았다는 건 과거에도 아이 문제로 결혼이 곤란했다는 얘기 아닌가요? 사실대로 말하면 결혼 안 할까 봐 숨겼던 거군요. 그럼 지금 두 분 사이도 안 좋겠네요. 어느 순간에 은영이 정신과에 들른 것은 아닐까 하는 생각이 들어 아예 인생 상담을 받는 게 낫다 싶을 즈음에 의사가 다시 입을 열었다. 평생 아이 없이도 살 수 있다면야 모르지만…. '남성'이라는 같은 종족으로서 우월감을 느끼기까지 한 말투였다. 순간 은영은 꾹꾹 눌러온 슬픔이 명치 끝까지 부풀어 올랐다. 살구씨만 한 돌멩이 하나가 뜨겁게 달아올라 목구멍 가득 들어앉았다. 의사는 진료 의자 위에 은영을 친절히 눕게 하고 모니터로 드러난 은영의 복부에서 하나의 자궁과 두 개의 난소를 보여주었다. 자궁과 난소가 올바른 위치에 있으며 모양도 아주 예쁘지 않냐며 추켜세우자 단념하려 했던 욕심이 다시 간절해져 버렸다. 살아있다는 충만한 존재감이 모니터에 꽂혀 절정에 이르렀다.

은영은 올해 나이 서른에 이르러 마침내 아내의 이름을 허락받았다. 정숙하고 차분한 아내이기를 종용한 준형을 처음 만났을 때를 은영은 어둔 방에서 갑자기 커튼이 거둬져 순식간에 쏟아지던 아침 햇살처럼 눈이 부셨다고 추억하곤 했다. 김밥 한두 알로 쉬는 시간마다 허기를 때우며 아이들을 가르치러 계단을 오르내리는 생활을 벌써 5년째 반복해 온 은영이었다. 말도 제대로 붙이지 못했던 준형의 부름을 받고 단둘이 마주 앉아 보는 것은 처음 있는 일이었음과 동시에 상상도 못 해본 일이었다. 여학생들 서넛에게 둘러싸여 계단을 오르던 준형과 눈을 마주치는 일이 부끄러워 번번이 간단한 인사 한 번 먼저 건네 본 일이 없었다. 이렇게 가까이 앉아서 오로지 자신에게로만 향하는 준형의 눈빛을 감당하는 일은 충분히 벅찼다.

솜씨 좋은 예술가의 정열이 빚어낸 조각품처럼 그는 잘 생겼다. 크고 오뚝한 콧날 위로 반짝이는 눈매가 이지적인 데다 그가 한 번 웃어 주기라도 하면 심장이 봄날 꽃봉오리처럼 오그라들었다. 웃고 있는 준형을 바라보고 있노라면 옆구리에서 깃털이 솟아 나와 맨살을 간질거렸다. 게다가 보기에도 다부진 팔과 어깨는 또 얼마나 사랑스러운가. 누가 봐도 잘 어울리는 한 쌍이 될 수 있기를 조근조근 속으로만 기도하던 은영은 퇴근 후 준형이 부어 준 술잔을 들어 입술을 축였다. 눈, 코, 입 어느 하나 잘 생기지 않은 것이 없었다. 저 멋진 근육질의 몸매가 성큼성큼 걸어 다닐 때마다 남모르던 설렘에 일이 손에 잡히지 않을 지경이었다. 오래 묵은 장송 가지 같은 저 단단한 팔에 매달리면 기분이 어떨까? 절대로 놓고 싶지 않은 기분일까? 아닐까? 눈 부신 나머지 똑바로 바라볼 수 없어 고개만 푹 숙이고 있던 은영은 자신도 모르게 이제 더는 그 무엇과도 이별하지 않게 되기를 바랐다. 눈부신 햇살 속에서 쑥쑥 자라나는 해바라기가 되었으면 좋겠다고 기도했다.

준형이 권하는 술잔 가득 받아 들며 홀짝홀짝 마른 입술을 축이자 심장을 기점으로 출렁이던 혈류가 사납게 소용돌이쳤다. 은영의 단풍잎 같은 손이 야구 장갑 같은 준형의 주먹 속으로 빨려 들어갈 때에 혼미한 정신은 논리 밖의 세계에서 빌려 온 운명이라고밖에는 달리 생각할 도리가 없었다. 똑같은 하루가 매일같이 반복되는 세계에서 은영을 번쩍 들어 올린 남편과의 첫 만남을 은영은 그렇게 간직하고 있었다.

돈도 배경도 없고 실은 나쁜 짓도 많이 저지르고 살았다고 스스로를 정의한 남편이, 완벽하지 못한 나를 끝까지 사랑할 수 있겠어요? 하고 재차 답을 구했을 때, 굳이 아니라고 답할 이유가 딱히 떠오르지 않았다. 이제 더는 논리적으로 설명할 수 없는 감성을 이성의 잣대에 가두고, 운명의 방황 따윈 하고 싶지 않았다. 이젠 좀…. 한곳에 오래 머물렀으면…. 순간 은영이 깊이 들이마신 준형의 살결과 뜨거운 입김에 빨려든 아름다운 인연에 그저 감사할 뿐이었다. 이젠 생의 아무것과도 더는 이별하고 싶지 않아…. 만나지는 인연과 비켜서고 싶지 않다고 오래도록 되뇌었다. 완벽한 남자이지 못해서 미안하다는 남편의 말이 그를 닮은 아이를 그릴 수조차 없다는 걸 의미하리라곤 생각지 못했다. 그러나 은영은 남편을 미워할 수 없었다. 눈물을 그렁그렁 만들어내는 이유는 가슴이 아파서였다. 어려운 고백을 스스로 받아들이기까지의 단련됐을 괴로움을 온전히 제 것처럼 끌어안은 준형은 담담했다.

준형을 품기 위해 은영이 기다려온 나날들은 최소한 거짓이 아니었다. 준형이 먼저 은영을 찾아주지 않았더라면 은영은 끝까지 준형 앞에 나설 수 없었을 것이다. 초등부 영어 수업을 맡고 있는 은영과 중고등부 영어를 담당하던 준형과는 일에 관해서라면 더욱 부딪힐 일이 없는 사이였다. 그래도 은영의 뒷자리를 지나가는 준형의 나직하고 단호한 목소리가 들릴 때면 열심히 놀리던 펜대가 멈추어지곤 했으며, 준형이 한가한 공간에 모로 서서 전화 통화라도 하고 있으면 괜히 조바심이 나곤 했다. 퇴근을 준비하는 그가 배낭을 꾸리는 소리가 저만치에서 들려오면 화장실을 가는 척 먼저 나가 기다렸다가 우연한 만남이라도 가장해야 하는 건 아닐까 갈등했다. 그런 생각을 하는 동안 이미 준형의 자리는 주인을 내보내고 적요에 빠져 있었다. 친해질 계기가 전무했던 두 사람 사이엔 '먼저 가겠습니다.' 뻔한 인사조차 오고 가질 않았다. 그런 순간마다 정녕 엮일 수 없는 인연이었던가 하는 허망함에 은영은 옥상에 올라가 태우지도 못하는 담배를 꺼내 물었다. 그러나 단 한 번도 입 안 가득 빨아당겨 속 깊은 곳까지 끌어들이지 못했다. 은영은 차가운 밤하늘로 사라지는 연기를 손짓으로 모아와 물그림자처럼 사라지는 준형을 그리곤 했다. 그즈음 은영은 마음 깊이 준형을 비우기로 결심하고 밤 11시 정각에 퇴근을 서둘러 온종일 그녀의 몸과 마음을 짓누르던 학원을 빠져나왔다. 4층 교무실에서 로비에 이르는 400개의 계단을 미끄럼 타듯 굴러 밖으로 나왔을 때 차가운 밤공기가 은영의 벌어진 옷소매로 왈칵 덤벼들었다.

오랜만에 은영에게 전화를 넣어준 건 이전에 근무하던 학원의 교무부장이었다. 그는 새로 뽑은 은빛색 외제차를 대기시켜놓고 있었다. 기껏해야 만원이기 일쑤인 마을버스에 간신히 실려 퇴근하는 학원 강사인 은영이 이런 상황에 그리 익숙지 않으리란 건 누구보다도 교무 부장이 더 잘 알고 있었다. 고급 외제차에 덥썩 엉덩이를 들어앉힐 만한 성격이 아닌 은영이었기에 어디로 향하는지 알 수 없는 전 직장동료의 차 안에 무턱대고 몸을 싣는 행위 자체가 스스로에게 모험이 되리란 걸 모르지 않았다.

하지만 그날만큼은 스스로를 놓아주고 싶었다. 반년이 다 되도록 말을 붙이지 못 하고 서서 가슴 조이며 살아온 자신이 문득 가엾고 답답하다는 생각이 들었다. 준형을 비우기로 하고, 언제나 쉽게 버리고 또 쉽게 구할 수 있었던 학원 일처럼 그냥 스치듯 비껴가는 인연이라고 정리하기로 했다. 연기만 피워내며 구경하던 담배도 옥상에 버리고, 내일부터는 준형, 그의 이름도 눈빛도 마음에 두지를 말아야지…. 다짐하는 순간 모처럼 은영과의 데이트에 성공한 교무 부장은 고급호텔의 스카이라운지로 차를 몰고 있었다. 언제부터 교무 부장이 호텔 바를 드나들 만큼 생활이 나아졌는가는 알 수 없었지만 마흔이 넘도록 짝을 찾지 못한 교무 부장으로서는 어떻게든 은영의 환심을 사기 위해 절치부심했다는 걸 읽는 것은 어렵지 않았다. 강남의 대형 학원 부원장으로 자리를 옮긴 이후론 강의보다는 학원 운영에 더욱 주력하고 있다고 했다. 다부진 학원 경영과 명문 대학 합격생을 많이 배출한 공로로 급여도 배로 올랐다고 했다. 비록 남의 일을 맡고는 있지만 머지않아 정숙한 아내를 맞이해

가정을 꾸리고 자신의 학원을 세우고 싶다는 다짐도 덧붙였다.

코스모폴리탄! 교무 부장이 은영에게 이름도 거창한 칵테일을 시켜주었다. 자신의 모든 일상을 학원을 중심으로 꾸려온 그녀에게 알록달록한 풍선까지 달고 나온 칵테일 잔을 채운 빛깔은 아름다웠다. 시간에 쫓겨 배달 음식으로 끼니를 대신하고 버스비 외에는 지갑을 열 시간도 없이 학원에 갇혀 살아온 은영이었다. 교무부장은 호텔 봉사료를 포함하여 기십만원에 달하는 술값을 서슴없이 골드 카드로 지불했다. 영수증에 멋들어지게 사인을 휘갈기는 그의 모습은 한때 자그마한 보습 학원에서 분필 가루를 마시며 열강을 하던 억척 생활인이라고 믿겨지지 않았다.

은영은 막대로 잘게 부서진 얼음을 휘저으며 한 모금씩 칵테일을 홀짝거렸다. 어떤 귀걸이가 잘 어울릴지 고민하며 출근 준비를 하던 자신의 모습을 떠올리며 금세 잔을 비웠다. 새로 산 린스로 곱게 헹군 은영의 머리카락 사이로 찰랑이던 귀걸이를 준형이 봐줄 만한 틈은 없었다. 젊은 외국 뮤지션들로 짜인 밴드가 요란한 음악에 맞춰 춤을 추고 노래를 하는 광경을 지켜보며 은영은 애써 흥겨워했다. 도무지 정수리부터 짓누르는 준형의 얼굴을 비울 수 없었던 것이다. 이제는 훌쩍 커야 한다고, 이런 사랑은 사춘기 소녀들이나 하는 거라고 자신을 모질게 타일렀다. 어떻게 하면 아무 일도 없이 산뜻한 기분으로 내일부터 준형을 온전히 남의 사람으로 밀어낼 수 있을까만을 생각했다.

학교와 집이 주생활 무대인 아이들의 장난과 재롱 속에서 20대의 중요한 시절을 모두 보낸 은영의 갑작스런 외출은 그 자체로 낯선 모험이었다. 모험 자체가 어딘가 모르게 달라질 수 있으리란 근거 없는 기대마저 몰아왔다. 이제 대놓고 이마를 드러내기 시작한 교무 부장은 남자라기보다는 부담 없는 삼촌이나 상사면 족한 상대였다. 그러나 서로 모르는 남녀가 특별한 이유 없이 기울어지는 것이 인생이라면 그 상대가 교무 부장이지 말란 법도 없다는 생각이 전혀 안 든 것도 아니었다. 칵테일을 거의 다 마셔 버리니 한꺼번에 쏟아지는 취기가 은영을 바로 앉지도 서지도 못 하게 했다. 눈앞의 영상이 아지랑이처럼 가물거리기 시작하자 비로소 은영은 준형 앞에서 말도 못 하던 자신의 외사랑에 대해서 관대해질 수 있었다. 은영의 나이가 이젠 서른을 꽉 채우고, 너무 오랫동안 어른스럽지 못 하게 세상을 살아온 것은 아니었나 하는 의구심이 일 무렵에 준형의 얼굴은 은영에게서 떨어져 나와 흐물거리는 세상 속으로 잠겨 들었다. 언제나 은영의 마음속엔 준형밖에 없었는데, 이런 은영을 기억해 줄는지 알 도리도 없는 준형을 보내면서 은영은 혼자만의 이별의식을 치르고 있었다.

은영은 여성스러워 보이는 구석이 많았다. 손질할 시간이 많지 않아 무작정 기른 머리가 어느새 허리까지 닿아 있었고, 짙은 오렌지빛을 발산하는 조명에 깃발처럼 나부끼는 그녀의 긴 머리에 한 번 이상 시선을 주지 않는 남성은 없었다. 흐트러진 머리칼을 정리하기 위해 은영이 손으로 머리를 쓸어 넘기는 순간 섣불리 운명이라 믿을 수밖에 없었던 상황은 벌어지고 말았다. 술기운도 없는 멀쩡한 남자가 은영에게 말을 걸어온 것이다.

교무 부장 입장에서는 모처럼 벼르고 벼르던 은영과의 데이트에 난봉꾼이 끼어든다는 상황을 감내할 수 없었다. 수업 중에 졸거나 문자를 보내는 학생은 발견 즉시 엄벌에 처하던 교무 부장의 거친 성격을 익히 파악하고 있던 은영은 자꾸만 말을 걸어오는 남성이 부담스럽기만 했다. 교무 부장의 존재에 아랑곳없이 잠깐 이야기를 나누자고 집적대던 남성은 당황스런 얼굴로 머뭇거리는 은영에게서 시선을 거두지 못했다. 분위기 있는 호텔의 스카이라운지에서 칵테일을 마시는 것과 마찬가지로 남자와 동석한 자리에 제 3자가 무모하게 다가오는 일도 은영에겐 처음이었다. 교무 부장의 얼굴을 바로 확인하진 않았지만 두 주먹을 불끈 쥐며 자신이 무시당한 상황을 용납하지 못하는 노여움은 바로 전해져왔다. 은영은 우선 스스로 자리를 뜨는 것이 상책이란 생각으로 칵테일 잔을 내려놓았다.

그 순간 교무 부장의 망치처럼 단단한 주먹이 제3의 남자의 우측 턱을 향해 천둥처럼 날아들었다.

"이 봐! 엄연히 일행이 있는데 왜 집적대는 거야?"

바닥으로 나가떨어진 남자는 의미심장한 손동작으로 입가의 피를 닦았다. 그러자 별안간 교무 부장의 멱살을 쥐어뜯을 기세로 달려들었다. 그때 이런 상황을 미리 예측하고 있었다는 듯 건장한 남자 직원 둘이 나타났다. 덩치들은 연신 주먹을 휘두르며 장내를 아수라장으로 만든 교무 부장을 양쪽에서 하나씩 맡아 잡고 주차장 밖으로 끌어냈다. 입가의 피를 소매로 훔치며 자리를 피하던 남자는 발정 난 수캐처럼 은영의 치맛자락을 붙들고 늘어졌다. 얼핏 살기까지 느껴졌다. 남자의 얼굴은 기필코 본전은 찾아야겠다는 일념으로 가득했다. 은영은 남자의 손을 뿌리치고 일단 교무 부장의 중형차가 있는 곳으로 재빨리 걸음을 재촉했다.

호텔 직원들의 내몰림으로 결국 둘은 호텔 주차장에 나란히 앉았다. 무모한 일탈처럼 방향 없이 무작정 서두른 외출은 이렇게 어이없는 해프닝으로 끝나버렸다. 은영은 자신

때문에 교무 부장이 괜한 싸움의 주동자가 된 것은 아닌가 싶어 못내 미안했다. 땀에 젖은 와이셔츠 소매를 걷어붙이고, 남자에게 향하는 몇 마디 욕설을 허공에 퍼붓던 교무 부장은 어디 우리 착한 은영 씨한테… 하며 버럭 은영을 끌어안았다. 그리고 생각지도 못했던 말들을 미리 준비라도 한 것처럼 줄창 늘어놓았다. 오래전부터 마음에 두고 있었어요. 은영 씨한테 부끄럽지 않은 남자가 되기 위해서 나 그동안 열심히 살았어요. 아까 그 자식이 애인이냐고 묻는데 왜 아니라고 했어요? 그건 아니니까요. 좋아요 그럼, 오늘부터 내가 은영 씨 애인 할게요. 오래 전부터 지켜봐 왔고, 은영 씨 만큼 내게 필요한 사람이란 생각이 든 여자는 여태 없었어요. 부족한 대로 남은 삶은 은영 씨를 위해 살고 싶어요. 은영 씨… 은영 씨….

정수리가 드러나기 시작한 교무 부장의 품을 차마 밀어낼 수 없었던 것은 아직 가시지 않은 술의 위력에 눌린 탓이었을 것이다. 좀 전의 어지러운 상황으로 기력도 쇠했고, 전봇대에 기대서라도 잠시 쉬고 싶었다. 더불어 아무렇게나 휩쓸려버린 채 그냥 운명이라고 믿어도 좋을 편안한 인연이라고 믿어 버리고 싶은 만큼 같은 일상에 지쳐있었는지도 모른다. 그리하여 이렇게라도 준형을 감쪽같이 지울 수 있기를 기도하는 마음이 각오처럼 일어섰다. 알코올이 불러

온 희뿌연 장막이 채 가시지 않은 사이를 틈타 교무 부장은 은영의 몸을 마치 자신의 소유물처럼 붙들고 놓아주려 하지 않았다. 까칠하게 마른 교무 부장의 살갗이 은영의 하얀 살에 닿을 때마다 차가운 밤기운에 오들오들 일어서던 닭살 때문에 은영은 몇 번이나 자신의 손으로 몸을 쓸어내려야 했다.

은영은 교무 부장이 느긋하게 침대에 기대 맥주를 마시는 동안, 욕실 샤워기 아래 서서 뜨거운 물을 맞고 섰다. 모조리 깨끗하게 닦아냈다고 믿었지만, 정작 자신의 마음을 지켜내지 못했음을 깨달았다. 교무 부장이 까칠한 수염 턱으로 쓸어내린 살갗에 거품을 내면서 은영은 여전히 자신의 마음속을 꽉 채우고 있는 준형의 모습에 놀랐다. 거울 속에 드러난 자신이 죄스러워 세차게 도리질을 쳤다. 무슨 짓을 한 걸까…. 여기까지 왔음에도 세상을 알 것 같은 느낌은 도무지 생겨나질 않았다.

교무 부장과 헤어진 다음 날, 은영은 준형의 뒷모습조차 똑바로 볼 수 없었다. 준형의 목소리가 어디선가 들려 올라 치면 혈류와 심장의 움직임이 마구 빨라지다 멎는 기분이었다. 준형이 배낭을 짊어지고 전철역을 향해서 걸어가는 모습을 멀찌감치 창가에 서서 내려다보았다. 준형의 걸음이 멀어질 때마다 눈물이 그렁그렁 맺혔다. 이젠 전화만 붙들면 결혼하자고 보채는 교무 부장에게 쫓기듯 시집을 가는 것이 과연 운명인가…. 그렇다면 어찌하여 말 한마디 제대로 나눠보지 못한 남자의 뒷모습에도 가슴이 저미어 미치겠는가. 인물이라곤 볼 것 없는 데다 한 눈에도 마흔 줄에 접어든 사람이란 것을 쉽게 알 수 있는 교무 부장이었지만 은영에게만은 한결같이 자상한 사람이었다. 퇴근 시간에 맞춰 은영을 데리러 오는 교무 부장의 차를 준형이 지나치고도 한참이 지나고 나서야 숨어들듯이 차에 오르느라 은영은 하릴없이 밤늦게까지 학원에 지체하는 날이 많았다. 이제 은영 씨 나이도 있는데, 좋은 남자 만나서 아이들도 낳고 편안하게 살아야죠. 내가 우리 은영 씨 하나쯤은 충분히 행복하게 해줄 수 있어요. 언제나 침묵으로 일관하는 은영의 대답을 교무부장은 긍정의 의미로 해석해 버리고는 흡족해했다. 더 이상 설렘의 눈빛을 준형의 뒷그림자를 향해서도 보내지 않고 숨어 지내는 마음을 아는지 준형의 동선이 더 이상 은영이 머문 자리로 이어지지 않는다는 것을 알아차렸다.

그 무렵 철석같이 결혼을 약속하던 교무 부장이 새로운 학원 사업을 시작하는데 당장 융통할 돈이 모자란다며 은영에게서 돈 2000만 원을 빌려 갔다. 5년간 하루도 어김없이 학원으로 출근하며 모든 결혼 자금에서 그 정도를 미리 떼어둔다 한들 무리가 아니겠다는 쪽으로 마음을 정리한 이후의 일이다. 외제차를 굴리며 버젓이 사업가의 구색을 갖추어 나가는 교무 부장이 은영의 돈 2000만 원을 아쉬워할 사람은 더더욱 아니라고 생각했다. 준형을 마음에 두고 있었기에 통장 잔고가 늘어나는 것도 즐거웠으며, 지나가는 어린아이만 봐도 살아가는 일이 뿌듯해 죽을 지경이었다. 그러나 몸과 돈이 허락되는 순간부터 어쩔 수 없이 은영은 교무 부장에게 온전히 마음을 기울이기로 마음을 먹는 것이 속 편한 일이란 생각이 들었다. 더는 자신의 어깨를 말없이 스쳐 지나가는 준형의 채취에도 가슴 아파하지 말기. 남이다! 생판 남이다! 되뇌며 마음 저편으로 밀어내고자 수없이 주문을 걸었다. 그러다가도 혼자 더운물로 세수를 하거나 머리를 감다 보면 콧잔등이 발갛게 달아오르는 이유를 은영은 알 수 없었다.

그러나 어찌 된 일인지 돈을 빌려 간 교무 부장의 연락이 뜸해지기 시작했다. 수도권 위성 도시의 아파트 상가에 새로 낸 학원 일이 바빠졌다며 1시간이 멀다 하고 넣어주던 전화 횟수도 크게 줄었다. 은영의 목소리와 닿을 때마다 사랑한다는 말을 쏟아붓던 교무 부장은 어쩌다 한 번씩 새벽에 전화를 넣어 잠든 은영의 단잠을 깨우고는 '잘 자요!'란 한마디만 남기고는 바람처럼 사라졌다. 빌려 간 자금은 잘 썼느냐고 용기 내어 묻자 역정을 내기도 했다. 새로 시작한 사업이란 것에 관해 물으면 설명해줘도 잘 모를 것이란 식으로 말끝을 흐리기 일쑤였다. 급기야 은영의 전화를 받지도 않을뿐더러 수신 보류 버튼을 누르는지 발신음이 충분히 울리기도 전에 연결이 끊겨버리는 일이 잦아졌다.

스스로를 지키지 못했음을 은영은 뒤늦게 알아차렸다. 아무것에도 함부로 마음을 쉽게 열어서는 자신을 지킬 수 없기 마련이었다. 은영이 미련하고 안타까울 정도로 세상의 흐름에 어두운 여자란 사실은 몇 마디만 나눠 보면 역력히 드러났다. 그렇다고 세상의 흐름을 속속들이 예측할 수 있다면 지금보다 얼마나 더 행복할 수 있을까? 뚜렷한 이유와 근거를 들어 해갈할 수 없는 그리움과 설렘을 핑계로 온 마음을 다하고도 자신을 지키지 못했다는 괴로움이 태산처럼 엄습했다. 사람에게 품었던 모든 바람이 헛된 희망이었다는 진실을 깨달으면서 은영은 더더욱 준형을 똑바로 쳐다볼 수 없었다. 이 슬픈 노릇을 어찌해야 하나. 다시는 준형의 그림자조차 훔쳐볼 수 없을 것만 같은…. 아! 이 슬픈 예감을 어찌 수습해야 하나….

은영은 강의실 구석에 앉아 자장면으로 늦은 저녁을 때우고 있는 준형의 숙인 머리를 훔쳐보았다. 또르르 구슬 같은 죄책감이 뺨을 타고 흘렀다. 비록 다른 남자 품에 안긴

적 있으나, 맹세코 은영의 마음속엔 오직 준형뿐이었다. 방울 꽃처럼 연약한 감성이 출처도 성분도 알 수 없는 매질에 생채기가 나도록 베인 것 같다. 이렇게 무지한 것도 죄악이란 깨달음이 은영을 덫처럼 옭아매었다. 살아가는 데 있어 정작 중요한 것은 무엇이었는지 은영은 생각했다. 왜 자신의 푸른 정신으로 세상을 바로 보지 못했는지, 왜 더욱 간절하고 야무지게 자신을 지키지 못했는지…. 은영은 후르륵 면발을 끊어 먹으며 어깨를 주억거리는 준형의 뒷모습에 넘쳐나는 눈물을 주체하지 못했다.

은영은 결국 사직서를 작성했다. 다른 강사들이 일찍 퇴근한 교무실에 혼자 앉아 '한글'을 열고 사! 직! 서!란 세 개의 음절을 또박또박 타이핑했다.

본인은 일신상의 이유로 이 사직서를 제출합니다.

여기까지 치자, 울컥 설움이 북받쳤다. 침묵과 망설임으로 보류했던 발랄한 청춘을 잊고서 어른답게 삼십 대를 맞이해야 한다고 생각했다. 이제 어쩔 수 없이 작별해야 하는 것들을 하나씩 떠올려 보았다. 앞으론 간절하던 것들을 그리던 마음을 발견하고 다가온 존재들과 타협하거나 의심하지 않겠다는 다짐도 했다. 순간에 충실하는 삶을 서른 이후부터는 살아낼 수 있을 거라고 믿고 싶었다. 그런데 컴퓨터 앞에 앉아 숨죽이며 울먹이던 은영에게로 준형이 다가와 주었던 것이다. 은영씨…. 은영씨…. 낯선 공기를 가르며 교무 부장이 불러주던 그 때와는 다른 차원의 설렘이 은영의 심장을 세차게 흔들었다. 준형이 이름을 불러 줄 때 마다 자신의 이름은 메아리가 되어 귓전을 쩡쩡 울렸다.

학원을 그만두겠다고 울먹이는 은영을 준형은 어린 아이 어르듯 다독여 주었다. 준형의 만류와 설득은 은영에겐 과분한 배려라고 생각했다. 눈이 마주치면 먼저 인사말도 건네주는 준형과 함께 할 수 있는 직장 생활에 조금씩 생기를 느끼기 시작했다. 준형과 단둘이 술을 마시며 처음으로 그의 얼굴을 바라보며 눈부셔! 눈부셔! 제발 이제 다가온 인연과 이별하지 않기를 기도했다. 그리고 준형의 부름에 자석처럼 딸려 나가 아무런 두려움 없이 입을 맞추었다. 첫날밤, 은영은 준형의 발밑에 무릎을 꿇었다.'미안해요. 사실은 나… 처음이 아니에요'라고 용서를 구했다. 용기 내어 준형의 무릎에 얼굴을 묻은 채 오랫동안 흐느낀 것도 같다. 미안해요… 미안해요… 그리고 은영의 젖은 얼굴을 숨이 막히도록 제 가슴에 여며주는 준형이라면 맨발로 불길을 걷는다 해도 두렵지 않았다. 달라져야 해. 강해져야 해. 행복해야 해. 은영은 마침내 준형에게로 향하는 카펫을 밟으며 식장으로 들어가는 순간에 두 번 다시 스스로를 지키지 못하는 일은 없을 거라고 기도했다. 사랑하니까. 강한 터치로 새겨넣은 남편의 눈과 코와 입술 위로 차례대로 입을 맞추었다. 그랬다. 사랑한다. 사랑한다. 무슨 일이 있어도 그것을 지키는 일은 남은 생을 살아내는 유일한 통로이다.

은영은 병원 로비에 앉아 터질 듯이 부른 배를 안고 지나가는 젊은 임산부들을 바라보았다. 매일 6시간 이상을 서서 수업해야 하는 남편을 위해 학원 출근 시간에 맞춰 유자차를 만들어 주는 것이 은영의 행복이었다. 이제 은영의 일상에 눈꽃처럼 자리 잡기 시작한 행복을 스스로 깨버리고 싶지 않았다. 무엇에 놀란 사람처럼 벌떡 몸을 일으킨 은영은 외투를 여미고 가방을 단단하게 둘러맨 후 집으로 향했다.

집으로 돌아온 은영은 유자청을 식탁 위에 꺼내두고는 언 발을 녹이기 위해 스토브를 당겨와 바짝 다가앉는다. 이런저런 생각을 다듬느라 은영은 오렌지빛 열을 뜨겁게 내뿜는 스토브 앞에 담요를 덮고 눕는다. 꺼져가는 생명을 안타까워하는 일보다 차라리 절망적인 것은 아무런 생명도 잉태되지 않는 생의 단절이다. 스스로의 불완전성을 고백한 이후 은영을 경원하기 시작한 남편의 너무 잘 생겨서 슬픈 얼굴과 다부진 어깨. 아! 땀이 밴 그녀의 손을 꽉 쥐고 영원을 약속하던 시절 갑작스러운 하나의 행복이었던 남편을 도무지 저버릴 수 없다.

은영의 이마 위로 땀방울이 좁쌀처럼 들어앉기 시작했을 때 남편은 머그잔 가득 향기로운 것을 쟁반에 담아왔다. 은영은 간신히 손을 내밀어 머그잔을 받아들었다. 무엇이 담겨 있는지 모르겠다. 기력 없는 시선으로 헤아리는 일마저 힘에 부친다. 단내가 물씬 풍겨오는 함지박 안으로 빠져버렸으면 차라리 모든 게 잊힐 지 모른다. 무언가에 미치지 않으면 견디기 힘든 것이 삶이다. 준형은 입구가 넓은 머그잔 가득 담긴 꿀에 버무린 유자를 수저로 으깨어 은영의 입술 위로 가져왔다. 당신, 몸살 기운이 있는 모양인데 유자차를 좀 들어 봐. 준형은 얼마간의 침묵 이후에 다시 입을 열었다. 당신 마음 다 알아. 받아들일 수 없다면 내가 책임질게. 난 당신이면 족한 삶이지만, 여자로서 당신은 욕심나는 게 당연해…. 눈물 젖은 콧잔등 위로 반질반질 단내가 내려앉는 순간 지나온 모든 생이 꿈처럼 아득하게 여겨졌다. 누가 먼저랄 것도 없이 욕심내고 단념하기를 반복했던 이 하나의 생이 꿈이라면…. 어차피 유한한 존재를 위해서 가슴 아파하며 살지 않아도 된다는 것을…. 은영은 남편이 한 술씩 입안으로 넣어 주는 유자청을 오물오물 달아오른 한 개의 혀로 받아들였다. 달고 뜨거운 유자청이 어금니에서 살며시 물릴 때마다 달콤한 향내가 귓불을 간질였다. 귓불을 따라 간지럼을 타던 고실의 진동이 마침내 이관의 기압을 떨어뜨리는 순간 은영은 온몸이 붕 떠오르는 것을 느꼈다. 이렇게 수줍은 손을 내밀어 그대의 얼굴을 어루만지면서 살 수만 있다면…. 어떻게 우리의 미래가 지금 머문 자리에서 확대되지 않고 깊어질 수도 있다는 생각은 하지를 못했는지…. 어떻게 지켜낸 당신인데 함부로 타협하려 들었는지…. 당신이면 돼요…. 당신 하나면 족해요. 은영은 삶이 잉태한 모든 결핍 또한 제 몫의 삶이라 여기며 준형의 얼굴을 뜨겁게 끌어안았다.

응급약

엄마, 행복해…?
엄마가 발라준 새우를 먹다 말고 나는 물었다.
갑자기 눈물이 핑 돌았다.
이러려고 엄마를 보러온 게 아니었는데,
내 마음을 나도 잘 모르겠다.

항공사에 입사한 건 순전히 엄마 때문이었다. 유치원 다니던 나를 두고 떠나버린 엄마를 되돌리려면 꼭 항공사에 입사해야 했다. 고모들에 따르면 엄마는 지구 반대편으로 떠나 전혀 다른 삶을 야무지게 일궈냈다. 새 남자를 만나 보란 듯이 팔자를 고쳤다고 했다. 그런 소리를 늘어놓는 고모들은 하나같이 엄마를 앙큼한 불여우에 빗댔고, 자식새끼 팽개치고 얼마나 잘 사는지 두고 보겠다는 심산을 여지없이 드러냈다. 그러거나 말거나 나는 우리가 오손도손 살던 붉은 기와집에 엄마를 데려다 놓으리라 다짐해왔다. 엄마가 나를 그렇게 쉽게 버릴 사람이 아니라는 건 자식인 내가 장담할 수 있었다. 승무원이 되어 지구 반대편을 내 집 앞마당처럼 드나들게 되면 반드시 엄마를 찾아낼 수 있을 것 같았다.

직업 군인이었던 아버지는 엄마가 떠난 후 새 아내를 맞으려고 노력했지만 누구와도 성사되지 않았다. 툭하면 전처와 행실머리나 비교당하면서 순종적인 아내상을 강요받는 오묘한 상황을 아무도 견뎌내지 못했다. 아버지와 같은 처지의 여자들과는 꼭 각자의 자식들 문제가 화근이 되었다. 전처소생인 나를 못마땅하게 여기면서도 굳이 본인이 낳은 자식을 아버지가 기꺼이 거둬 주길 희망했다. 여자들은 약속이라도 한 것처럼 제 자식을 향한 강한 모성애를 드러내서 아버지를 질리게 했다. 그런 모습을 지켜보면서 나는 엄마 역시 비록 멀리 떨어져 있기는 하나 가슴 깊은 속에서 나를 키우고 있을 거라는 믿음을 굳혔다.

환갑을 한참이나 넘긴 아버지의 곁을 지키는 것은 전역한 아버지의 옛 동료에게서 분양받은 셰퍼드 한 마리뿐이다. 그런데도 아버지는 고마움을 모르고 개 밥그릇 한 번 깨끗이 닦아주지 않는다. 나마저 외항사로 취업하여 집을 떠나게 되면서 아버지는 손수 자신의 식사를 챙기는 신세가 되었다. 초로의 아버지는 홀로 남겨졌다. 언젠가부터 그래도 네 엄마가 미인상에 키도 큰 데다 가방끈도 제법 길었다며 그리워했다. 아버지는 결국 엄마에게 졌다. 그것이 아버지의 운명이라고 단정 짓자 안쓰럽게 느껴졌다. 안타깝게도 엄마가 언젠가 손발이 닳도록 빌며 돌아올 거란 상상을 하고 있다는 사실을 알았을 때는 더없이 가엾고 불쌍했다. 엄마는 한 번도 우리를 찾지 않았다. 나는 고모 손을 잡고 초등학교 입학식에 참석했고, 소풍이나 야유회 때 김밥도 제대로 못 챙겨 다니는 천덕꾸러기로 자랐다. 서른이 넘도록 엄마의 그림자는 먼발치에서조차 구경하지 못했다.

고모들은 쉬쉬했지만 나는 엄마의 행방을 스스로 수소문해냈다. 같은 이름을 가진 수백 명의 '이숙희'를 페이스북에서 찾아 일일이 확인했다. 세상이 좋아져 앉은 자리에서 얼마든지 엄마를 찾을 수 있었다. 더욱이 엄마는 타인의 귀감으로 성장한 인물이 아닌가! 엄마는 뉴질랜드에서도 꽤 저명한 대학에서 심리학을 가르치고 있었다. 섣불리 확신할 수 없을 만큼 엄마는 반듯하게 살고 있었다. '수잔'이라는 영문 이름에 외국인 남편의 성까지 쓰고 있었지만, 미들 네임에 선명하게 박혀있는 '숙희'를 근거로 엄마를 확신했다. 엄마가 직접 운영하는 블로그에는 주로 이민 가정의 사춘기 청소년이나 입양아, 혼혈 아동들의 정체성을 다루는 내용들이 주를 이루었다. 강의를 하거나 듬직한 남편의 팔에 감겨 혼혈 자녀들의 어깨를 어루만지고 있는 사람은 분명 엄마였다. 한참 동안 사진을 들여다보고 있자니 점처럼 작게 소멸되는 내 모습이 보였다. 너무 행복하고 단란해 보여 이제 와 굳이 엄마 앞에 나타난다는 평생의 계획이 부끄러울 정도였다. 하지만 멈출 수 없었다. 엄마의 블로그에 올라오는 글들을 읽고 똑같은 사진을 수십 번도 더 들여다보면서 나는 엄마를 느꼈다. 기필코 저 노린내 나는 코쟁이들 틈에서 엄마를 빼내 우리의 삶을 완성하리라 수없이 되뇌었다.

비행을 시작하자 수중에 돈이 모이기 시작했다. 아버지 앞으로 떨어지는 자그마한 연금에 손을 벌리지 않아도 된다는 것이 가장 만족스러웠다. 아버지마저 날 버렸더라면 지금의 난 없었을 것이다. 홀로 나를 키우면서 아직도 떠난 엄마가 돌아오기를 바라는 마음은 순정이지 미련이나 집착이 아니었다. 첫 월급으로 아버지의 잠옷을 사드리고, 남은 돈으로 엄마를 만나는 날 입을 칵테일 원피스와 굽이 높은 구두를 장만했다. 절대로 만만해 보여선 안 된다. 이제 어엿한 성인이 되었으니 어른스럽게 엄마를 만나 용건을 전달할 생각이었다. 어느 신파극에서 처럼 과잣값이나 쥐어 돌려보내지 않도록 반듯하게 차려입고 갈 것이다. 시간이 더해갈수록 점점 두려워지는 것은 엄마가 날 잊어버렸을 지 모른다는 것이었다. 우연을 가장한 만남이든 정해진 약속이든 꼭 만나야 한다. 기내 화장실 앞에서 문고리를 찾아 두리번거리는 중년의 동양 여성이나 비즈니스 클래스 좌석에 앉아 나를 호출하는 우아한 사모님들을 틈에서 나는 늘 엄마를 찾아 헤맸다.

엄마? 저 윤이에요.

용기를 내서 엄마의 블로그에 쪽지를 남겼다. 내 이름을 기억한다면 짧은 물음에도 답을 주리라 믿음을 갖고 기다렸다. 달포가 지나서야 답장이 돌아왔다.

엄마라니? 설마! 우리 윤이니?

이런 날이 올 줄 알고 엄마는 열심히 살아왔다고 변명했다. 엄마의 사회적 성공과 안정된 가정은 모두 나를 위해서란 말처럼 들렸다. 그 안으로 들어갈 생각이 전혀 없는 나를 향해 엄마는 이기적인 방법으로 자신을 합리화시키고 있었다. 하지만 엄마가 내게 답을 주었다는 사실 만으로도 충분히 행복했다. 자식을 둘이나 새로 낳아 키우면서 번듯한 가정을 꾸렸든 말든 엄마만 빼내오면 모두 거품처럼 사라질 현실이라고 믿었다. 엄마, 전 아주 잘 지내고 있어요. 엄마의 죄책감을 덜어주기 위해서 나는 애써 덤덤하게 말했다. 많이 컸겠구나! 너무 보고 싶어요. 마침내 용건을 털어놓자 참았던 눈물이 주르륵 흘러내렸다.

엄마를 만나러 뉴질랜드로 가는 비행이 있는 날이었다. 밤새 가슴이 뛰어 한 숨도 제대로 잠을 이룰 수 없었다. 함지박만 한 배를 앞세우며 들어서는 임산부를 시작으로 탑승이 시작되었다. 그녀는 임신한 지 7개월가량 됐다고 전했다. 승객의 오른팔을 양손으로 부축하여 자리로 안내했다. 비행기는 점프하듯 이륙하여 마침내 정상 궤도에 진입했다. 낮아진 기압으로 금세 허기를 느낀 승객들은 출출한 속을 달래기 위해 마실 음료와 간식을 찾아댔다. 식사가 시작되자 기내는 입을 오물거리며 분주히 음식물을 삼키는 소리로 팽창하기 시작했다. 술과 물을 더 달라던 승객들이 참다 못해 스스로 카트를 향해 손을 뻗었다. 서비스를 끝내고, 기내 조명을 소등했다. 불이 꺼지기 무섭게 승객들은 마법에 걸리듯 일제히 고개를 떨군다. 어두운 창밖의 별을 찾아 헤매던 몇몇 승객들도 예외 없이 잠이 들었다.

조종사들의 식사를 챙긴다. 화장실을 가는 일 외에 늘 자리를 지켜야 하는 그들은 조종석에 앉아 끊임없이 무언가를 먹거나 매뉴얼을 뒤적거렸다. 점점 살집이 불어나는 것은 당연한 일이었다. 체구가 작은 조종사를 보면 무언가 결핍되어 보일 정도였다. 조종실 비밀번호를 누르고 문이 열리기를 기다린다. 조종석 뒷좌석에 앉아 정면으로 훤히 드러난 달을 바라본다. 이 설렘을 누구 한 사람에게 털어놓고 싶었다. 같은 회사에 근무하지만 이 비행 이후 언제 다시 볼지 모를 사람들이었으므로 나는 솔직하게 말할 수 있었다. 오클랜드에 도착하면 뭘 하실 거예요? 기장은 고개를 끄덕이다 쇼핑몰에 들러 미리 봐 둔 카메라를 한 대 고를 생각이라고 했다. 부기장은 이혼 후, 전처에게 맡긴 아들과 함께 놀이 공원에 갈 계획이라고 서슴없이 말했다. 이혼한 전처가 재혼을 하면서 이제 새아버지 밑에서 자라게 된 아들을 돌연 빼앗긴 기분이 드는 눈치였다. 부기장은 아들을 만날 계획에 대해서 굉장히 의미심장한 어조로 말했다. 나도 오클랜드에 있는 가족을 만날 계획이라고 말했다. 부기장이 관심을 보이며 고개를 좌측으로 살짝 돌려 나의 상기된 얼굴을 들여다봤다. 오클랜드에 엄마가 있어요. 그 말을 하는 내 어깨에 살포시 바람이 실렸다. 오클랜드의 하늘은 그림처럼 파랗게 물들어 솜사탕 같은 구름을 쉼 없이 토해놓을 것이다. 그 하늘 아래 엄마가 서 있겠지? 엄마가 정말 나와 줄까? 호텔 로비에 슈트케이스를 끌고 들어서는 순간 엄마가 달려올까? 엄마는 나를 단번에 알아볼까? 달려가 얼싸안고 반겨야 할까. 아니면 45도 각도로 깍듯하게 인사를 해야 할까. 갖은 상념으로 끝까지 자존심을 세울 생각을 하는 건 사실 엄마에 대해 잘 모르기 때문이었다. 어떤 분일지, 어떻게 변했을지 아무것도 예측할 수 없었다. 기내 화장실에 홀로 남겨지자 눈시울이 붉어졌다. 집을 나서기 전 카톡 제목을 12, 13, 14 오클랜드로 바꿔놓았다. 엄마가 이걸 본다면, 먼저 말을 걸어올지도 모른다고 생각했다. '보고 싶다'고, '어서 오라'는 연락을 내심 기다렸다. 엄마니까…. 그래야 마땅하다고 생각했다. 그런데 기내 와이파이로 대화창에 접속해봐도 더 이상의 소식은 없었다. 약속한 시간에 엄마는 호텔 로비로 나와 줄까?

비즈니스, 이코노미 할 것 없이 만석이었다. 처자식을 비롯한 아이들의 보모들은 이코노미석에 남겨둔 채 홀로 비즈니스석을 꿰찬 중년 신사 하나가 역시 기대를 저버리지 않았다. 두 시간 간격으로 일반석의 아이들을 차례대로 불러들여 두 다리를 쭉 뻗고 잠을 자게 했다. 온 가족이 돌아가며 아버지의 좌석을 이용하는 동안 남자는 곁을 지키고 서 있다. 흔히 있는 일이었으므로 이런 부류의 승객에 대처하는 방법도 잘 알고 있었다. 일단은 정중한 자세로 제안을 하나 했다. 이런 식으로 다른 승객들을 불편하게 하느니 남은 가족이 머물고 있는 일반석으로 가시라고 권했다. 그러자 남자는 정색을 했다. 문득 아버지가 떠올랐다. 아버지는 하나 남은 달걀을 잽싸게 집어 올려 한입에 삼키곤 했다. 그걸 먹은 후에도, 날달걀에 참기름과 깨소금을 두른 찻잔을 엄마가 내오면 식사를 마친 꿀꺽 삼켰다. 집을 나서면서 군화가 광이 나도록 닦여 있질 않으면 군화를 신은 발로 문을 찼다. 엄마는 늘 쥐 죽은 듯 바닥에 엎드렸지만, 결국 울분을 참지 못하고 달려 나와 아버지에게 말대답을 했다.

정색을 하는 승객에게 다시 다가섰다. 만만하게 보이는 순간 이런 일은 14시간 내내 되풀이될 것이다. 승무원의 지시에 응하지 않고 기내 질서를 어지럽히면 공항 경찰을 호출할 수도 있다고 경고했다. 그러자 승객은 허허 웃으며 얼음물이나 한 잔 가져오라고 명령했다. 승객이 새를 쫓듯 훠이훠이 팔을 휘젓자 부인과 아이들이 군말 없이 따랐다. 그들은 거역할 수 없는 삶의 원칙에 익숙하게 순응하는 모습이었다. 반항이나 거역이라곤 없는 삶이었다. 얼음물을 쟁반에 담아 대령하자 자녀들은 모두 제자리로 돌아가고 없었다. 아버지가 시키는 대로만 했어도 엄마에게 고통은 찾아오지 않았을 것이다. 엄마는 너무 똑똑해서 탈이었다. 나는 물 잔을 테이블에 내려놓으며 남자 승객의 접힌 뱃살에 잠시 시선을 두었다.

아버지는 한참 부족한 여자를 만났어야 했다. 공연히 욕심을 부려 유학 준비에 앞길이 창창하던 엄마를 탐했다. 엄마처럼 잘난 여자한테 하루 세끼 밥상을 차려라. 매일 저녁 가계부 검사를 맡아라. 살림이나 해라. 등등의 제약을 두었다. 아버지한테는 부대 인근의 '황금 다방' 미스 리 정도가 알맞았다. 군화로 발길질을 하고, 국이나 나물이 싱겁다고 밥상머리에서 머리를 쥐어박아도 결국엔 배운 것 없이 박복한 팔자려니 하고 삭히며 살아줄 여자를 만났어야 했다. 엄마는 대학 졸업 후 준비하던 미국 유학을 결혼과 함께 반납했다. 콩나물국이 팔팔 끓는 부엌에서 아침마다 칼자루에 힘을 실어 포기김치를 썰던 엄마. 잘록한 허리 위로 봉오리처럼 맺힌 올림머리를 갸우뚱하며 간을 보던 엄마. 엄마가 빠져나간 텅 빈 부엌엔 먼지가 쌓이고, 늘 윤이 나던 식기와 유리그릇에 물때가 쌓일 때마다 아버지는 말씀하셨다. 자기 배 아파 낳은 새끼 버리고 집 나간 게 무슨 어미니? 됐다. 그만 잊어라. 아버지의 등 너머로 긴 담배 연기가 피어오르면 한사코 미련 섞인 푸념이 들렸다. 뛰어 봤자 벼룩이지. 어디 돌아오기만 해봐라. 다신 도망 못 가게 다리를 꽁꽁 묶어 버릴 테닷!

모름지기 나만큼은 좋은 배필을 만나야 한다고 아버지는 강조했다. 그리하여 마련된 맞선 자리는 인천 비행으로 서울에 체류하는 동안 아주 갑작스럽게 이뤄졌다. 딱히 마음이 있는 건 아니었지만, 군말 없이 따르는 것도 자식 된 도리라고 생각했다. 내 마음에 차지 않더라도 아버지만 좋다면 긍정적인 마음으로 만나볼까 싶었다.

공항 인근에 위치한 아울렛 1층 퓨전 중식당에서 아버지가 내놓은 남자를 만나기로 했다. 전직 대학교수를 아버지로 둔 남자는 사 남매 중 막내였다. 혼자 힘으로 나이 서른일곱에 40평대 아파트를 두 채나 돌릴 만큼 재테크에 능한 자라고 했다. 소규모지만 네댓 명의 직원을 둔 중소기업의 대표로 인물도 제법 준수한 편이었다.부족한 점은 되도록 가능성으로 봐달라는 당부도 잇따랐다. 중매자로부터 건네받은 남자의 사진을 요리조리 훑어본다. 하관이 고요하게 빠진 남자의 얼굴은 어딘지 모르게 우울한 빛이 감돌았다. 딱히 흠잡을 만한 곳이라곤 없었지만 그렇다고 끌리는 타입도 아니었다. 결정적으로 체구도 작아 보였다.

대충 짐작은 했지만 막상 약속 장소에 들어서는 남자를

보자 여린 한숨이 먼저 새어 나왔다. 밑단을 접은 바지 아래 양말도 없이 구두에 끼워 넣은 남자의 발목 때문에 단신이 더욱 도드라졌다. 하이힐 위로 길게 늘어진 내 종아리를 보고 남자도 적잖이 놀라는 눈치다. 긴 비행을 마친 터라 밤새 부은 발이 구두 안에서 아프게 겉돌았다. 천근만근 눈꺼풀이 무겁게 늘어지면서 텅 빈 위장이 쉬지 않고 부대꼈다. 냉큼 일어나 남자를 맞을까 하다가 나는 앉은 채로 자리를 권해버렸다.

남자는 막 휴가 나온 일병처럼 깍듯하게 인사를 건넸다. 자리에 앉자마자 기다렸다는 듯 뜨거운 중국차가 나왔다. 그가 먼저 내 잔을 채워 주길 기다리고 있을 때 전화벨이 울렸다. 남자의 전화였다. 그는 눈짓으로 양해를 구한 후, 고개를 주억거리며 기어이 그 전화를 받았다.

“네. 얼른 받으세요.”

사슴처럼 초롱초롱한 눈망울로 재촉하자 남자가 엷은 미소를 지었다. 남자의 전화는 생각보다 길어졌다. 지난달 실적이며 미수금 완납에 관한 이야기가 전개되었다. 오천팔백 얼마쯤…. 남자가 액수를 거론하며 왼 손바닥을 펼쳐 수화기를 살짝 가렸다. 졸졸졸…. 남자의 통화 내용을 벽처럼 세워놓고 나는 스스로 차를 따라 마셨다. 남자의 잔까지 마저 채운 연후에 나도 스마트폰을 꺼냈다. SNS 즐겨찾기에서 슬그머니 남자를 떨궈 버린다. 남자의 통화가 점점 길어지는 사이 전채 요리가 나왔고, 나는 젓가락을 힘주어 세우고 보란 듯이 음식을 마구 집어 먹기 시작했다. 젓가락 사이로 뭉텅뭉텅 흘러가는 의미 없는 시간을 생각하자 걷잡을 수 없는 피곤이 밀물처럼 몰려왔다. 밀린 잠이나 잤으면 딱 좋을 시간에 이런 무례를 당하고 있는 이유도 모르겠다. 남자도 딱히 마음이 있어서 나온 건 아닐지 모른다. 밥이라도 먹여 보내는 걸로 소개해 주신 분에 대한 도리를 다하는 것뿐이다. 마침내 통화를 끝낸 남자는 미안한 듯 빙그레 웃는다. 남자는 무슨 이야기든 내가 먼저 털어놓길 바라는 눈치다.

"진상 승객 만나면 어때요? 꽤 힘드실 것 같아요."

어색한 분위기를 깬답시고 남자가 겨우 한 마디 끌어올렸다.

"글쎄요. 그런대로 할 만해요."

나는 시큰둥하게 내뱉는다. 제까짓 게 비행에 대해 뭘 안다고, 초면에 덮어놓고 동정부터 하려는 자세가 심히 마땅찮다.

"통계에 따르면, 항공 승무원의 감정 노동 강도가 가장 높지 않습니까? 가끔 뉴스에 기내 진상 승객들 얘기 올라오잖아요. 승무원들 보면 늘 안쓰러워요. 우리 나라에서나 인기 직종이지 미국이나 유럽 같은 선진국에서는 3D 업종이잖아요."

초반에 기선 제압을 하겠다는 심리인지 모르겠으나 나는 그가 원하는 대로 움직이진 않을 것이다.

"뭐, 그런가 봐요!"

발끈하지 않고 순순히 수긍하자 당황한 기색이 역력했다. 흔해빠진 공항 인근의 퓨전 중식당에서 탕수육과 자장면을 먹어 주고 있는 이유로 나를 만만하게 보고 있다면 더 할 얘기는 없다. 아까부터 발바닥이 쑤시고 저렸다. 졸음이 밀려왔다. 긴장이 풀린 탓인지 나는 구두코 위로 밤새 퉁퉁 부은 발을 함부로 꺼내놓고 반쯤 눈을 감았다.

"저, 혹시 기분 상하셨나요? 그랬다면 진심으로 사과드립니다."

피식! 나도 모르게 웃음이 새어 나왔다. 내심 비웃음으로 비쳤길 바라면서 나는 빈 찻잔을 탁하고 내려놨다.

"비행기 자주 타세요?

"아, 그게…. 최근에 사업 확장하느라 바빠서 자주 못 다닙니다. 여름 휴가 활용해서 동남아에 스쿠버 다이빙하러 가는 정도입니다."

"어느 기종 타보셨는데요?"

그런 걸 알 턱이 없을 남자의 얼굴이 늦가을 젖은 낙엽처럼 누렇게 가라앉기 시작했다.

"절 버스 안내양 보듯 하시길래, 해외 출장 자주 다니시는 줄 알았어요."

"버스 안내양요? 아유, 오해십니다. 사실, 저 외항사 승무원은 정말이지 처음입니다."

남자가 익히 섭렵하지 못했던 세상이 궁금해서 나왔다는 말로 들렸다.

"국내 항공사만 죽 이용하셨나 봐요."

"아, 그게…. 국내 항공사 승무원들과는 몇 차례…."

남자는 뜨거운 중국차를 두 손으로 공손하게 쥐고 후후 불며 키득거리기까지 한다.

"사실 우리 형수도 승무원이었어요."

이런 멘트 날리면서 우리 세계에 대해서 아는 척하는 남자가 세상에서 제일 싫다.

"처음엔 착했대요. 근데 결혼하고 보니 살림도 못 하고, 씀씀이가 너무 헤프더래요."

"지금은…?"

"이혼했죠…."

남자는 당연하다는 듯이 말했다. 너도 명심하란 말로 들렸다.

"그런 분일수록 마음이 넓은 남자를 만나셨어야 해요."

"우리 형도 꽤 촉망받는 대기업 연구원이었습니다."

"어디요? 삼성이요?"

남자가 말을 아끼려는 듯 빙그레 웃더니 찻잔을 들었다.

"전여친도 승무원 지망생이었어요. 힘든 일이라고 그렇게 말렸는데도 하겠다고 하길래 물심양면으로 뒷바라지했는데, 경쟁률이 엄청나게 높더라고요."

승무원과 사석에서 만난 일이 별로 없는 모양이다. 승무원과 맞선을 보고 있다는 사실 자체를 매우 신기해하는 게 뻔히 보이는데 굳이 아닌 척하려고 애쓰고 있다. 본인이 무슨 말을 하는지 잘 모를 정도로 앞뒤도 없다. 항공업과 관련된 온갖 인연을 총동원하여 어떻게든 한 수 위에 서보려고 애쓰는 모습이 없어 보였다. 가부장적인 데다 여자를 우습게 보고 싶어 안달 난 남자 같았다. 욱! 하는 성질까지 있다면 아뿔싸! 아버지와 판박이였다.

"막내라고 들었어요."

어색한 침묵을 깨고 나온 신상에 관한 내 첫 질문이었다.

"네! 그래도 어머님은 제가 모실 겁니다."

"네에…?"

부연 설명을 기다리고 있는데, 남자가 다소 공격적이면서도 단호하게 말을 이어 나갔다.

"형님들이 모두 외국에 계세요. 장남이 장남 노릇을 못하는데, 막내라도 장남 역할을 해야죠."

"효자로군요."

"막내로 자라셨으면, 귀염 많이 받으셨겠어요."

"사고뭉치였죠. 어머니가 뒷수습 많이 해주셨어요."

"네에."

"언제 한국에 들어오세요?"

"글쎄요. 잘 모르겠네요."

"결혼하셔야죠."

"인연이 돼야죠."

초장부터 대화가 겉돌고 있는데 결혼이라는 화두를 당당히 꺼내 드니 당황스럽기 짝이 없었다. 나는 급격히 나른해졌다. 이 결혼은 어쩐지 자신이 없다. 빨리 숙소로 돌아가 한숨 푹 자고 일어나 이 순간의 곤욕을 떨치고 싶은 마음뿐이다.

"그게 항상 딜레마예요."

"마음에 듭니다."

상하좌우로 저작 기능에 한창이던 어금니가 멈춰 섰다. 앞니로 반쯤 잘라 먹던 딤섬을 앞접시 위로 도로 내려놓았다.

"저 어때요?"

나는 남자의 얼굴을 빤히 들여다봤다. 어디에서 나오는 자신감인지 솔직히 잘 모르겠다. 종업원이 계산서를 남자 앞으로 들이밀고는 쏜살같이 지나갔다. 홀 안의 테이블이 모두 차고, 대기 의자에 앉아있는 사람들이 눈에 들어왔다. 데면데면 겉돌던 대화를 종료할 시기였다. 남자는 피해

의식이 있어 보였다. 내 마음을 읽었는지 남자가 상황을 수습하기 위해 성급하게 한 마디 쏘았다.

"제 여자답습니다."

나는 입꼬리를 한쪽만 치켜세우며 피식 웃었다.

"일어날까요?"

웃음으로 답을 대신하고 나는 먼저 일어났다. 계산서로 내가 먼저 손을 뻗치자 이에 질세라 남자가 냉큼 가로챘다. 남자는 지나가던 종업원을 신경질적으로 불러 세우며 신용카드를 내민다. 밥값 정도야 얼마든지 낼 용의가 있으니 제발 나서지 좀 말란 소리로 들렸다. 굳이 숙소까지 바래다주겠다는 남자를 끝내 뿌리치고 나는 택시를 잡아탔다. 그런데도 막무가내였다. 손목을 가로채 비틀더니 앞을 막아섰다. 이건 예의가 아니죠! 한사코 뜯어말리는 남자의 얼굴은 필사적이었다. 그럴수록 한시바삐 남자에게서 벗어나야 한다는 생각뿐이었다. 대낮에 만난 게 천만다행이었다. 사람들이 모여들기 시작하자 남자는 보란 듯이 버럭했다.

"지금 내 차가 고물이다. 이겁니까?"

마침내 남자의 바닥이 훤히 드러냈다. 나 원 참…. 헛웃음과 함께 울컥 눈물이 솟구쳤다.

며칠 후 중매인은 남자의 배웅을 고사한 저의가 무엇인지 따지고 들었다. 남자가 한 소리 퍼부은 게 분명하다. 뒤끝 있는 놈이었다. 안 타길 백 번 잘했다는 생각이 들었다. 사람을 됨됨이로 따져야지 차종을 갖고 판단하는 버르장머리를 어디서 배웠냐는 설교까지 잇따랐다. 남자가 뭐라고 싸잡아 자신의 퇴짜를 합리화 시켰는지 알만했다. 부잣집 도련님 답지 않게 비열하고 옹졸했다. 솜이불처럼 폭신한 남자였으면 한결 좋았을 걸 그랬다. 성한 곳이 없는 내 날개를 충분히 보듬어 줄 남자였다면 지금쯤 내 삶에도 봄바람이 불었을지 모른다. 그런데 남자는 어떻게든 내 기를 누르지 못해 안달이었다.

보름 후 남자에게서 다짜고짜 전화가 날아들었다. 시차를 무시한 채 서울에서 달려든 전화는 새벽녘 단잠을 산산이 부수어 놓았다. 엉겁결에 받은 수화기를 열자 남자의 한 맺힌 고함이 터져 나왔다.

"외제차로 바꿨습니다!"

역시나 차종 때문에 내게 퇴짜를 당했다고 생각하고 있었다. 나는 잠자코 다음 말을 기다렸다.

"아하! 외제차도 성에 안 차신다?"

그는 기대를 저버리지 않고 매섭게 쏘아붙였다.

"저는…. 그쪽에게 생각이 없어요…."

한동안 침묵이 흐른 연후에, 전화가 뚝 끊겼다. 아마도 배터리가 떨어졌기 때문일 거라 생각하며 다시 베개에 얼굴을 묻고 마저 잠을 재촉했다. 아침부터 장거리 비행이 있었다.

그러나 남자는 지독할 정도로 집요했다. 지고는 못 사는 성격인 것 같았다. 철저한 냉대와 멸시에도 불구하고, 보름 후 다시 기별이 왔다. 첫 만남에서의 어설픈 말실수와 경솔함이 있었다면 너그러이 용서하고, 다시 한번 기회를 달라는 장문의 사과문이었다. 공연히 전화벨이 울리다가 받으려는 찰나 저절로 멈추곤 했다. 보나 마나 그 남자였다. 이미 매몰차게 선을 그었음에도 남자는 막무가내였다. 날이면 날마다 문안 인사를 남기더니, 구정 명절엔 아버지가 홀로 계신 집으로 갈비와 사과, 배를 각각 한 상자씩 보냈다. 일주일에 한 번씩 아버지 집으로 사람을 보내 집 안 청소와 부엌일을 거들게 했다. 그 청년, 사람이 시원시원하니, 제법 듬직하더라. 그만하면 됐다. 이제 못 이기는 척하고 받아줘라. 이것도 다 인연이니 생기는 일이다. 아버지는 한결같이 남자를 감싸고 돌았다.

남자의 아버지는 스스로 목을 맸다고 했다. 사건이 있던 날, 집 안에 있던 식구라곤 남자뿐이었다. 그리고 신기하게도 누나와 형들은 유력한 용의자로 남자를 지목했다. 아버지가 스스로 목을 맬 사람이 아니라는 게 형제들이 남자를 의심한 이유였다. 형들처럼 공부를 잘하지도 못했고, 걸핏하면 동네 건달들과 시비나 붙는 남자는 자라는 내내 집안의 우환이었다. 아버지는 그런 남자를 늘 투명 인간처럼 대했다고 했다. 하루가 멀다 하고 아버지에게 손찌검을 당하는 어머니를 떼어내려고 득달같이 달려들 때만 아버지는 남자의 이름을 불러주었다. 민재! 이 망할 놈의 자식! 하지만 남자는 맹세코 아버지와 몸싸움을 벌이거나 반항한 일이 없다며 결백을 주장했다. 발견 당시, 시신은 대롱대롱 전선에 목이 감겨 있었다. 누나와 형들은 남자가 아버지를 목 졸라 살해한 후에 전선으로 허공에 매달아 완전 범죄를 꿈꿨다고 주장했다. 형들은 아버지의 폭언과 거침없는 발길질을 견디다 못한 남자가 아버지를 머리로 들이받는 걸 여러 번 목격했다고 증언했다. 아무도 남자의 말을 들어주려고 하지 않았다. 누나와 형들은 남자가 법적 소송으로 세월을 보내는 사이 모든 유산을 빼돌렸다. 남자의 아버지가 미리 작성한 유언장에 따른 이행이었다고 누나와 형들은 당당히 맞섰다.

남자의 아버지는 밖에서는 점잖은 대학교수 행세를 하며 숱한 논문과 책을 줄기차게 써냈다. 하지만 집에서는 걸핏하면 어머니를 두들겨 팬 난봉꾼이었다. 물론 중매자에게서 익히 들어본 적 없는 사실이었다. 조교를 성추행한 사건으로 고소돼 몇 번이나 재판에 회부된 적도 있다고 했다. 돌아가신 아버지의 죽음을 두고 그를 의심했던 건 형들과 누나라고 누누이 강조했다. 형들의 말에 따르면 아버지에게 그런 짓을 저지를 놈은 평생을 아버지 눈밖에 나돌던 남자뿐이었다. 질식사한 아버지의 목을 조른 것은 인간의 손이 아니라 전선이었다는 부검 결과가 나오면서 그는 모든 혐의에서 풀려났다. 망자는 스스로 전선에 목을 맸던 것이지 누군가 목을 졸라 죽인 연후에 전선을 감아 공중에 매단 것이 아니었다는 부검의의 소견으로 그는 7년 만에야 무죄를 입증받았다. 그는 끝까지 자신의 결백을 믿어 준 노모를 제외한 나머지 형제들과 인연을 끊게 되었다. 이제 남은 것이라곤 8년째 파킨슨병에 시달리는 노모의 병시중뿐이었다. 그의 세상에선 걸핏하면 송사가 붙었다. 참을 수 없는 지경이 되면 기물이 파손되곤 했다.

그런 말을 하는 남자가 무척 낯설고 버거웠지만 어쨌거나 힘든 시간을 통과하고 있을 뿐이라고 생각했다. 통과해야 한다. 그래야 극복할 수 있다. 누구에게나 긴 터널이 찾아오는 법이다. 술이라도 한잔 하는 날에는 늘 억울한 누명을 허공에 대고 하소연했다. 걸핏하면 따귀를 갈기고 주먹을 날리던 아버지를 죽음으로 내몬 것은 자신이 아니라는 한결같은 주장을 7년간 되풀이해야 했다. 패륜아로 자신을 내몰았던 누나와 형들에 대한 분노 때문에 소송에서 이긴 지금도 편히 잠을 이룰 수 없었다. 그는 수면제와 정신과에서 처방받은 약의 도움 없이는 잠을 이룰 수 없다는 말을 거침없이 토해냈다. 익히 들어본 적 없는 어마어마한 일들이 나를 만나기 전까지 그가 겪어낸 세상이라니…. 나를 향해 들이댔던 자존심과 거북했던 자신감들이 모두 자신을 방어하기 위한 가림막에 불과했다. 가엾은 우리 딸…. 처음으로 나를 부르던 엄마도 이런 마음이었을 것이다. 가엾은 우리 민재 씨…. 남자는 외톨이였다. 상관없었다. 인간이라는 바닥은 누구나 똑같다. 전화선 너머로 긴 침묵이 이어진 연후에 나도 마찬가지라고 털어놨다. 부모님은 여섯 살 때 이혼하셨고, 지구 반대편에 사는 엄마는 뉴질랜드 남자와 재혼해 나를 조금이라도 닮았을지 모를 혼혈 여동생이 둘이나 있다고 말해줬다. 자주 만나진 못 하지만 SNS로 엄마가 새 가정을 이뤄 행복하게 사는 모습을 고통스럽게 지켜보고 있다고 말했다. 그래도 엄마가 나 같은 딸을 하루빨리 잊어버릴 만큼 행복했으면 좋겠다고 덧붙였다. 남자에게 그 말을 모두 털어놓고 나니, 두 눈이 퉁퉁 부었다. 눈물이 콧물과 뒤범벅이 되어 턱 끝에 대롱대롱 매달렸다. 지금까지 내 인생에 등장했던 남자들에게 차마 털어놓지 못한 이야기였다. 남자도 처음 듣는 이야기라며 난감해하는 눈치였다. 하지만 어떻게든 나를 위로해주려고 애썼다. 긴 침묵이 이어진 연후 남자가 나지막한 음성으로 입을 열었다. 사는 게 쉽기만 해서야 진짜가 아니에요. 복선도 깔리고, 고비도 넘겨야 재미를 보는 법이랍니다. 윤이 씨, 어머님 마음, 충분히 이해할 수 있을 것 같아요…. 남자의 긴 호흡이 지긋이 어미를 종결하자 전율하던 심장이 젖은 모래처럼 후드득 쏟아졌다.

서비스를 마치고 4시간 정도 쉴 수 있었다. 나는 갈아입을 옷가지를 챙겨 벙커로 내려서는 난간을 잡고 한 계단 한 계단 조심스럽게 몸을 들여놓는다. 고단한 몸을 침상에 떨구자 이내 뭉쳤던 근육의 긴장이 일제히 풀어졌다. 이렇게 벙커에 누워 낮은 천장과 맞이할 때면 관 안에 갇힌 기분이다. 살아내고 있지만 결국엔 죽음을 향해 쉼 없이 나아갈 뿐이란 걸 생각하면 지체할 시간이 없었다. 차오르는 눈물을 닦아내며 꽁꽁 숨겨두었던 남자를 떠올렸다. 엄마를 만나러 간다고 전하자 남자는 진심으로 축하해줬다. 마침, 아버지가 계시는 기와집 마당에도 감이 열렸다. 네 엄마가 너 가졌을 때, 주렁주렁 열린 감을 한 소쿠리 가득 따는 꿈을 꿨다잖니? 아버지는 감나무 사진을 내게 전송하며 태연하게 엄마 이야길 꺼냈다. 추궁하듯 결혼을 재촉하던 아버지는 막상 남자에 대해서 고백하자 탐탁잖게 반응했다. 권위적이고 가부장적인 아버지와 별반 다르지 않을 남자의 성품을 전해 들은 아버지는 좋다 싫다 말이 없었다. 물론 없는 셈이나 마찬가지인 형제들과 파킨슨병에 시달리는 노파의 존재에 대해서는 길게 설명하지 않았다. 그럼에도 달가워하지 않는 건 이제 남의 집 식구가 될 딸이 서운하기 때문이라고 나는 마음대로 생각해버렸다. 어차피 인간이란 바닥은 다 똑같으니까. 아버지도 속절없이 홀로 남게 될 삶이 아쉬울 뿐이라고 이해했다. 아버지가 보내준 감나무 사진을 남자에게 보여주자 남자의 프로필 사진이 감나무로 금세 교체되었다. 어머님을 만나면 꼭 여쭤보세요. 윤이 씨 가지셨을 때 어떤 태몽을 꾸셨는지. 자세히 들려달라고 조르세요. 벙커에 모로 누워 남자와 나누던 카톡 문자를 끌어올린다. 민재! 강. 민. 재…. 나는 남자의 이름을 한 음절씩 소리 내본다.

꿈속에서 나는 엄마의 손에 이끌려 어느 대학 강의실 한켠에 앉아 인형 놀이를 하고 있다. 강의에 집중하며 끊임없이 펜대를 움직여 노트 필기를 하는 엄마 곁에서 얌전히 앉아 미미인형의 옷을 갈아입히고 머리를 땋았다. 쉬는 시간에 환타나 젤리를 사주기 위해 엄마는 나를 구내매점으로 데리고 갔다. 엄마와 함께 석사 과정을 밟고 있는 동기들이 웃으며 다가와 내 머리를 어루만지거나 사탕을 건네기도 했다. 착하네, 엄마 공부한다고 울지도 않고 얌전하게 잘 있네. 식탁에 앉아 논문을 뒤적이며 타이핑을 하고, 프린트물을 다시 읽으며 엄마는 밤을 꼬박 새웠다. 이윽고 군화를 신은 아버지가 건빵과 별사탕을 잔뜩 들고 나타났다.

"책에서 손 떼랬잖아?"

"제발 이러지 마! 숨이 턱턱 막혀!"

타자기를 두드리던 엄마는 가만히 아버지를 노려본다. 아버지는 선녀 옷을 감춰놓고 전전긍긍하는 나무꾼 같았다. 엄마는 펼쳐 놓은 논문집과 노트북을 마구잡이로 트렁크에 담아 벽장에 숨겼다. 그때였다. 찰싹! 엄마는 헝크러진 머리와 벌게진 볼을 쥐고 앉아 어깨를 들썩거리기 시작했다. 여자아이의 울음이 절규가 되어 집안 가득 울려 퍼졌다.

엄마의 들썩이는 어깨를 보자 눈이 번쩍 떠졌다. 서둘러 계단을 밟고 올라가 벙커문을 열고 객실로 올라왔다. 기내 바닥에 임신한 지 7개월 된 승객이 배를 움켜쥐고 쓰러져 있다. 모든 승객이 잠들었기 때문에 아무도 여자의 고통에 귀 기울이지 못했다. 나는 여자의 허리를 뒤에서 안아 일으켰다. 몸의 방향을 비틀 때 마다 뱃속의 아이가 따라 움직인다고 했다. 너무 고통스러워 견딜 수가 없다며 여자는 울음을 터뜨렸다. 처음엔 좌석 업그레이드를 노리고 벌이는 연극이 아닐까 싶었다. 그런데 고개를 치켜든 여자의 콧잔등 밑으로 새어 나온 피를 보자 현기증이 몰려왔다. 비행기에서 아이를 낳지 말란 법도 없었다. 만약의 경우를 대비해 응급처치 상자와 더운물 그리고 담요를 가져와 여자의 주위에 늘어놓았다. 여자는 순순히 산소마스크를 쓰고, 나를 따라 긴 호흡을 내쉬었다. 이륙 후 여섯 시간이 넘도록 아무것도 먹지를 못했다고 했다. 빈속이 부대낄 법도 했다. 여자는 물 한 모금을 겨우 마시는 둥 마는 둥 한다. 과일을 가져다주자 만사가 귀찮다는 듯 손사래를 쳤다. 의사에게 호출전화를 넣었다. 기계를 작동시키고 신호음이 몇 번 울리지 않아 수화기 저편에서 의사의 목소리가 들렸다. 침착한 목소리로 산모의 상황을 자세히 설명했다. 29살의 아랍계 뉴질랜드 여성, 동행하는 가족이나 친구는 없음. 4년 전 한 차례 출산 경험이 있고, 이번이 두 번째 임신이며 현재 28주를 조금 넘어선 상황. 출산이 임박한 상황인지는 잘 모르겠다고 하자 지속적인 산소 공급과 함께 아티반(Atavin)을 투여하란 조치가 떨어졌다. 아티반, 몸부림치는 환자에게 투여하는 일종의 신경안정제다. 나는 여자에게 다가가 의사의 처방에 관해 설명하고 이에 동의하는지 물었다. 곁에 있는 주니어 승무원이 증인이 돼 주었다. 여자는 고통이 몹시 심한지 고개를 끄덕이며 알약을 꿀꺽 삼켰다. 봉곳이 솟은 배 위에 양손을 올려놓고 스마트폰 배경 화면으로 설정해 둔 어린 아이의 사진을 보고 있다. 사진 속 아이에게 시선을 줄 때마다 고름 같은 눈물을 한 움큼씩 짜냈다. 눈물을 훔치자 콧잔등 밑을 스친 휴지에 피가 흥건히 묻어나왔다. 나는 얼음주머니를 여자의 콧잔등 위에 올리고 고개를 비스듬히 앞으로 숙여주었다.

“우리 아들이 보고 싶어요.”

여자의 말이 떨어지자 폭포수 같은 울음이 배웅하듯 따라나섰다.

"아들은 지금 어디 있나요?"

말이라도 시켜야 여자가 의식을 놓지 않을 것 같았다.

"뉴질랜드요."

여자는 스마트폰을 열어 아들의 사진을 내게 보여주었다. 기껏해야 서너 살 됐을 남자아이가 해맑게 웃고 있었다. 화면에 드러난 아이의 눈, 코, 입을 여자는 집게손가락으로 하나하나 어루만져본다.

"이제 곧 뉴질랜드에 도착하면 보실 텐데요."

진정을 시킨다고 한 말이었거늘, 여자의 울음이 더욱 거세졌다.

"전남편이 만나게 해주지 않아요."

그러면서 여자는 사진첩 속의 다른 사진도 보여주었다. 활짝 웃고 있는 여자를 감싸고 있는 앳된 남성이 두 번째 남편이라고 했다. 뱃속의 아이는 재혼으로 얻은 아이였다. 이 정도의 사연을 꺼낼 정도의 의식이면, 아직 산고가 시작되었다고 볼 수는 없었다. 출산이 임박했는지 다시 물었다. 여자는 그건 아니라며 웃음을 지었다. 그녀는 앉은 자세에서 좌우로 배를 뒤틀며 고통스러운 표정으로 눈물을 짜냈다.

"둘째가 생긴 걸 안 다음부터 전남편이 돌변했어요. 이제 겨우 4살 난 아이한테 출국 금지를 시켜버렸어요. 이젠 아들을 듣지도 보지도 만지지도 못하게 해요! 무능력에 외도에 학대를 일삼으며 이 지경까지 오게 만든 건 모두 그 인간 때문이에요. 내가 낳은 내 자식을 왜 볼 수가 없나요?"

갑자기 여자가 눈물을 쏟았다. 여자가 고개를 모로 틀면서 젖은 짚단처럼 쓰러졌다. 나는 어깨를 흔들며 여자의 이름을 크게 불렀다.

"윤아!"

시장 골목에서 내 손을 놓친 엄마는 절규하듯 내 이름을 불렀다. 나는 서너 명의 어른의 어깨에 가려 잘 보이지 않았지만 정확히 엄마의 목소리를 들을 수 있었다. 엄마, 나 여기 있어요! 라고 답을 했지만 엄마는 쉽게 알아듣지 못했다. 윤아! 윤아! 엄마는 목청껏 내 이름을 불렀다. 나를 잃어버리면 세상이 다 끝나기라도 할 듯 절박한 떨림이었다. 어른들의 다리 사이를 겨우 비집고 엄마의 왼쪽 다리를 부여잡았다. 다리에 매달려 웃는 나를 발견한 엄마는 왜 자꾸 말썽이냐며 엉덩이를 찰싹찰싹 내려쳤다. 시장이 다 떠나가도록 나는 목 놓아 울었다.

비행기 문에 머리를 묻은 채 쓰러진 여자를 바닥에 눕힌다. 자세가 바뀌면서 아이가 움직였는지 여자는 얼굴을 찡그리며 눈을 떴다. 나는 여자의 이름을 다시 한번 불렀다. 원망과 불안, 그리고 체념이 뒤섞인 얼굴로 여자는 나를 바라봤다. 물에 젖은 여자의 눈동자가 바람 앞의 촛불처럼 흔들렸다. 정신을 바짝 차려야 한다. 누구도 잘못되면 안 된다. 아이도 산모도 모두 무사해야 한다. 산소 마스크를 씌우며 여자의 어깨를 흔들어봤다. 여자의 눈가에서 닭똥 같은 눈물이 뚝뚝 떨어졌다. 맥박과 호흡은 정상이었다. 의사의 지시대로 아티반(Atavin) 한 알이 추가로 투여됐다. 여자는 약을 삼키고 그대로 바닥에 누워 잠들었다. 여자가 잠든 동안 사백여 명의 점심 식사가 시작됐다. 잠든 여자의 호흡 사이로 마시고, 씹으며, 삼키는 소리가 태연하고 부산스럽게 이어졌다.

서비스가 끝나는 대로 황급히 여자에게 달려갔다. 여자는 비행기 문에 등을 기대고 앉아 있었다. 내가 언제 기절했냐는 듯 해맑은 얼굴로 앉아 있었다. 괜찮으세요? 여자가 미소를 짓길래 나도 따라 웃었다. 두 번째 서비스도 끝난 데다 착륙을 위한 하강이 시작되기까지 이제 겨우 한 시간 남았다. 여자는 스마트폰을 손에서 놓지 못한 채 아들의 사진을 슬픈 얼굴로 바라보고 있었다. 멀쩡하다가도 아들의 얼굴을 어루만지던 손끝 위로 뜨거운 이슬이 맺혔다. 우린 모두 무사했다. 뱃속의 아이도, 전남편이 만나지 못하게 한 그녀의 아들도 괜찮았다. 더는 울 일이 없다. 나는 다만 목덜미가 뻐근했다. 어깻죽지가 고무처럼 딱딱하게 굳어 들어갔다. 오른손을 뻗어 왼쪽 어깻죽지를 주무르며 여자에게 물었다.

"자리로 안내해드릴까요? 일어나실 수 있으시겠어요?"

여자는 나의 부축을 받으며 천천히 걸음을 옮겼다. 여자가 자리를 비운 틈을 타 여자의 자리에 길게 다리를 뻗었던 승객이 냉큼 일어났다. 마침내 여자를 좌석에 앉힌다. 여자는 떠나려는 나를 불러 세워 선반에 있는 핸드백을 꺼내달라고 부탁했다. 여자는 핸드백에서 화장품 파우치를 꺼내 엉망이 된 화장을 고치기 시작한다. 파운데이션을 쿠션에 찍어 능숙한 솜씨로 얼굴 골고루 펴 발랐다. 립 라이너를 그린 다음 붉은색 립스틱을 덧발랐다. 마스카라를 덧칠하느라 눈꺼풀을 반쯤 내려뜨리며 고도로 집중할 때는 전혀 다른 사람 같았다. 모두 신경 안정제의 힘이었다. 이제 여자의 고통은 말끔히 흘러갔다. 여자의 덧난 상처는 거짓말처럼 재생되고 있었다. 달수를 채운 아이가 태어나면 네 살 난 아들 따윈 까맣게 잊고 잘 살 것 같았다. 이제껏 여자에게 한바탕 속은 기분이 들었다.

갑자기 마음이 불안해졌다. 엄마를 만나는 일을 더 이상 지체해선 안 된다. 이대로 감당할만한 고통이 지나치면 엄마도 나를 영영 잊을 것이다. 나를 잊기 위해 더 열심히 책을 읽고, 논문을 쓰며 기회가 닿을 때마다 복사꽃처럼 환하게 웃을 것이다. 곱게 분을 바른 얼굴에 짙은 립스틱을 덧바르고 더욱 꼿꼿하게 걸음을 내디딜 것이다. 틈틈이 신경안정제를 복용하면서 용케도 내가 없는 삶을 이끌어 나갈 것이다. 아! 한시라도 지체해선 안 된다. 나는 임산부가 앉은 좌석을 잰걸음으로 지나면서 분주히 몸을 놀린다. 창문가리개를 서둘러 올리고, 승객들에게 안전띠를 매라고 소리치며 하늘 위를 달린다. 두 발이 퉁퉁 붓고 짓물러도 멈추지 않는다.

엄마는 약속한 시각에 호텔 로비에 나타나지 않았다. 나는 무거운 마음으로 체념하고 배정받은 방으로 올라갔다. 유니폼을 갈아입고, 부은 발에서 땀으로 찌든 압박 스타킹을 벗겨내고 있는데 전화벨이 울렸다. 수화기를 집어 들자 고운 중년 여자의 목소리가 내 이름을 불렀다.

"우리 윤이, 잘 도착했구나. 차가 막혀서 좀 늦었다."

엄마였다. 나는 준비한 원피스에 샌들을 받혀 신고 부스스한 얼굴에 비비 크림과 립글로스를 덧발랐다. 엄마는 호텔 로비 한켠의 소파에 선글라스를 끼고 앉아 있었다. 엄마는 세월이 무상하게도 거짓말처럼 젊고 우아했다. 큰 언니나 막내 이모라고 해도 될만한 용모를 간직하고 있었다. 나를 버리고 떠난 엄마는 돈 많고 우아한 비즈니스 클래스 승객의 포스를 풍기고 있었다. 엄마를 따라 주차장에 이르자 열대 여섯쯤 돼 보이는 소녀 둘이 엄마를 향해 달려왔다. 그리고는 익숙하게 엄마의 팔짱을 양쪽으로 꿰찼다. 엄마는 뉴질랜드 남편 사이에서 낳은 두 딸에게 나를 이모라고 소개했다. 아이들은 내 존재에 대해서 아무것도 모르는 눈치였다.

"많이 컸구나. 길에서 보면 못 알아보겠다."

엄마는 글라디올러스처럼 생기롭게 웃으며 말했다. 어떻게 살면 이렇게 곱게 늙을 수 있는지 정말이지 궁금했다. 마음고생이라곤 단 하루도 해 본 적 없는 사람 같았다.

"오클랜드 비행, 자주 오니?"

"앞으로 종종 나올 거예요."

"다음에 오면 엄마랑 쇼핑도 좀 하자. 괜찮은 가방이랑 옷이랑 몇 벌 사 줄게."

근사한 레스토랑에 나를 데리고 간 엄마는 샐러드 접시를 내 앞으로 밀어주었다. 그것도 모자라 익숙한 손길로 포크와 나이프를 딸각거리며 새우 껍질을 벗겨 내 입에 넣어 주려고까지 했다.

"그러지 마세요. 제가 뭐 어린 앤가요?"

극구 사양하다 나는 결국 포크로 엄마의 새우를 받았다. 엄마는 자꾸 엄마 접시에 있는 고기와 해산물을 내 접시 위로 나르며 소스 더 줄까? 느끼하지 않아? 라고 물으며 테이블 한켠에 있는 드레싱을 권했다. 두 아이들이 익숙한 칼질로 음식을 먹다가 엄마에게 물을 달라, 화장실에 가고 싶다 등등의 요청을 하면 엄마는 웃는 얼굴로 소녀들의 얼굴을 마주했다. 엄마는 오랜만에 만난 친인척의 일원처럼 나를 다정하고 깍듯하게 대했다. 나를 잊은 것은 아니지만, 그렇다고 엄마에게 내가 중요한 사람 같진 않았다. 이제 엄마라면…. 더는 염려하지 않아도 될 것 같았다.

엄마, 행복해…?

엄마가 발라준 새우를 먹다 말고 나는 물었다. 갑자기 눈물이 핑 돌았다. 이러려고 엄마를 보러온 게 아니었는데, 내 마음을 나도 잘 모르겠다. 모든 것이 혼란스러웠지만 그래도 여기까지 왔으니 할 말은 해야 했다. 나는 마지막으로 용기를 내어 엄마를 붙들었다. 엄마가 떠나고 난 이후로, 우리에겐 아무 일도 일어나지 않았어요. 엄마가 쓰던 화장대도 그대로 있고, 엄마가 즐겨 쓰던 향수와 머리핀도 모두 제자리에 있어요. 이제 엄마만… 엄마만 돌아오면…. 흐흑. 오클랜드의 하늘은 높고 푸르렀다. 한낮의 기온이 쨍쨍해서 선글라스 너머로 옅게 비치는 눈동자가 별처럼 반짝거렸다. 엄마는 새우를 마저 손질해서 내 접시 위로 날라주는 일을 천천히 마무리하면서 조용히 답을 했다.

"때론 아무 일도 일어나지 않는 삶이 덜 고통스러운 법이란다. 넌 고통이 뭔지 모르지? 죽지 못해 달아나고 싶게 만드는 고통을 너는 아직 모르지…. 얘야, 인생을 바꾸려고 너무 애쓰지 말아라…. 나는 그럭저럭 괜찮단다. 그러니까 너도 꼭 보란 듯이 잘 살렴…. 알았지?"

우리에게 돌아올 생각 따윈 눈곱만큼도 없어 보였다. 엄마가 현재의 삶을 악착같이 지키고 싶어 하는 줄 알았다면 공연히 엄마 앞에 나타나지 않았을 것이다. 이렇게 무사한 엄마가 제 발로 찾아와 무릎 꿇고 용서를 빌 것이라 믿고 있었다니…. 엄마는 아버지를 포함한 모든 한국 남자를 구세대 유물로 취급하면서 우월감을 드러냈다. 똑 부러진 한국어로 대화를 나누다가도 '우리'는 '너희 한국'과는 달라서…. 라는 말로 종종 나를 별나라로 데려다 놓곤 했다. 엄마는 이미 나를 버린 지 오래다.

저녁 식사를 마치고 엄마는 능숙한 운전 솜씨로 차를 몰며 오클랜드 다운타운 사이를 가로질렀다. 호텔에 이르러 내가 조수석 문을 열자, 엄마는 또 보자며 아쉬운 듯 미소를 지었다. 하지만 나는 다시는 엄마를 볼 수 없을 것 같다. 지금 엄마에겐 내가 필요하지 않다. 엄마에게 나는 중요한 사람이 아니다. 그래서 저렇게 능청을 떨며 먼 친인척 행세를 하고 있는 것이다. 30년 전의 나를 기억의 저장 창고에서 꺼내 드는 일은 괴로운 고문이거나 자학일 것이다. 거동이 불편하거나 머리가 새하얗게 세었거나 그래서 새 남편이 더는 사랑해주지 않길 기대했던 나 자신이 한심하고 초라하게 느껴졌다. 엄마를 데려올 구실이라곤 단 하나도 찾을 수 없다. 숙소로 돌아온 나는 그대로 침대에 쓰러져 한 시간쯤 베개에 얼굴을 묻고 있는 힘을 다해 울었다. 괴성을 지르며 악을 쓰며 울어도 눈물이 동이 나지 않았다.

한밤중에 요기가 느껴져 잠에서 깼다. 퉁퉁 부은 눈가가 벌겋게 부어있었다. 찬물을 콸콸 틀어 북북 세수를 한 다음 정신을 차리자 남자의 영상 전화가 요란하게 울려댔다. 전화를 받으려면 이 퉁퉁 부은 얼굴을 보여줘야 될 텐데, 이 초라한 꼴을 보여줄 자신이 없다. 엄마를 데려올 수 없게 되었다고 말하고 싶지도 않았다. 지금은 아무 말도 하고 싶지 않다. 수신 거부 버튼을 누르자 기다렸다는 듯이 문자가 날아들었다.

-어머님은 잘 만났어요? 궁금해서 문자 남겨요. 어머님과 재회한 순간이 생애 다시 없을 환희의 순간이었으리라 믿어요.

-네, 잘 만나고 이제 숙소로 돌아왔어요. 엄마는 아직도 젊고 예쁘세요. 너무 행복해 보여서 앞으로는 걱정할 필요가 없

을 것 같아요. 다음 달에 서울에 들어가면 민재 씨 어머님 목욕을 시켜드릴까 해요. 간병인 아주머니 대신 제가 할 수 있게 해주세요. 어머님께 잘할게요.

차오르는 눈물을 닦으며 발신 버튼을 누르자 화장실로 향하던 다리에 힘이 쭉 풀렸다. 바닥에 주저앉아 창밖으로 밤이 깊어 가는 광경을 지켜보자 세상엔 인력으로 어찌할 바가 없는 '운명'이라는 것이 있다는 데 생각이 모아졌다.

돌아오는 비행기에서 나는 오랫동안 달을 바라보았다. 해가 떠난 자리를 달이 메꾸고 있었다. 심연과도 같은 검은 우주는 빛을 잃었지만 쏟아지는 별들로 부활하고 있었다. 마지막으로 달을 향해 물었다. 아, 정말 엄마를 되돌릴 방법은 없는 걸까요. 달의 응답을 기다리고 있는데 엄마의 마지막 음성이 귓전을 맴돌았다. 얘야, 인생을 바꾸려고 너무 애쓰지 말아라…. 엄마는 나를 원하지 않는다. 왕자의 심장에 칼을 꽂을 수 없었던 인어 공주가 거품이 되어 사라졌듯이 엄마의 심장에 칼을 꽂지 못한 나는 바람이 되어 하늘로 숨어든다. 비행기가 고도를 높이는 사이 엔진 소리가 회오리처럼 몰아친다. 인샬라! 어쩌면 엄마 말이 정답일지 모른다. 아무 일도 일어나지 않는 삶이 훨씬 덜 고통스러울지 모른다. 쏟아지는 별 사이에 가로등처럼 우뚝 선 달을 바라본다.

그럼에도 불구하고 나에게 반드시 당도해야 할 최종 목적지가 있다고 달은 말하고 있다. 앞치마 주머니에 손을 집어 넣자 어제 임산부가 먹다 남긴 신경 안정제가 잡혔다. 나는 마른 입술을 열어 알약을 통째로 삼켰다. 비행기가 고도를 높여 상승한다.

겨울 나비

이 세계의 끝은
저 세계에 두고 온 세계의
시작에 불과했다.

처음부터 내키지 않았다. 밤새워 소설을 써다 왜 그녀 앞에 대령해야 하는지 납득이 잘 가지 않았다. 바쁜 스케줄과 나의 문장 실력을 핑계로 면담을 미루던 지도 교수가 마지못해 건네준 명함을 며칠째 만지작거렸다. 하지만 그녀를 내 삶 깊숙이 들여놓을 수밖에 달리 방도가 없었다. 지푸라기라도 잡는 심정으로 전혜영 선생의 작업실을 찾았다. 선약을 잡기 위해 일곱 차례에 걸친 내 전화를 묵살한 그녀가 야간 강의가 끝나는 저녁 8시 30분쯤 자신의 작업실에서라면 만나볼 수도 있을 것 같다고 어렵사리 답변을 주었다. 얼마 전에 박사 학위를 취득하고 강의를 나가기 시작했다더니 주로 야간 강의에 주력하는 모양이었다.

유자차를 몇 스푼 덜고 팔팔 끓인 물을 붓기까지, 그녀는 나의 미간, 눈빛, 앙다문 입술의 야무진 정도부터 시작해 쥐고 있는 핸드폰 고리 장식의 유형, 할인마트에서 돈 삼만 원이면 살 수 있는 가방과 그 사이로 삐져나온 책의 제목까지 찬찬히 훑었다.

"식기 전에 어서 들어요."

어색한 탐색전을 종결시킨 지 한참이 지났음에도 그녀의 시선은 내 몸 구석구석에서 떨어질 줄 몰랐다.

"난 정연 씨 나이에 논문이나 죽어라 써댔지…. 감히 소설 쓸 엄두까진 못 냈어요. 그러고 보니, 정연 씨 정말 대단

하네요. 겨우 스물다섯에 소설 쓸 마음을 먹다니요….”

안정감 있는 중저음의 목소리는 신뢰감을 더해줬다. 그래서 하마터면 그 말을 칭찬으로 들을 뻔했지만, 나는 그것이 경계의 다른 표현이란 걸 모르지 않았다. 사자성어를 보기 좋게 조합하여 나긋나긋 풀어내는 솜씨도 여간이 아니었다. 그러나 진정 그녀를 채운 사고의 깊이가 바닥을 가늠할 수 없는 우물과도 같은 가에 대한 진위 여부는 확인할 바가 없었다. 나는 함부로 사람을 믿지 않는 신조와 취향을 굽히지 않았다. 붉은 수성 펜으로 맞춤법과 띄어 쓰기가 어긋난 곳에 브이표를 한 수준으로 봐서는 덥석 신뢰를 내줄만한 상대도 아니었다.

“뭐랄까? 아쉽게도 김정연씨의 작품은 리얼리티가 묻어나질 않는군요. 여기 이 대목…. 바람난 남편이 상대하는 정부가 유명 여배우란 설정은 아무래도 억지에요. 게다가 남편의 내연녀가 부인을 찾아와 돈을 요구하다니요. 현실 속에서 결코 가능한 일은 아니잖아요. 소설이 아무리 허구라지만 현실감을 잃지 않도록 배려하는 것 역시 작가의 소임이에요. 이른바 개연성이라고 하면 이해가 좀 될까요?”

그녀는 엎어놓은 바가지만큼 볼록 솟은 나의 복부를 지긋하게 내려다봤다. 흉측하게 접힌 내 뱃살을 경멸하듯 훑어본 연후에 회심의 미소를 지었다. 그녀는 그토록 거대한 육체 안에서 이런 상상력이 작용했다는 것이 믿기지 않는다는 얼굴로 조근조근 말을 이어갔다.

그녀가 나를 어떻게 생각하든지 간에, 내 입장에선 한 가지 일념뿐이다. 올해 서른하고도 다섯을 꽉 채운 독신녀가 이런 식으로 나온다니 맥이 탁 풀렸다. 도대체 저 나이를 먹도록 뭘 했을까. '소설가'라는 명패는 달았지만 기껏 세상에 내놓은 작품이라고 해봐야 70매 안팎의 고리타분한 단편 네댓이 전부인 관계로, 이제 와서는 소설가보다는 학자로 남고 싶다고 지저귀는 깜찍한 여자였다.

하지만 여기까지 온 이상, 나는 불운한 예감에 굴하지 않고 솔직하게 소신을 털어놓았다. 비록 국문학 전공자는 아니지만 오래전부터 소설을 품으며 살아왔다. 소설가로 명성이 자자한 지도 교수를 여러 차례 찾아갔지만 진지하게 대화를 나눌 기회를 갖지 못했다. 천만다행으로 지도 교수께서 전혜영 선생을 소개해 주시어 이렇게 직접 만나 뵙는 영광이 찾아왔다. 아직은 문장력이나 소설 쓰는 안목이 부족한 게 사실이지만 마지막 기회라고 생각하고 최선을 다하겠다. 그러니 어떻게 하면 소설을 쓸 수 있는지 가르쳐 달라고 애원하듯 입장을 밝혔던 것이다. 하지만 입장을 전하는 내내 그녀는 꼿꼿이 세운 허리 위로 그윽한 눈빛을 흩뿌리며 묵묵히 침묵을 지켰다.

‘사람 좋다는 것이 간혹 흠이 될 수 있으니, 중심을 단단히 잡고 사세요.’

다음 날 그녀가 보내온 메일에는 밑도 끝도 없이 묘한 글귀가 들어있었다. 바람난 남편의 치정이나 다룬다고 소설이 되는 것은 아니니 보다 유익한 경험을 할 수 있도록 노력하란 충고의 말인 듯 싶었다. 소설에 담은 모든 이야기가 글쓴이의 경험과 소견이라고 굳게 믿으며 이제는 내가 제 손바닥 위에 올라섰다고 착각하는 것 같았다. ‘소설가’란 타이틀 안에서 얼마나 큰 자유를 얻을 수 있는지를 헤아리지 못하고 자기 수준과 경험으로 타인을 폄하하여 우월감을 맛보는 그저 그런 먹물 같았다. 소설 네댓 편을 겨우 발표했다지만 아무 말도 섞을 수 없는 여자였다. 교과서 속 세상에서 소설 거리를 찾아대니 소설이 써질 리가 있겠는가. 그러니 이제는 자기 한계에 치달아 소설가보다 학자로 남고 싶다는 바람이 한숨처럼 나오는 것이다. 어차피 소설 같은 걸 써봐야 밥 먹고 살 수 있는 세상도 아니었다. 그 생각에 이르자 「한국현대문학지평」을 성경책처럼 안고 다니며 세상 물정과 담을 쌓아왔을 그녀에게 작품을 써 나르는 일이 갑자기 한심스러웠다.

“불가항력의 힘이 나를 덮치지 않는 한 앞으로도 이대

로 지내고 싶네요."

요런 식으로 독신녀 인생을 간략하게 합리화한 메일에는 어디에도 향후 나의 문학적 진로에 대한 모색이 담겨있지 않았다. 정말이지 피곤한 여자였다.

소설을 써보고자 마음먹었던 것은, 잉여 인간의 삶을 견디지 못해서였다. 살아지는 대로 생각하며 삶을 방치하는 자의 죄책감을 무슨 수를 써서라도 떨쳐버리고 싶었다. 문학의 순수성이나 논하며 고상하게 세월을 보낼 생각이었다면 소설씩이나 쓸 엄두를 내지 못했을 것이다. 소설에나 나올 법한 일보다 갑절은 더한 일들이 현실 속에서 얼마든지 일어난다. 더구나 소설 세계는 현실에서 불가능했던 일들이 꿈처럼 펼쳐지는 곳이다. 그런 세상을 그렸다고 해서 제가 살아온 날들을 잣대로 섣부른 리얼리티를 운운한다는 건 가식이고 무지다.

하룻밤 동안 냉동실에 식혀둔 콘택트렌즈가 습작에 매달리느라 침침해진 안구 위로 정확히 맺힐 수 있도록 조심스럽게 손가락을 움직였다. 금세 시원하고 쾌적한 광명이 돌아왔다. 거품 낸 타월로 구석구석 비누질을 하고, 연두색 이태리타월을 나뭇잎 같은 손에 끼운 다음, 살이 벌겋게 달아오르도록 때를 밀었다. 소설가랍시고 강단에 서서 한 톨의 '개연성'이라곤 토해놓지도 못하는 강의를 펼칠 답답한 독신녀를 떠올리면 신물이 올라왔다. 내가 찾아왔던 '소설의 세계'는 어디 있을까? 삶의 모든 규율과 재단을 초월해서 나를 미치게 할 수 있는 세계 없이 결코 행복할 수 없다. '모' 아니면 '도'. 내 삶의 가치관은 단순하고 명료하다.

내친김에 무작정 짐을 꾸렸다. '에어 캐나다'에 전화를 걸어 밴쿠버행 왕복 비행기 표를 끊었다. 그러자 습작의 세월 동안 나를 지탱해 준 오백만 원짜리 통장이 결국 바닥을 드러냈다. 그래도 상관없다. 내겐 꿈이 있으므로. 늘 꿈꿔오던 드넓은 대륙, 캐나다로의 여행은 뒤엉킨 마음에 단내를 실어줄 것이다. 마침내 밴쿠버행 비행기 안으로 들어선다. 외국인만 가득한 기내에서 졸지에 이방인이 되었다. 와인 한 잔을 벗 삼아 창밖의 구름만 질리도록 구경했다. 그 안에는 납득하기 어려운 인생의 질문들을 부질없게 만드는 힘이 있다. 한시도 쉬지 않고 나를 옭아매 온 질문들로부터 놓여나는 순간, 창밖의 구름과 쏟아질 듯 자태를 드러내던 별들에게서 시선을 거두지 못했다.

하늘에서의 시간은 모름지기 무아지경이었지만 막상 캐나다 대륙에 발을 딛자 걷잡을 수 없이 무료해졌다. 밴쿠버에서 내가 한 일은 정오 무렵에 숙소에서 밥을 해먹고, 길거리를 배회하며 나와 다른 사람들을 구경하는 일이었다. 내가 해 온 고민들을 알 리가 없고, 내가 헤아릴 수 없는 질서와 더불어 앞으로도 정연하게 살아갈 사람들의 세계를 염탐했다. 초대받지 못한 손님처럼 주눅이 들어 사람들을 엿보는 터라 누구에게도 발랄한 인사를 건넬 수 없었다. 밴쿠버 시내에 즐비한 싸구려 호텔에 투숙한 대가로 '곤충 접촉에 의한 피부염'이란 병명도 불확실한 병을 얻었다. 꼬박 한 달을 긁기만 하면 온몸으로 퍼져나가는 붉은 반점에 시달려야 했다. 귀에 들어와 박히는 것이 모두 낯선 외국어였다. 갈증과 혼란은 한국을 벗어나도 좀처럼 해갈되지 않았다. 습작을 하느라 짜임새 있는 국어 문법에 적응된 언어 체계에 기름칠을 하는데도 적잖은 고통이 뒤따랐다. 전화 카드나 껌 하나를 사는데도 어설픈 콩글리시는 먹히지 않았다. 그랬다가는 심성 나쁜 불량배들의 사냥감이 되거나 머리 나쁜 동양 여자 취급을 받기 십상이었다. 세상은 굳이 한 가지 언어로 이루어지지 않았다. 모국어로 소설을 쓰며 세상을 헤아리겠다는 발상이 얼마나 깜찍했던가를 떠올리면 갑자기 전혜영이 떠올라 웃음이 나왔다. 인간 세상은 한 치 우주에도 미치지 못하지만 다양한 질서로 조화롭게 굴러가고 있었다. 세상을 파헤쳐 나가는 지혜의 원리는 이름하여 '언어'였다.

체류비를 모두 소진하고 나서야 미련 없이 서울로 돌아

갈 짐을 꾸리기로 결정했다. 세상이 한 가지 언어로 돌아가는 곳이 아니란 깨달음을 얻은 이후의 짐은 매우 단출했다. 연필로 꾹꾹 눌러 바위에 글씨를 새기듯 며칠을 밤낮없이 고개를 파묻었던 스프링 노트를 침대 위에 남겨두었다. 사랑하는 소설아, 이제 너를 여기에 묻는다. 나는 노트를 접어 이불 깊은 곳에 묻었다. 이불을 덮어주고 1분간 묵념을 했다. 습작 노트 대신 영문자가 꽃처럼 박힌 물건들을 소중히 챙겨 넣었다. 대부분 숙소 인근의 할인 마트에서 장만한 양초와 머그잔이었다.

미련이 남으면서도 탑승 시간에 맞춰 공항으로 바삐 움직여야 하는 서툰 현실이 유쾌한 긴장감을 일으켰다. 뭔가 제대로 돌아가기 시작한 기분이었다. 출발을 앞둔 이들의 설렌 표정과 궤도에 맞춰 경쾌하게 진행되는 바쁜 공항의 일상이 너무나도 부러웠다. 이제 떠나면 언제 다시 돌아올 수 있는 이국이 될 런지도 알 수 없었지만 한 곳에 정착하지 않으리란 예감 만은 분명했다. 언제든 이동을 준비하는 마음으로 세상을 꼼꼼하게 읽어나갈 것이다. 가식과 파괴의 눈으로 나를 재단하고 난도질 하던 모국어로부터 이탈해 또 하나의 언어로 나를 구성할 것이다. 생각만으로도 벅찼다. 찡그리거나 지적받으며 살지 않을 것이다. 오로지 웃는 낯으로 삶을 채울 것이다.

탁 트인 하늘이 바로 어깨 너머로 넘실거리는 비행기 창에 들러붙어 하얗게 깔린 구름을 정신없이 바라본다. 구름을 바라보다 지치면 텅 빈 뒷좌석의 팔걸이를 올려붙이고 길게 누웠다. 국적을 예측할 수 없는 단아한 승무원들이 영어로 대화를 나누는 모습을 바라보고 있으면 행복했다. 지금까지 소유한 적 없는 언어로 세상을 다시 살 수 있다고 생각하자 배시시 웃음이 번졌다. 언어는 일련의 습관이라고 하지를 않던가. 나는 이제 새로운 습관으로 다채로운 삶을 길들일 것이다. 그래, '전혜영' 따위는 더 이상 내 적수가 아니다. 그녀 앞에 고개를 조아리며 빨간펜으로 찍찍 책잡힌 내 작품을 받아 들고 모멸감에 치를 떨 이유도 없다. 겹겹이 접히던 내 살들을 천천히 훑으면서 "이거 넣으면 살이 더 많이 찔텐데…. 혹시 설탕 넣어요?" 점잖게 커피 마시는 취향을 묻던 그녀가 질겅질겅 내물던 야유의 미소마저 이제 말끔히 도려낼 것이다. 나를 풍족하게 하는 세계는 얼마든지 존재한다. 내 삶은 구속이 아닌 자유를 원한다. 서울에 도착하면 목욕 재계를 하고 보란 듯이 살부터 쫙 뺄 것이다. 미친듯이 영어 공부에 매진하고, 당당하게 세상 밖으로 나갈 것이다.

서울로 돌아온 나는 더 이상 소설 쓰기에 미련을 두지 않기로 했다. 고급 영어 클래스에 등록을 하고, 그곳에서 알게 된 외국인 강사가 아침저녁으로 걸어오는 전화를 꾸준히 받았다. 시중에 나와 있는 온갖 종류의 문법 책과 인터뷰 영어, 토익, 토플이며 닥치는 대로 사들여 밤을 새워가며 독파했다. 몇 페이지에 몇 단락 짜리 지문이 있는지를 눈을 감고도 귀신같이 펼칠 수 있었다.

강남에서 가장 명성 있는 승무원 학원에도 등록했다. 카드로 결재한 학원비를 메우기 위해서 밤이면 밤마다 중고생 과외를 하고, 외국인이 넘쳐나는 이태원 레스토랑에서 아르바이트를 했다. 외국인 손님들의 주문을 받고 국적도 다양한 음식들을 날랐다. 오전에 학원에 나가 영어 인터뷰와 메이크업 수업을 듣고 나서 친구들과 모여 영어 스터디를 마치면 얼추 아르바이트를 하러 갈 시간에 닿았다. 손님이 뜸한 시간을 타서 간밤에 외우다 만 영어 답변과 외우지 못한 영어 단어를 수첩에 적어 틈틈이 암기했다. 긴장을 동반한 채 머리에 담아둔 것들은 제법 오래 남았다. 그런 식으로 외운 표현들은 적재적소에 절로 튀어나와 비로소 나의 언어가 되었다. 어서 빨리 이 낯선 언어로 내가 겪은 삶을 소설로 써보겠다고 배짱 좋게 덤비는 날이 왔으면 좋겠다. 나는 또 하나의 언어가 남은 내 생애와 사상과 의식을 잠식할 수 있도록 악착같이 살았다.

그러나 대차게 시작한 내 삶에 '전혜영'이 재등장 하면서 나는 감당할 수 없는 공황에 휩싸였다. 거금을 들여 등록한 승무원 학원의 영어 면접관으로 그녀가 내 앞에 다시 나타난 것이다. 소설 쓰기를 모질게 단념하고, 더 이상 그녀를 비롯한 그 시절의 나를 아는 누구와도 연락을 취하지 않은지 고작 6개월의 시간이 경과했을 뿐이다. 그녀는 여전히 꼿꼿하게 세운 가는 허리 위로 동그랗게 쌍꺼풀진 눈을 그렁거리며 찬찬히 나를 응시했다. 새하얀 면접 복장 위로 쪽머리를 하고 면접실로 들어선 나를 알아보는 그녀의 시선이 자못 의미심장하게 빛났다. 철저히 그녀를 무시하고 새롭게 구상한 새 삶에 별안간 드리워진 혼란의 부피는, 면접실에서 던지는 그녀의 질문이 모국어가 아니라는 데 있었다. 그것은 발음도 문법도 너무나 유창한 고급영어였다. 문예창작과 강사 자격으로 나를 질책하고 제압하던 그녀의 세계 어디에 늦게나마 내가 재미를 붙이고 빠져들기 시작한 언어가 들어앉아 있었단 말인가? 그녀의 의식이 몇 조각으로 나뉘어 서로 다른 언어와 사상으로 굴러가고 있었다는 사실을 돌이키면 입이 다물어지지 않았다. 그리고 대관절 어떤 사연으로 별안간 승무원 학원의 영어 면접관으로 둔갑하게 된 것인지 궁금해 미칠 노릇이었다.

사정을 알아보기 위해 다시 찾은 대학 캠퍼스에는 붉은 글씨로 오열하듯 써내려간 대자보가 여기저기 나붙어 있었다. “대한민국 최고 학부! S대 출신 총장님께 고함!” 흥미로운 서두로 문을 연 대자보는 본교에서 학부는 물론 석.박사를 모두 마친 문예창작과 교수 임명에 S대 출신이 아니라는 사유를 거론하며 정교수 임용에서 탈락시킨 시간 강사을 옹호하는 문창과 학생들의 글이 실려 있었다. 그것이 승무원 학원의 영어면접관으로 변신한 ‘전혜영’을 지칭하는 것임을 나는 직감했다. 그녀는 배경 없는 실력자란 이유로 교수 사회에서 거세당해야만 하는 억울한 처지를 하소연하는데 일단 성공한 것 같았다. 순진한 학생들로 하여금 혈서와도 같은 대자보를 캠퍼스 곳곳에 나붙이게 했을 그녀의 야무진 계략이 빛을 발하고 있었다. 신뢰로 포장한 언변과 인품을 따르며 수제자를 자청했을 제자들은 글발도 범상치 않았다. 나는 벌어진 입을 다물지 못하고 아…. 옭게 신음했다.

승무원 학원 홈페이지에 등록된 그녀의 프로필은 꽤나 화려했다. 박사 학위를 보유한 귀하신 몸으로 수년간 대학 강단에 선 이력이 ‘고딕으로’ 진하게 강조되어 있었다. 언제적 사실인지 진위 여부를 확인할 바 없으나 8년이 족히 넘는 미국 생활로 글로벌 매너는 타고났다고 봐도 좋을 이력이었다. 전혜영의 의식을 자유자재로 조였다 풀어주는 언어가 하나가 아닌 둘이라는 사실은 어마어마한 혼돈으로 나를 제압했다. 착해빠진 천연기념물이라고 단정 짓고 과감히 등을 돌렸던 나였다. 전혜영의 육신과 정신을 단단히 부여잡고 있던 두 개 아니 그 이상일 지도 모를 언어들을 생각하면 크게 한 방 먹었다는 패배감에 휩싸였다. 어마어마한 세상을 뒤로 숨기고 '개연성' 운운하며 내 상상의 나래를 절단했던 덤덤한 눈매를 떠올리자 소름이 끼쳤다. 쉽사리 정신을 차릴 수 없었다. 혼돈이 몰고 오는 의식의 균열을 수습하기 위해서라고! 그리하여 마침내 내 인생의 중요한 가치와 맞바꾸기 시작한 이 새로운 길 위에서 무너지지 않기 위해 라도…. 이제는 전혜영을 인정해야 했다.

영어 면접실에서 그녀를 마주해야 하는 횟수가 점점 늘어나면서 그녀를 타협이 아닌 선망의 대상으로 인정하는 것이 여러모로 유리하다는 판단을 내렸다. 그녀는 피해갈 수 없는 산이었고, 건너야만 하는 강이었다. 두 개의 깊은 언어를 더듬이처럼 머리에 달고 세상을 내려다보며 잔잔하게 호흡하는 그녀는 어쩌면 내가 반드시 정복해야 할 세계였다. 나는 남은 자존심을 버리고 그녀를 향하여 입이 귀에 걸리도록 활짝 미소를 지었다.

노력하는 나의 모습을 귀엽게 보기 시작한 모양인지 마침내 그녀가 나를 보며 웃기 시작했다. 그때부터 나는 그녀와의 면접에서 합격하고 심층 면접 대상자로 남을 수 있었다. 엘리베이터에 막 오른 그녀를 발견한 내가 기회를 놓칠

세라 붙잡았다. 인사를 건네자, 그녀는 예의 그 나직한 음성으로 내게 말했다.

"정연 씨. 마음에서 우러나지 않는 미소는 오래 못 간다는 거 알죠?"

"네? 제 미소에 무슨 문제라도?"

"승무원이 되겠다고 온 사람이 그렇게 웃을 줄을 모르시나?"

"어떤 피드백이라도 달게 수용하겠습니다."

"입이 웃으면 눈도 웃어야 예쁘지 않겠어요? 억지로 웃으면 티 나요."

"교수님 앞이라 긴장해서 그만…. 앞으로 시정하겠습니다. 하늘에 맹세코 억지웃음은 아니었습니다."

"그래요? 그럼, 어디 한 번 믿어보죠."

"고맙습니다. 여기서 뵙게 될 줄은 꿈에도 몰랐어요."

"그건 내가 하고 싶은 말이에요. 이왕에 시작한 거, 어디 한 번 열심히 해 봐요."

오래전부터 내게 전해주고 싶은 말이었는지, 어절 사이사이에 쉬어가는 지점에 흔들림이 없었다. 가식일지언정, 진심 어린 말처럼 들리게 하는 방법을 그녀는 알고 있었다. 아니, 이제 모든 게 진심이라고 믿고 싶었다.

"그럴게요. 이렇게 다시 만나게 되다니…. 정말 반갑습니다."

"사람 좋다는 게 흠이 될 수 있으니 중심 단단하게 잘 잡구요."

전혜영의 깊은 시선이 머리부터 발끝까지 내 몸 구석구석 훑기 시작했다. 작년 이맘 때 소설을 들고 그녀의 작업실을 방문했을 때와 전혀 다르지 않은 태도였지만 이제는 도마 위의 생선처럼 꼼짝없이 그녀의 처분만 바라게 생겼다.

"이건 정연 씨 위해서 하는 말인데, 우리 살부터 좀 빼고 시작하면 어떨까요? 내가 잘 아는 성형외과가 하나 있어요. 단기간에 지방을 빼고 늘씬한 몸매로 거듭날 수 있도록 도와줄 거에요. 올봄부터 공채가 시작되는데, 그전까진 몸을 만들어야죠. 그 동안 지켜보면서 느꼈던 면접관으로서의 제 소견이에요. 잘 생각해서 원한다 싶으면 스스로 결정하는 거에요. 알았죠?"

전혜영은 흉측하게 삐져나온 내 살집에 압정 같은 시선을 박으며 한 어절 한 어절 무게를 실어 발음했다. 다이어트를 시작했지만 몸무게가 75킬로그램에서 쉽게 내려가지 않았다. 이 꼴로 승무원이 되겠다고 마음먹은 자체가 그녀에겐 코미디일지 모른다.

"175센티미터에 75킬로그램 몸무게라! 솔직하게 말하자면, 정연 씨 얼굴이며 몸에 살이 너무 많아서 콧대와 가슴의 높이가 상대적으로 낮아 보여요. 외국 승무원들 틈에서 돋보이려면 바로잡아야 해요. 이대로는 틀려먹었어요."

그녀는 유명 성형외과 명함을 호기롭게 내밀었다. 골방에서 책만 파는 고리타분한 노처녀라고 생각했는데 반전도 이런 반전이 없었다. 현대 의학의 힘을 빌려 강남미인으로 거듭나는 법이며 자본주의 사회에서 한국 여자가 갖춰야 할 기본적인 스펙에 대해서 제집 안방처럼 훤히 꿰뚫고 있었다. 남자와 내외하며 사는 줄 알았던 그녀는 학원 로비에서 연하의 남자 직원들과 얼싸안으며 인사를 나누기까지 했다. 외국인만 보면 꿀 먹은 벙어리가 되는 직원들을 대신해 모든 해외에서 들어오는 모든 중요한 공문과 전화는 그녀가 도맡아 처리했다. 전혜영이 없는 학원은 외항사 공채를 감당하기 역부족이었다. 학원생들은 면접관인 그녀만 보면 갖은 아양을 떨며 눈도장을 찍느라 바빴다.

두 개의 세계를 지배한다는 건 하나의 커다란 권력을 상징한다. 결정적인 순간에 내 인생의 궤도를 수정하는 데는 그녀가 단단히 한몫 했다. 한때 나는 마음껏 그녀를 경멸해 마지 않았으나, 이제는 때와 장소에 걸맞은 팔색조로 둔갑하여 재주를 부리는 그녀를 경외하고 있었다. 나는 그녀가 지정해 준 성형외과를 찾았다. 지방흡입 시술로 복부와 팔다리의 지방을 15킬로그램이나 제거했다. 그러나 이번에는 미소라인이 문제였다. 전혜영의 권유로 상담이나 한번 받아보라고 들린 치과에서 양턱의 관절을 떼었다 붙여 얼굴을 조그맣게 만드는 수술 동의서에 사인까지 했다. 두 달간 얼굴에 붕대를 칭칭 감고 산송장처럼 누워 빨대로 미음을 빨아 먹었다. 이제 과일을 베어 먹거나 갈비를 뜯는 일은 과한 욕심이 되고 말았다. 25년을 함께 해온 턱관절이 탄내는 풍기며 드르륵 갈려 나갈 때 캐나다 호텔방에 버리고 온 습작 노트가 떠올랐다. 소설만 꿈꾸던 시절이 너무나 그리웠다. 이승의 끝을 잡고 벼랑 끝에 선 기분이었다.

"20대 초반의 지원자들을 유독 선호하는 동남아 항공사에 특별히 지원할 수 있는 기회를 주겠어요. 마지막 기회라고 생각하고 부디, 최선을 다해 줘요. 지방흡입 이후에 부작용은 없었죠? 내친김에 가슴도 좀 잡아주면 더 좋을 텐데…."

자신이 할 수 있는 한계 내에서의 최선이란 말처럼 들렸다. 처음부터 그녀의 권한이라는 것은 나이 제한 조절 수위에서 끝나는 문제였다. 그녀는 내 소설 속 인물들의 파렴치한 행각 정도에 놀라는 답답한 여자가 아니었다. 그녀에 대해 확신했던 모든 것이 명백한 오해에 지나지 않았다. 나는 전혜영이 점점 무서워졌다. 양악수술의 부기가 가라앉으면서 그녀가 1.2차 면접관으로 있던 동남아 항공사에 지원을 했다. 마지막으로 그녀가 권한 가슴 수술을 결정하지 못해 망설이던 터라 확신이 없었지만, 다행히 최종 면접 대상자로 남을 수 있었다.

전혜영을 통과해야만 만날 수 있는 현지 면접관들은 어학원이나 학교에서는 익히 듣도 보도 못한 특유의 악센트를 자기 개성에 걸맞게 구사하고 있었다. 비눗방울 놀이에 빠진 어린아이처럼 그들의 질문에 정신없이 답을 하는 시간이 의외로 흥미진진했다. 대화의 기술에 외국어라는 새 옷을 입히는 것 같아 흥이 났다. 낯선 세계에 온전한 개체로 연결시켜 줄 다리가 되어줄 외국어를 배우는 일이 이렇게 신명나는 일인 줄 몰랐다. 나의 가능성을 다음 세상으로 확대시킬 수 있었다. 새로운 언어로 구성된 세계를 누비게 된다니…. 하루하루 벅찬 가슴이 분수처럼 솟을 때면 이제껏 전혜영이 시키는 대로 순순히 응한 세월이 마침내 보상받을 거란 확인까지 섰다.

그러나 낙방이었다. 그녀가 시키는 대로만 하면 술술 일이 풀릴 줄 알았는데 그게 아니었다. 생각 끝에 그녀를 찾아가 심란한 마음을 털어놓고 앞으로의 대책에 대해 물었다.

"지방 흡입 잘됐네요. 허리며 다리 라인이 정말 예뻐요. 하지만 외모에만 공을 들인다고 해서 승무원이 될 수 있는 것은 아니잖아요. 여기까지 용케 왔으니 앞으로는 본격적으로 내실을 가꾸는 데 주력하도록 하세요. 이제부터가 진정한 시작이라고 할 수 있어요."

맞는 소리이긴 했지만, 아직도 넌 멀었다고 말하는 그녀의 입에 재갈이라도 물리고 싶었다. 그 누구도 감히 내게 "안 돼!"라고 선언할 수 없다. 그녀가 소개해 준 병원에 대출을 받아 들이부은 돈만 무려 이천만 원이 넘었다. 나는 너무 멀리 와버렸다. 삐져나온 살을 개의치 않고 마음껏 먹고 읽고 쓰며 소설 유토피아를 꿈꾸던 시절로 영영 돌아갈 수 없을지도 모른다. 아, 지옥의 끝까지 와버린 기분이다.

전혜영은 내 전화를 받지 않았다. 이상하리만치 좀처럼 내게 곁을 주려 하지 않았다. 골방 같은 연구실에 처박혀 고린내 폴폴 나는 한문 서적이나 뒤적거릴 그녀의 인생을 딱하게 생각하던 시절처럼 이 상황을 태연하게 지켜만 볼 수 없었다. 도대체 전화도 받질 않고 어디서 무얼 하고 있는지…. 누굴 만나 무슨 요리를 먹었는지…. 사람들과 헤어지고 혼자 있을 때는 무얼 하면서 시간을 보내는지…. 가끔 소설 같은 걸 다시 쓰기는 하는지…. 모국어와 외국어의 경계 사이를 자유자재로 넘나드는 방법은 도대체 무엇인지…. 당신의 한계는 도대체 어디인지… 직접 구해야 할 답이 너무나도 많았다. 그녀에게서 자유로울 수 없는 상황이 깊이를 알 수 없는 늪과 같았다. 캐나다에서 잉태해 온 꿈은 뜬구름처럼 떠올라 회의감으로 내려앉았다. 그럼에도 불구하고 이 세계가 어느 순간에 증발해 버린다면…. 그녀를 잃어버리고 만다면…. 어떻게 살아가야 할지 도무지 감이 잡히지 않았다. 그녀가 지정한 의상실, 뷰티샵, 마사지 실을 모두 찾아가 거침없이 카드를 긁었다. 그것도 모자라 그녀가 지정한 성형외과 수술대에 누워 양다리 허벅지에 두둑이 불어난 지방을 뽑아냈다. 이제 남은 건 가슴 수술 뿐이다. 나는 서둘러 전혜영이 건네준 명함을 찾아내 병원으로 상담 예약을 했다.

'사랑합니다. 전혜영 교수님!'

숯덩이처럼 시꺼멓게 속이 타들어 갈 것만 같았지만 애써 억눌렀다. 짐짓 애교 섞인 문자를 그녀에게 날렸다. 답문을 기대했던 건 아니지만 신기하게도 곧바로 반응이 왔다.

'정연이가 날 사랑하는 이유는 뭘까? 내가 면접관이라서? 아니면 한 여자라서…? 후훗…. 우스운 질문이군….'

존댓말을 슬그머니 해제하면서 그녀는 이제 내 위에 군림했다. 이제는 내게 아무런 경계심도 취하지 않는 것이 분명했다. 소설 창작의 고통을 고사하고 세파에 찌들기로 작정한 흔해빠진 계집으로 대하기 시작한 것이다. 나를 훤히 꿰뚫어 보고 있었다. 얼마 지나지 않아 가슴 수술을 받게 될 거란 운명도 점치고 있었다. '한 여자'로 자신을 규정하고 암컷의 사랑을 갈구하고 있었다. 사랑받기 위해서 남녀를 초월한 존재일 수도 있다. 이 세계에서 찾고자 한 꿈의 실체는 어쩌면 한없이 가벼운 것일는지 모른다는 슬픈 상상이 절망스럽게 이어졌다.

"팁을 하나 줄게. 보증금 이천오백만 원이면 꿈에도 그리던 승무원이 될 수 있어. 연수 보증금 개념이니깐 6개월 견습만 끝나면 돌려받을 수 있는 돈이야. 중국의 저가항공사라 아무래도 힘이 들겠지만, 그만큼 꿈을 향한 자기와의 싸움이라고 생각해주면 고맙겠어."

전혜영은 합격을 장담했다. 이천오백만 원 구해오면 더 이상 마음고생을 할 이유도 없었다. 이 세계의 끝은 결국 돈이었다. 당찬 모습을 보여줘…. 스스로를 믿는 힘을 무시해선 안 돼…. 밤이면 밤마다 전혜영의 문자가 흔들리는 마음의 닻이 되어주었다. 일단은 닥치는 대로 끝장을 봐야겠다는 마음이 앞섰다. 아! 빠져든다는 것이 이런 것이었나. 대책 없이, 앞뒤 없이 어떻게 해보겠다는 생각도 없이 그녀와의 인연을 소유하고 싶다는 의지만이 샘솟았다.

"채용 대행 계약을 체결하기에 앞서, 내가 이미 현지에 다녀왔어. 신생 항공사라 비행기는 단 한대 뿐이지만, 발전 가능성이 무한한 항공사니깐 아무 걱정 마."

그녀는 현장 답사 때 현지 관계자들과 찍은 사진들을 증거로 제시했다. 관광명소에 들러 갖은 포즈로 귀염을 떠는 그녀가 사진마다 등장했다. 현지 음식들이 상다리가 부러지도록 차려진 테이블에 앉아 우아하게 와인 잔을 들어 올리는 사진도 있었다.

중국 항공사의 승무원 면접은 우스울 정도로 순조롭게 진행되었다. 전혜영이 주관하는 1차 면접부터 시작해서 필기시험, 영어로 진행되는 그룹 토의 그리고 2회에 걸친 현지 면접관과의 심층 면접까지 모든 일정이 단 이틀 만에 일단락 됐다. 나는 그녀가 제시한 이천오백만 원을 당장 마련할 길이 없어 절반만 입금시켰다. 그녀의 끝이 고작 여기였나 싶었지만 이런 방법으로도 나를 설득할 수 있다고 믿는 그녀만 바라보고 있는 내 꼴을 가만히 돌아보고 있을 순 없었다. 스스로에게조차 초라해지고 싶진 않았다.

20명의 최종 합격자들과 함께 중국 대륙 어디로 향하는지 여전히 모른 채 비행기에 올랐다. 이륙하는 순간 이관이 막혔다 열릴 때 복잡한 생각은 이제 하지 않기로 다짐했다. 아무도 모르는 땅에 1인당 30kg이 넘는 짐을 달고 서서 발목부터 차오르는 두려움에 젖는 순간, 저 멀리 우리의 꿈이 되어 줄 항공사 이름을 내건 푯말이 보였다. 미리 준비된 전세 버스에 일제히 실려 도심의 빌딩 숲을 가로질렀다.

이름 모를 호텔에 떨궈진 몇 시간 후 샤워를 마치고 깜빡 잠이 들었나 싶을 즈음 연락이 왔다. 세미나실에 리셉션 파티가 있을 예정이니 어서 집결하라는 전갈이었다. 모두들 자다 깬 부스스한 표정으로 시작부터 범상찮은 연수를 시작해야 했다. 서울에서 한 차례 조우했던 현지 면접관들이 '본부장'과 '대표이사'란 직함을 달고 나와 있었다. 호텔 직원의 안내를 받으며 유일하게 한국어를 구사하는 과장을 만날 수 있었다. 한국인 과장은 대표이사를 대신하여 20명의 합격자들을 직접 통솔했다. 임원진을 비롯한 그 누구도 이를 못마땅하게 생각하는 것 같진 않았다. 심지어 그는 회사를 얼마나 만만히 보았으면 자다 일어난 몰골로 나왔느냐면서 아침부터 고래고래 언성을 높였다. 이미 식대를 지불했으니 한 사람도 빠짐없이 조반을 들 것을 강요했다. 아침을 거르면 변상이라도 해야 할 것처럼 무서운 말투였다. 식사 후 수영 테스트를 실시할 것이고 도착 이후의 행실과 품행을 참고해서 개별 면담을 실시하여 한국으로 돌려보낼 사람들의 명단도 공개할 계획이라고 밝혔다. 열심히 하라는 의미로 받아들이기엔 그의 표정이 지나치게 섬뜩했다. 뭔가 단단히 독이 오른 듯 했다.

20명의 승무원 합격자들은 각자 준비해 온 수영복으로 갈아입고, 왕복 50m에 달하는 물길을 미친 듯이 헤엄쳤다. 물이 똑똑 떨어지는 수영복 차림으로 임원진을 대신할 뿐이라는 과장과 개별 면접도 이어졌다. 면접을 마친 사람들은 하나같이 발등에 떨어진 불을 끄고 보자는 황급한 얼굴로 전화기를 찾아 헤맸다.

"연수보증금 얘기는 들으셨겠죠?"

"전혜영 교수님 통해서 얼핏 듣긴 했습니다만…."

'얼핏'이란 단어에 기분이 언짢아진 모양인지 과장은 대놓고 인상을 찌푸렸다.

"그럼, 돈은 가져오셨나요? 물론 현금만 가능합니다."

"서울에서 며칠 내로 송금받을 생각이었는데요…."

"지금 당장 현금을 가져오지 않으신다면 고용 계약은 이루어지지 않습니다."

"전혜영 선생님께 이미 절반은 드렸어요."

"그럼, 나머지 천이백오십만 원은 직접 가져오셨어야죠."

한동안의 침묵이 이어진 연후 그가 다시 입을 열었다.

"이 세계에서 꿈을 펼치길 진심으로 원하십니까?"

그는 신중한 음성으로 천천히 물었다. 전혜영과 비슷한 설득의 기술을 그도 터득하고 있었다. 그들은 내가 간절히 원하는 바가 무엇인지 모두 꿰뚫고 있다.

"3시까지 시간을 더 드리겠습니다. 선택은 본인 몫입니다."

이런 식으로 설득을 당한 자들은 과장이 일러 준 웨스턴유니온 은행으로 달려갔다. 1시간 내로 달러를 송금하라고 가족들에게 독촉했다. 전화통에 매달려 울부짖는 딸들의 이름을 부르며 영문도 모른 채 덩달아 발을 동동 구르던 어머니들은 지구 저편으로 사라진 딸들의 행방에 두려움을 느꼈다. 딸들이 부르는 여권 번호와 영문 이름의 정확한 스펠링을 받아 적느라 부들부들 손목이 떨렸다. 지금 무슨 짓을 하고 있는 걸까? 망연자실한 사람들 속에는 분명 나도 있었다. 전혜영의 핸드폰 번호를 꾹꾹 눌렀다.

"3시까지 현금을 마저 가져오지 않으면 돌려보내겠대요."

수전증 환자처럼 떨리는 손가락 끝에서 그녀의 목소리가 열렸을 때 왈칵 눈물이 터져 나왔다.

현지에서 빗발치는 학생들의 구조 요청과 한국에 남은 부모들의 항의 전화로 급기야 학원 업무가 마비될 지경에 이르렀다. 그러자 대행을 주관했던 학원을 대표해 마침내 그녀가 우리 곁으로 날아왔다. 그녀는 실크 스카프를 하늘하늘 휘날리며 등장했다. 그녀가 애꿎은 현지인들과 우아한 담소를 나누는 사이 보증금을 손에 넣은 한국인 과장은 거짓말처럼 잠적해 버렸다. 이윽고 중국 신생 항공사의 홈페이지가 자동 폐쇄됨으로써 그동안 우려했던 바가 모조리 현실로 드러났다.

돈을 떼인 피해자들의 신고로 현지 경찰들이 호텔로 출동해 늦은 조사를 벌였다. 중국 주재 한국 대사관에서 나온 영사가 우리가 합격한 항공사는 항공청에 등록도 되어 있지 않은 유령 회사임을 공개했다. 경찰서로 연행되어 밤샘 조사를 받는 현지 직원들을 앞세워 전혜영이 피해자인 우리와 동행했다. 피의자들이 취조를 받는 사이 그녀는 기내 면세 코너에서 구입한 빨간 매니큐어를 꺼내 정성껏 자신의 발톱에 발랐다.

"정말 피곤하군…. 눈이 저절로 감기다니….
해외여행 왔다고 생각하면 되잖아….
부모님이 걱정 하실 테니 별일 없다고 전화 드려….
만에 하나 언론에서 인터뷰 요청을 해오면
딱 잘라 거절해….
그래 봐야 제 얼굴에 침 뱉기지…….
어쩐지 처음부터 사기꾼들 같더라니……."

발톱에 매니큐어를 바르던 그녀가 중얼거리며 우리를 위로했다. 이러고 있을 시간에 영어 단어라도 하나 더 외우며 다시 시작해 보자고도 했다.

"야, 이년아! 지금 이 판국에 발톱에 매니큐어 바를 정신이 있냐?"

그녀의 머리채를 휘어잡아 내 가슴 앞으로 바짝 끌어당기는 상상을 했지만 두 주먹이 불끈 쥐어졌을 뿐 결국 실행에 옮기지는 못했다.

동이 트자 그녀는 돈과 자신감에 꿈마저 잃은 우리들을 덩그러니 남겨둔 채 거짓말처럼 사라졌다. 정말로 떠나버렸다. 그녀가 하룻밤을 묵었던 호텔 방으로 달려가 어딘가에 남겨두고 갔을지도 모를 노트를 찾아보았다. 그러나 허사였다. 그녀에겐 이제 낯선 곳에 버리고 다닐 꿈들이 없는 것인지도 모른다. 그녀는 내가 모르는 사이에 지구상의 모든 동경과 선망을 원 없이 섭렵하며 제 취향에 맞는 품목만 발췌하는 기술을 이미 터득하고 있었다.

현지 한인회의 진심 어린 도움으로 나를 비롯한 20명의 친구들은 범인들이 떼어먹고 달아난 숙박비와 돌아갈 항공권을 겨우 해결했다. 마침내 이상한 나라에서 벗어날 수 있었다. 서울에 도착한 피해자들은 화가 머리끝까지 치솟은 부모들을 대동해 승무원 학원으로 쳐들어갔다.

"네 딸이라고 한 번 생각을 해 봐라! 그런 오지에 보내고 싶나?"

"와 말이 없노? 어디 한 번 그 뚫어진 입으로 변명이라도 해 봐랏!"

격한 경상도 사투리를 쏘아대던 피해자의 어머니들이 전혜영의 머리채를 단번에 잡았다.

"선생님 말씀대로 다 했잖아요. 턱도 자르고, 지방도 빼내고…. 제가 여태 병원에 갖다 바친 돈이 얼만데요."

나도 용기를 내서 꼭 묻고 싶었던 말을 꺼냈다.

"정연이까지… 정말 왜 이래…."

그녀의 눈빛이 파르르 흔들리는가 싶더니 금세 붉어졌다. 사나운 기세로 그녀를 에워싼 부모들의 악다구니에 겁을 먹어서라고 믿고 싶었다. 그녀의 눈물을 보자 갑자기 마음이 흔들렸다.

"제가 뭘 잘못했다고들 이러세요…."

"어서 실토하지 못해? 피 같은 내 돈 떼어먹고 달아난 그놈들이랑 네년도 한 패지?"

흔들리던 그녀의 눈빛이 바닥을 향해 고꾸라지고 머리채가 한꺼번에 휘날리며 뒤따랐다. 쿠, 우, 웅! 세 번으로 소리가 나눠며 전혜영의 몸이 바닥으로 떨어졌다. 어디선가 건장한 체격의 학원 관계자들이 황급히 달려 나왔다. 그녀는 흑기사의 등에 업혀 알 수 없는 세상 밖으로 사라졌다. 위기의 순간에 어떻게 자신을 빼내야 하는지를 그녀는 잘 알고 있었다.

집으로 돌아온 나는 아무것도 하지 않으며 시간을 보냈다. 토익책도 보지 않으며 영어 뉴스도 듣지 않았다. 잊어버릴 만하면 한 번씩 걸려오는 영어 회화 학원 외국인 강사 전화도 받지 않았다. 밥도 먹지 않았고, 이틀 간격으로 받던 손톱 손질도 중단했다. 보다 못한 어머니가 딸이 좋아하는 피자를 시키려다 마음을 바꿨다. 양악수술 이후 음식을 잘 씹을 수 없게 된 노릇을 떠올리며 느릿느릿 죽을 쑤었다. 마지못해 수저질을 하고 있는데, 아홉시 뉴스가 쩌렁쩌렁 흘러 거실의 깊은 고요를 우당탕 부숴버렸다. '날아간 승무원 꿈' 아홉 시 뉴스 보도는 취재 기자의 쩌렁쩌렁한 목소리를 앞세우고 숨 돌릴 틈도 없이 가슴 속을 후벼 파고 들어왔다. 사흘간 중국에서 뚫고 나온 지옥 같은 시간들이 일제히 되살아나더니 마침내 오한이 몰려왔다.

"외국계 항공사에 합격된 줄 알고 중국 현지까지 갔던 취업 준비생들이 돈만 떼이고 되돌아온 사건이 발생했습니다. 지난달 말 중국계 신생 항공사라고 주장하는 한 회사는 국내 채용 대행을 맡은 한 승무원 양성 학원에 채용 공고를 냈습니다. 지망생들은 학원을 믿고 입사 원서를 제출했으며 20명이 최종 합격 됐다는 통보를 받았습니다. 이들은 연수를 위해 현지로 향했으나 항공사 직원이라는 남자는 연수보증금 명목으로 한 사람당 이천오백만 원씩을 요구, 일부 '합격자'들로부터 돈을 챙겨 잠적했습니다. 이들을 현지 항공사로 인계한 담당자인 전모 씨는 학생들의 항의가 빗발치자 현재 잠적한 상태로 사기 행각을 벌인 일당과 한패가 아니냐는 의심을 사 경찰이 본격적인 수사에 나섰습니다."

뉴스가 흘러나오는 동안 나는 마른 입술을 비집고 맑은 미음을 흘려 넣는다. 뜨거운 죽 내음이 무력한 혀를 천천히 감싼다. 배시시 웃으며 나는 입술 사이로 수저를 다문다. 이 세계의 끝은 저 세계에 두고 온 세계의 시작에 불과했다. 기운 잃은 혀가 뱅그르르 구를 때마다 기내 창밖으로 펼쳐진 하늘 위로 빚어내던 기대와 설렘이 떠올랐다. 꿈을 목표로 내 삶을 일으키고자 마음먹었던 그 시절이 그토록 그리울 수가 없다. 펑퍼짐한 몸매로도 자랑스레 집안과 도서관을 휘젓고 다니며 마음껏 먹고, 읽고 쓰며 무한한 유토피아를 꿈꾸던 그 시절을 되찾고만 싶다. 지구 반대편 이름 모를 호텔 방에 버린 습작 노트가 이젠 쓰레기가 되어 캐나다 뒷골목을 나뒹굴고 있을 것이다. 소박하고 간절했던 내 꿈이 도둑고양이들의 배설물이나 받아내고 있다는 상상이 나를 무력하게 만든다. 아, 목이 뜨겁게 메인다.

달아난 사기꾼들의 행방은 검찰도 쉽게 알아낼 수 없을 것 같다고 했다. 한동안 잠적 이후 돌연 모습을 드러낸 전혜영은 모든 건 중국 체류 조선족이 단독으로 꾸민 사기극이며, 대행을 맡은 학원 측도 피해자니 함께 아픔을 나누는 것이 미덕이라는 공식 입장을 학원 홈페이지를 통해 상세히 밝혔다. 피해액을 보상받을 의향이 있다면 학원에서 최선을 다했다는 글을 인터넷에 올리라고도 강력하게 권유했다. 이 세계의 끝을 목격하고도 심심한 위로의 말을 전하고 있는 그녀가 왜 달아난 사기꾼들과 동행하지 않고 남아있는지 나는 묻지 않았다. 모든 질문의 해답을 찾는 건 이제 순전히 내 몫이란 사실을 모르지 않기 때문이다.

인어의 꿈

태양이 사라지고 오롯이 어둠이 깔려야만
마침내 별들의 정체가 드러난다.

5층까지만 운행이 허락된 6층 건물의 엘리베이터는 걸핏하면 빽! 소리를 내지른다. 출근 인파가 한꺼번에 들이닥치면 고물이나 다름없는 엘리베이터는 더 주체하지 못한다. 토악질하듯 기어이 한 명을 떨어내고서야 벌어진 입을 다문다. 떡시루 같은 지하철을 겨우 빠져나와 기를 쓰고 달리지만, 지각만은 도저히 면하기 어렵다. 매번 5층에서 하차해 비상계단 하나를 더 기어오르느라 십여분을 지체한다. 가까스로 6층 사무실에 이르러 천식 환자처럼 헉헉 숨을 몰아쉰다. 간밤에 넘긴 기사가 가지런히 인쇄되어 책상에 놓여 있다. 누구 하나 인사를 건네는 법이 없는 걸 보니, 오늘도 어김없이 지각인 모양이다.

"거, 젊은 사람이 말이야, 일찍 일찍 좀 다닙시다!"

어디선가 솟아오른 외침이 사무실의 적요를 쨍하니 가른다. 황 팀장이다. 팀장이 일찌감치 한 마디 나무랐으니 그 누구도 선배랍시고 잔소리를 보태진 못할 것이다.

"죄송합니다. 어찌나 차가 막히는지…."

지하철이 막히려야 막힐 수가 없겠지만 엘리베이터며 오다가다 마주치는 사람들을 피해오느라 교통체증이 실로 말이 아니긴 했다.

한 평 남짓 여자 화장실로 피신한다. 목덜미의 땀도 닦아내고, 땀으로 번진 화장도 부랴부랴 수습한다. 여자 화장실은 결핍의 온상이다. 안식, 휴식은커녕 기본적인 화장실 용품까지 결핍돼 있다. 빈약한 회사 재정이 고스란히 드러나는 공간이다. 양변기 위에 앉아 화장을 고치는 일은 어불성설이다. 변기 물을 내렸으면 지체 없이 자리를 비워줘야 한다. 그렇지 않으면 여지없이 반격이 들이닥친다. 에이! 뭐야? 화장실 전세 냈어? 중2 불량배 수준의 위협을 서슴없이 행사하는 이들은 4층 DTP 실의 웹디자이너들이다. 5-6년 세월의 기나긴 직장 경력을 방패 삼아 필요 이상의 자존심으로 열등감을 커버하는 이들은 늘 전투 기세였다. 마감 시간이나 글자 수를 한 톨이라도 어기는 날이면, 이런 것도 또박또박 못 맞추면서 무슨 기사를 쓰냐는 둥 거침없는 막말을 혼잣말처럼 쏘아 올렸다. 내 입장에서는 굳이 서로 말을 섞을 사건을 만들고 싶지 않았으므로 최대한 깍듯이 존대했다. 잠자코 있는 우리 기자들을 대신해 일일이 방패막이 역할을 하는 것은 늘 황 팀장이었다.

"정해진 글자 수를 넘기시면 디자인 간격을 맞추려야 맞출 수가 없어요."

"디자인을 변형하면 되잖아. 그럼, 디자인 때문에 기사를 다시 쓰란 소리야?"

"합의했으면 못마땅해도 따라와야지."

"절이 싫으면 중이 떠나야지. 절이 떠나는 거 봤어?"

"오호! 그러세요? 그럼, 어디 잘난 너희끼리 잘해보세요!”

“뭐야? 에잇, 이거 참 더러워서 못 해 먹겠네!”

회의는 아침부터 난폭하게 이어지다 결국 고성이 오갔다. 점심시간이 끝나고 존재감을 과시하던 몇몇 디자이너들은 작정이라도 한양 단체로 사직서를 내던졌다.

새로운 디자이너를 물색하는 내내 줄기찬 야근이 이어졌다. 쥐꼬리만 한 월급에 야식도 제대로 먹이지 않는 신문사는 한 치의 틈도 없이 직원들의 숨통을 조일 태세였다. 어디로도 달아나지 못하도록 심신을 피폐하게 만들 기세로 마구마구 일감을 몰아왔다. 토요일에도 회사에 나와 디자인실에서 기사나 나오길 기다렸다가 일일이 교정을 봐야 했다. 겨우 남은 디자이너들의 짜증 섞인 항의는 날카롭게 손톱을 세우기 시작했다. 그 와중에 말도 안 되는 싸움판에 증인으로 세우는 일까지 벌어졌다. 말인즉슨, ‘과장’이라는 짐승이 일감을 거드는 척 근무 중인 디자이너를 뒤에서 감싸는 행위를 암암리에 여러 번 저질러 왔다는 것이다. ‘과장’이라는 분은 그런 사실이 없다고 정중하게 발뺌했고, 디자이너 역시 증거를 들이대며 조목조목 반박했다. 들어주는 것만으로도 역겨운 시간이 느릿느릿 엿가락처럼 흘러가는 오후였다.

“그래서 어쨌나? 꽥! 소리라도 질렀나? 응?”

중재에 나선 회장은 언짢기보다는 대체로 흥미롭다는 얼굴이었다. 말이 신문사지 시궁창이 따로 없다. 『중앙 레이디』, 『스포츠닥터』, 『우먼 동향』 유수의 대기업 여성지 이름들이 재빨리 머리를 뚫고 지나갔다. 똑같은 인간으로 전락하고 싶지 않으면, 하루빨리 이직하는 수밖에 달리 방도가 없다.

어찌하여 6층엔 여자 화장실이 달랑 하나 밖에 없단 말인가. 디자이너들은 4층 화장실을 두고도 기어코 6층 화장실을 제집 드나들 듯했다. 헛구역질이 빗발치는 일과의 정점에 그녀들을 세워두고 칫솔질을 해야 하는 일상이 반복될수록 무한한 피로감이 몰려왔다. 사장으로 부임한 회장의 맏딸과는 '여자'란 바닥이 같은 관계로 종종 화장실에서 마주쳤다. 엘리베이터 하나 제대로 운행 안 하는 쟁반 만한 신문사에 '회장'에 '사장'에 구색은 죄다 갖춰놓고 있었다.

"양 기자님, 지난달 기사 정말 잘 읽었습니다."

직원에게 먼저 다가서란 지침이라도 받았는지 친절하게도 먼저 인사를 해오는 쪽은 늘 사장이다. 가까이서 마주친 그녀는 단신에 볼품이라곤 딱히 없는 왜소하고 가엾은 외모였다. 하이힐을 신고 뒤뚱거리는 엉덩이가 아슬아슬해 보였다. 쌍꺼풀 수술의 부기가 채 가라앉지 않아 말을 할 때마다 깜박이는 눈두덩이도 부담스러웠다. 덕분에 도드라진 눈매는 진정한 '금수저'로 거듭나기 위해서 그녀가 얼마나 애쓰고 있는지 증명하고 있었다. 못생긴 사장의 수더분한 친절에 용기를 얻어서였을까. 비좁은 여자 화장실 문제에 대해 소상히 알려야 한다는 마음이 발동했다. 차마 할 말이 아닌 줄은 알지만, 한 시간도 채 되지 않아 어김없이 동이 나는 휴지며 비누며, 직원들의 복지에도 좀 관심을 두십사 조목조목 짚었다. 그러자 사장은 피식 콧방귀를 날렸다. 살다 살다 이렇게 시건방진 직원은 처음 본다는 얼굴이었다.

'그래서?'

'어쩌라고?'

'빨간 휴지를 줄까? 파란 휴지를 줄까?'

'네 휴지는 네가 챙겨!'

무수한 반격의 말들을 간단명료하게 대변하는 얼굴을 뒤로하고, 손바닥을 문질러 비누 거품을 냈다. 거품과 함께 사라지는 모욕의 찌꺼기들이 하수구 아래로 영원히 사라지기를 바라는 내내 가쁜 숨이 몰아쳤다.

다시 한번, 참을성 있게 숨을 고른다. 백 원짜리 동전을 하나씩 투입구에 밀어 넣을 때마다 요동치는 숨소리가 잦아들었다. 종이컵이 떨어져 앉는 소리와 곧이어 뜨거운 물이 졸졸 내려오는 소리가 들리자 겨우 진정이 됐다. 붉은 버튼의 불이 꺼지고 커피를 끄집어내려고 하는 순간 어디선가 앙상한 손가락이 튀어나와 잽싸게 종이컵을 가로챘다. 짜증

섞인 얼굴로 한걸음 물러나 커피 도둑의 얼굴을 확인하자 아니나 다를까 황 팀장이다. 동전 몇 개가 궁해서 허구한 날 벼룩의 간을 내먹는 위인은 하나밖에 없다. 가난이 무슨 자랑이라고 '문학'이란 이름을 팔아 훈장처럼 활용하는 잉여 인간. 지난 추석 명절엔 몸살감기로 고향에도 못 내려가고 냉골에서 앓고 있다는 사연을 적어 보냈다. 염치 불고하고 약값으로 돈 오만 원만 계좌로 적선해달라고 이메일을 보낸 위인이다.

커피자판기 앞에 섰다. 모처럼 '고급' 밀크커피로 호사를 부려보고 싶었다. 자판기에 '고급'과 '일반'으로 분류된 커피의 차이가 뭔지 늘 궁금해서 견딜 수 없었다. 호주머니를 뒤적거려 백 원짜리 동전이 세 개를 겨우 찾아냈다. '고급' 밀크커피를 맛보려면 백 원이 더 필요했고, 그러자고 천 원짜리 지폐를 깰 생각을 하니 다시금 고뇌가 시작됐다. 창밖 너머로 스타벅스 커피숍이 보였다. 얼마 전 부하 직원 하나가 할 애기가 있다면서 그곳을 약속 장소로 통보했는데, 선뜻 나갈 엄두가 나지 않았다. 한 끼 밥값 보다 더한 커피값을 두 잔이나 지불하면서 침착하게 직원의 하소연을 들어줄 용기가 도저히 나지 않았다. 직원을 한 시간 내내 혼자 앉아 나타나지 않는 나를 원망하며 돌아갔고, 다음 날 사직서를 제출했다. 나는 심호흡을 다시 한번 크게 하고는, '일반' 커피 버튼을 길게 내리눌렀다.

'떠나겠다는 직원을 잡거나 삶이 선사하는 무한한 선택의 경로에서 벗어날 수 있는 최소한의 재력도 없는 나는 이방인이다.'

황 팀장은 '노매드 nomad'란 필명으로 페이스북에 꼬박꼬박 일기를 올리고 있었다. 황 팀장의 실명이나 본인을 증명할 수 있는 인물 컷이 올라오는 일은 거의 없었다. 하지만 즐겨 입는 단벌 와이셔츠와 기다랗게 뻗은 손가락 끝에서 타들어 가는 담배가 어김없이 그를 인증했다. 자판기 커피 한 잔 앞에서 동전 백 원의 차이를 고뇌하며 '이방인'을 자청하는 그의 실체가 가엾고 안타까워서 번번이 군소리 없이 당해준 것이다. 저녁상을 물리고 마감 뉴스를 돌려보다 황 팀장의 페이스북에 들러 사무실에서 공유한 하루 내내 그의 머릿속을 다녀간 생각의 통로들을 추적하는 일이 어느새 일과가 되어버렸다.

황 팀장은 저래 봬도 외국어 고등학교를 졸업하고 명문 K대 러시아어과를 졸업한 수재였다. 한때 수재였을 뿐, 물론 지금은 그 어떤 사회적인 성공도 거두지 못한 방랑자다. 스펙보다 끌어가는 현실이 너무 구차해서 혹여 지방 캠퍼스나 편입생 출신이 아닐까 여러 번 뒷조사를 해봤다. 하지만 그는 놀랍게도 정문으로 들어갔다 정문으로 나온 어엿한 명문대생이었다. 오래된 세탁기나 낡은 냉장고가 놓여있는 은평구의 작은 연립 주택의 내부가 페북에 올라올 때마다 열 살 때 이혼한 홀어머니 밑에서 남동생과 함께 어렵게 성장했다는 이야기에 가슴이 얼얼했다. 그 좋은 대학을 나와서 판검사가 되기를 바라던 홀어머니의 기대를 저버리고 뒤늦게 문학을 하겠다고 5년째 신춘문예에 응모하며 알량한 팀장 자리를 지키고 있다.

희곡 공모전에서 입상한 부인을 얻은 것으로 신춘문예에 낙방하는 현실을 보상받았다고 믿는다는 소리도 했었다. 어느 주간지의 희곡 작가로 소개된 이력이 있는 그의 아내는 한눈에 들어오는 미인은 전혀 아니었다. 180cm가 넘는 장신인 그의 허리에 겨우 찰까 말까 한 키였다. 옷 입는 모양새도 꽤 촌스러웠다. 그래도 황 팀장만 보면 함박웃음을 지어주는 사랑스러운 아내인 것만은 분명했다. 황 팀장 보다 무려 13살이나 어린 그의 아내는 비좁은 연립 주택에서 홀어머니를 모시고 시작한 신혼이 마냥 행복한 얼굴이었다.

"양 기자, 졸음 쫓는다고 자꾸 이런 자판기 커피 마시는 거 건강에 해로워요."

한 잔 사주지는 못할망정 걸핏하면 자판기 뒤에 숨었다가 기세도 등등하게 커피를 가로채는 가난한 수재! 아! 안타까운 중년이여! 과연 황 팀장에게도 해 뜰 날이 올 것인가. 이 잘난 신문사 편집장 월급으로 아무리 재주를 부려봐야 은평구 재개발단지를 벗어날 재간은 없어 보인다. 세파와 싸워보려는 기세도 없어 보인다. 황팀장은 두말 않고 문학을 택했다. 이후로 그의 가난한 삶은 안분지족의 변명을 얻은 셈이다. 종종 러시아 관련 단신이 올라오면 대문호들의 이름이나 명문장을 읊으면서 화려했던 수재의 비범했던 과거를 상기시켰다. 그럴 때면 가난한 그의 현실이 갑자기 고서가 빼곡한 서재처럼 웅장해 보였다. 이런 황 팀장의 지성이 그의 아내가 팔순의 시모가 기다리고 있는 낡은 연립에서의 결혼 생활을 결심하게 만들었는 지 모른다.

황 팀장은 법인 카드를 쥐고 나오면서도 툭하면 충무로 뒷골목의 싸구려 골뱅이 집에서 회식했다. 택시비를 챙겨줄 능력도 안 되면서 꼭 전철이 끊기는 시간을 넘겨 3차, 4차를 열창하는 대책 없는 상사다. 어디 가서 식당 일을 해도 이보다 못 하겠는가 싶은 월급을 쥐여주는 회사 편에 서서 늘 "버텨봅시다!"라고 떠드는 인간. 제 입에 들어갔다 나온 젓가락으로 골뱅이를 휘적거리는 황 팀장을 잠자코 바라본다. 내 머릿속에는 '저 골뱅이 절대 먹으면 안 돼…. 안 돼….' 오로지 한 가지 일념뿐이다.

"양 기자, 이 목걸이 어때?"

황 팀장의 기다란 목덜미 사이로 18K 금목걸이가 노랗게 번뜩거린다. 금을 걸치니 수려한 외모에 조금 돋보이긴 한다.

"사모님이 최근에 작품 하나 하셨나 보다."

"에이! 아니야. 우리 어머니가 말이지. 세탁소에서 석 달 내내 아르바이트를 하셨지 않겠어? 세상에 이 노인네가 그 돈을 고스란히 큰아들 금목걸이 사는데 쏟아 부었다니까."

황 팀장의 콧잔등이 벌겋게 달아오르자 때아닌 연민이 솟는다. 홀로 아들을 둘이나 키워낸 노모가 가만히 집에서 쉬지도 못 하는 모양이다. 미운 자식 떡 하나 더 얹어주는 심정으로 나는 골뱅이를 집어 황 팀장 앞으로 건넨다. 그는 가난의 상징인 충치가 다 드러나도록 입을 쩍! 벌려 넙죽 받아먹는다. 먹여주려던 의도가 전혀 아니었는데, 본의 아니게 넉살 좋은 여기자가 되고 말았다.

"황 팀장님 어머님은 우리 시대의 진정한 어머니십니다. 자, 건배!"

누군가 분위기를 띄우자 각질이 일기 시작한 황 팀장의 입가에 배시시 미소가 번졌다. 그 바람에 골뱅이 두 접시와 세 병을 추가 주문되면서 막차는 끊겼다. 시침은 12시를 가리키고 있었지만, 누구 하나 인제 그만 가봐야겠다는 말을 감히 꺼내진 못했다.

이윽고 시곗 바늘이 자정을 넘기자 기다렸다는 듯 황 팀장이 한 마디 던졌다. 양 기자, '날개'란 작품을 기억하나? 물론이죠. 이상의 '날개' 말씀하시는 거 아니십니까? 그럼, 이상이 사랑했던 금홍이란 여인도 아나? 금홍이요? 금홍이를 아직 못 봤으면, 거울을 한 번 봐. 양 기자랑 아주 판박이야. 판박이…. 수십 개의 눈이 일제히 내 얼굴에 꽂혔다. '금홍이'란 분이 그렇게 미인이었어요? 에이. 말이 나와서 말이지, 양 기자야 옛날 미인이지. 50년만 일찍 태어났어 봐. 아주 정윤희, 원미경 빰쳤을 거야. 회식 자리의 논평이라고 끝까지 들어봐야 말 같지도 않는 말 뿐이었다. 주거니 받거니 술판이 이어지고, 글 쓰는 자기 마누라의 깎아놓은 감자 같은 얼굴이 자기 눈에는 제일 예쁘다는 등의 묻지도 않은 이야기들이 연거푸 쏟아져 나왔다. 교회 수련회에서 첫눈에 반한 아내 자랑을 쉼 없이 늘어놓았다. 다른 여자들이 화장을 고치느라 부산을 떨고 있을 때 그의 아내는 개울에 쪼그리고 앉아 쌀을 씻었단다. 그 모습에 반해 용기를 냈다는 황 팀장의 청춘에 미스코리아 출신의 팔등신 미녀들이 다녀갔을 리 없다. 홀로 된 노모를 봉양하며 문학의 이름으로 가난을 수용하려면 그런 여자는 부적합하다. 황 팀장은 장미 한 송이를 신문지에 둘둘 말아 청혼하던 순간을 회상했다. 이

대목에서 유달리 낭랑하게 힘을 준 나머지 그의 입안에 있던 더러운 골뱅이 조각이 내 실크 블라우스로 날아들었다. 망할 놈의 회사, 하루빨리 이직하고 싶다. 이런 이름 없는 신문사 직원도 기자라고 마침내 맥주잔을 일렬로 세워놓고 소주잔을 통째로 빠뜨리기 시작한다. 오늘 이거 원샷! 못하면 집에 못 간다! 자! 자! 누구부터 시작할 거야? 손들어, 손! 너도, 나도 다투어 소맥 잔의 바닥까지 비우며 만세 삼창을 한다. 이 세상에서 가장 예쁜 여자는 쌀 씻는 여자야! 건배!

한 눈으로 봐도 황 팀장은 없어 보인다. 온갖 가난한 습관은 죄다 보유하고 있다. 밥 먹고 바로 양치 안 하는 건 물론이고, 그 입으로 뻐끔뻐끔 담배까지 줄곧 태우니 구취가 얼마나 심할지는 가히 상상이 간다. 그러니 성한 치아가 남아있을 리 없다. 툭하면 턱을 싸매고 이가 아프다며 대낮에 치과를 다녀오느니 마느니 낑낑거린다. 마누라가 좀처럼 빨래도 안 해주는지 한 달 내내 같은 옷만 입고 다닌다. 그래도 늘 예의 바르게 방문객들을 맞아 차 마시는 시간을 갖고, 제때 기사를 마감하고, 일주일에 한 번씩 칼럼을 써내면서 최소한의 밥값은 하고 있었다. 언젠가는 '문단의 별'이 될 거라는 막연한 꿈이 지리멸렬한 삶을 이끄는 원동력인 듯 보였다. 그는 확인되지 않은 연예인들의 낭설만 난무하는 기자실 복도 끝에서 꼬깃꼬깃 휴지에 동여맨 헌 담배를 꺼낸다. 처자식 입에 삼시 세끼 밥과 고기반찬을 넣어주진 못해도 논어를 성경책 삼아 삶의 이치를 논하는 가난한 마음이 연기가 되어 피어오른다.

황 팀장을 관찰하노라면 언제나 질문의 화살은 내게로 돌아온다. 난… 대체 뭔가? 황 팀장의 말대로 눈물 젖은 생라면 한 박스 정도는 씹어봐야 소설을 쓸 수 있는 게 아닐까. 이 땅에서 가난과 글쟁이를 따로 떼어놓을 수 없다면 받아들이는 수밖에… 민얼굴로 개울에 쭈그리고 앉아 쌀을 씻을 담력이 내게 있을까. 그러나 아무래도 난 모자란 종자다. 기자 일을 하면서 멋진 소설을 쓴다는 것도 엄밀히 말해 어불성설이다. 그렇다고 다 뿌리치고 방 안에 틀어박혀 평생 글만 쓰고 살래도 절대로 못 할 것 같다. 연예인 지망생들의 프로필과 사진이나 실어주며, 자칫 잘못하다가는 소설가가 아니라 여성지로 빠질 가능성이 더 크다. 그리되기란 또 어디 쉬운가. 그것도 인맥이 있고 글발도 따라 줘야 가능한 일이다. 이 아담한 동네 신문사의 경력으로는 어림없다. 아, 배우 지망생들이나 동네 아줌마들의 유치한 평판이나 흘리고 다니면서 과연 언제쯤 온전히 문학만 하게 될까….

구멍가게만 한 동네 신문사지만 명색이 '기자'라는 직함을 얻었을 때만 해도 희망이 있었다. 황 팀장 같은 문학적 존재와 부대끼다 보면, 어젠가는 진짜 작가가 될 수 있을 거란 기대가 있었단 말이다. 긍정의 힘으로 맡은 일을 성실히 수행하다 보면 길이 보일 거라 믿었다. 4년간 부은 적금을 타서 독립선언을 한다든가 아니면 차라리 대학원에라도 갈 줄 알았다. 이렇게 꼬박꼬박 적금을 찍고 그에 상응하는 몇 푼 안 되는 이자를 챙겨 모아 내가 일 년 동안 벌어들이는 돈이 얼마나 된다고…. 이 돈으로 혼수나 제대로 해갈 수 있을지 모르겠다. 도대체 뭘 믿고 4년 직장 생활을 아무 생각 없이 달려왔는지 모르겠다.

지금 내게 남은 것은 과도한 스트레스와 신경성 위경련뿐이다. 번듯한 학벌이나 배경도 없다. 이 알량한 직장을 때려치운다고 뾰족한 수가 있는 게 아니란 말이다. 어떻게 보면 '문학'이란 꿈 자체가 그야말로 꿈일지 모른다. 이런 현실에서 소설을 쓰겠다는 발상 자체가 과분한 사치일 수 있다. 남들처럼 부동산 경매나 주식시장에서 차익도 남겨보고, 얼굴이나 가꿔서 멋진 애인을 잡을 꿈을 꾸는 게 훨씬 경제적일지 모른다. 아침마다 같은 생각을 수없이 반복하지만 결국 생각에서 그칠 뿐이다. 한숨으로 얼룩진 밤이 잠에 떠밀리면 기계적으로 출근해서 기사를 넘기고, 4층 DTP 실 디자이너들과 옥신각신하느라 하루를 보낸다. 취재한답시고 사무실을 이탈하는 순간이 유일한 낙이랄까. 아, 이 현실을 극복하고 온전한 취재를 위해 세상 밖으로 나갈 날은 과연 언제일까.

오늘 인터뷰 대상은 어려움을 딛고 하버드를 나온 한국인들이다. 결손 가정에서 자란 문제아 출신으로 '하버드 졸업생'이란 쾌거를 이룬 사람들은 의외로 수두룩했다. 그러나 취재 과정에서 50% 이상이 편입생임을 밝혀졌다. 어쩐지 '졸업'이란 말에 남달리 힘을 주는 게 독특하다 싶더니 다 그만한 이유가 있었다. 정식으로 입학시험을 거쳐 졸업까지 성공한 현역들은 어디에 숨어있는 걸까. 하긴 하버드 들어가기가 그렇게 쉬울 리가 없을 것이다. 하버드 어학당이 아닌 것만도 천만다행이지. 자칫 오보를 낼 뻔하지 않았는가. '하버드' 타이틀만 넣어주면 강남 일대의 치맛바람 드센 엄마들이 판매 부수를 줄기차게 올려줄 텐데. 아무려면 어떤가.

역경을 딛고 하버드를 졸업한 사람들!

기사 표제로 누구 하나 흠잡을 데 없는 정확한 사실이다. '졸업'이란 글자를 나는 고딕체로 처리한다. 글발이 한창 붙을 즈음 밤 10시를 알리는 시침이 눈에 들어온다. 기름진 황 팀장의 머리 역시 정물처럼 자리를 지키고 있다. 미안하지만 오늘도 팀장을 앞질러 퇴근하는 싹수없는 직원을 자청해야 한다.

때마침 사장이 정신 사납게 사무실을 거닐면서 야근하는 직원을 격려한답시고 상스러운 웃음을 흘리고 다닌다. 쌍꺼풀 수술을 받은 이후 자신감이 부쩍 상승하였다고 믿고 있는 눈치다. 한창 찌는 여름밤인데 이 변변치 못한 회사는 에어컨 하나 제대로 돌아가지를 않는다. 사장도 양심이 있으면 직접 감당해보기를 바라며, 나는 신경질적으로 부채질을 해댔다. 그 순간 음료수 캔 하나가 차갑게 목덜미에 닿았다. 더운데 이거 마시고 해… 나 먼저 갈게요…. 반말과 존댓말을 제 기분 내키는 대로 섞어 쓰는 위인은 황 팀장 뿐이다. 높은 불쾌지수 탓인지 고마움보다는 짜증이 먼저 솟구친다. 외간 남자의 손이 음료수 캔을 매개로 내 몸에 닿았다는 사실만으로도 신경이 곤두선다. 어두운 복도 끝으로 박력이라곤 없는 황 팀장의 발걸음이 어둠 속으로 사그라든다. 원고를 넘기는 분주한 손놀림을 물끄러미 바라보며 미소를 짓는다거나, 옥상 커피 벤치로 불러내 싸구려 커피를 내밀던 앙상한 손모가지. 순두부 백반 위로 동동 떠다니는 달걀 반숙을 먹던 수저로 건져 내 밥공기 위로 나르는 행동 하나하나마다 짜증을 유발했다.

"자꾸 먹던 수저로 찌개 휘적거리지 마세요."

이렇게까지 말해주면 보통은 무안해서라도 멈추는데 황 팀장은 의외였다.

“부담 갖지 말고 많이 들어요.”

먹던 수저로 남의 밥그릇에 찌개를 덜어주면서 모처럼 팀장 노릇을 하고 있다고 믿는 모자란 인간이었다.

나는 벌떡 자리에서 일어나 음료수 캔의 뚜껑을 탁! 땄다. 창가로 가져가서 마른 화분에 몽땅 들이붓는다. 그 때 주차장 가로등 밑으로 검은 아우디가 들어섰다. 사장의 차였다. 잠시 후 건물을 빠져나온 남자 하나가 조수석에 올라탔다. 치맛단이 문틈에 끼었는지 사장은 운전석 문을 다시 한 번 열었다 세차게 닫는다. 두툼한 종아리를 위태롭게 떠받들던 루이뷔통 샌들 한 짝이 눈에 들어왔다. 그때 조수석을 차지한 남자의 낯익은 얼굴이 시야에 잡혔다. 나는 두 눈을 부릅뜨고 고개를 들이밀었다. 남자가 운전석으로 마실 것을 건네는 지 한동안 아우디는 제자리에서 움직이지 않았다. 곧 사장의 해캄 같은 머리채 속으로 남자의 얼굴이 빨려 들어갔다. 황 팀장이었다.

못 볼 것을 봤다. 이놈의 세상은 알면 알수록 미궁이다. 탈출하는 심정으로 일단 회사 밖으로 빠져나온다. 잰걸음으로 계단을 뛰어 내려오는 내내 숨이 차서 몇 번이나 난간을 붙들고 멈추어 섰다. 하지만 포기하지 않았다. 있는 힘을 다해 건물을 빠져나와 밤거리를 잰걸음으로 걸었다. 방향을 알 순 없지만 무조건, 이 늪에서 빠져나와야 한다. 불꽃처럼 튀어 올라 다른 행성으로 이동해야 한다는 간절함이 걸음마다 더해졌다. 길거리는 젊은이들로 넘쳐났다. 온갖 보세 옷가게와 신발 가게 또 주점들이 대낮처럼 환하게 불을 밝혀 밤을 몰아내고 있었다. 겨드랑이 사이에서 땀이 흥건히 배어 등허리와 소매를 적셨다. 목덜미를 타고 내려온 땀 줄기가 배꼽 밑으로 흘렀다. 흠뻑 비라도 내렸으면 좋겠다.

민얼굴로 쌀 씻는 아내가 최고라던 황 팀장은 언제부터 사장의 가슴에 얼굴을 담가왔던 걸까. 내가 잘못 본 게 아닐까? 황 팀장 앞에서 사장이 민얼굴로 쌀을 씻었을 린 없을 테고! 하긴 이런 궁색한 신문사를 끌고 나가려면 황 팀장 같은 우직한 일꾼이 하나쯤 필요하단 판단을 아무리 맹해 빠진 사장이라도 못 했을 리 없다. 목표를 위해서라면 수단과 방법을 가리지 않는 여자일지 모른다. 황 팀장도 먹고 살려면 시키는 대로 하는 수밖에 별수 없었을 것이다. 마침내 걸음이 멈추어 선 골목은 형편이 뻔한 대학생들을 상대로 하는 싸구려 호프집이 즐비했다. 건물 벽에 힘없는 오줌을 갈기던 남자가 풀어진 몸짓으로 매섭게 눈을 흘긴다. 소스라치며 놀란 나는 하늘이 보이는 큰 길가를 향해 도망치듯 내달렸다. 이 막막한 밤하늘에도 분명 별이 숨어있을 것이다.

다음 날 조회에서 나는 최대한 자료에 코를 내리박았

다. 되도록 황 팀장의 불쾌한 시선을 피하기 위해서였다. 뭔가 생각에 잠겨있는 사람처럼 미간을 찌푸리며 열심히 밑줄을 긋고 지우기를 반복한다. 나는 어떤 빈틈도 보이지 않겠다는 듯이 낭랑하고 칼칼한 목소리로 기안을 읽어 내려갔다.

"양 기자, 이 사람 나이가 몇인데 말이야. '늙수그레한'이라고 써놨어? 기자가 어휘 실력이 이렇게 떨어져서야 말이지, 어디 같이 일하겠어?"

한 번도 눈을 맞추지 않은 내 태도에 화가 났는지 황 팀장은 테이블 중앙에 기사를 집어 던지며 말했다. 평소 같았으면, "네, 죄송합니다. 다시 쓰겠습니다. 팀장님," 했겠지만 오늘따라 팀장의 방정치 못한 행실을 알아버린 탓인지 대놓고 비뚤어져 보고 싶다.

"제 눈엔 뭐 팀장님 나이쯤 되어 보이던데… '늙수그레하다'는 말 이럴 때 쓰는 거 아닌가요?"

덤덤하게 답변을 해놓고 보니, 나 자신도 놀라웠다. 쾌감과 함께 볼살이 살며시 전율했다.

"이 봐! 양 기자. 팀장 말이 말 같지 않나?"

"저도 모르게 무의식적으로 그만…."

"뭐야? 무의식적으로?"

빠금대던 담배를 재떨이 위로 짓이기며 황 팀장이 거칠게 반격했다.

"도대체 지금 뭐 하자는 거지? 양 기자! 이따 나 좀 봐요. 그리고 이번 주 '이 사람' 인터뷰는 사장님의 특별한 지시가 있었던 만큼 다들 신경을 많이 써야 해요. 양 기자는 기사 싹 다 고쳐서 오늘 중으로 DTP 실로 원고 넘겨요."

다들 내 반응을 기다리고 있을 게 뻔했지만 나는 '사장님의 특별한 지시'라는 말만 되새김하느라 입을 딱 다물고 있었다.

이제야말로 마음의 결정을 내려야 한다고 용단을 내린다. 이런 수모를 당하면서까지 꽃다운 청춘을 저당 잡힐 이유는 없다. 박봉과 야근에 시달리다 못한 기자들이 매달 서너 명 씩 자리를 빠져나갔다. 생각 끝에 대학을 갓 졸업한 사회 초년생을 신입으로 대거 영입했지만, 제대로 된 기사는 나오지 않았고, 허구한 날 수습할 사건들만 줄지어졌다.

"부모님이 운영하시는 분식집 일손이 모자라 출근하기가 어려울 듯싶습니다."

첫 출근을 해야 하는 날 오전, 전화 한 통으로 합격 거부를 통보한 사람도 있었다.

"기자질이 분식집 곁꾼만도 못하다는 소리야? 뭐야? 에잇, 평생 김밥 배달이나 하라 그래!"

사장은 합격을 고사한 직원의 앞날에 저주를 퍼부었지만, 푸른 초심을 안고 처음 출근한 신입 기자들의 얼굴에 한 차례 먹구름이 지나갔다. 말이야 바른말이지 분식배달을 해도 이 정도 월급은 거뜬히 벌 수 있다. 장기 근속하는 직원이 부재한 조직의 구심점을 확보하기 위해서라도 사장은 황 팀장의 마음을 잡아야 했을 것이다. 어차피 이곳은 내 영원한 주소가 되지 못할 것이다. 오랫동안 꿈꾸어 오던 탈피를 이제야말로 실행에 옮겨야 한다. 사장은 회사의 불투명한 장래 앞에서 전전긍긍하는 무능한 소유주의 딸일 뿐이다. 오너딸 명함을 갖고도 그럴듯한 남자들에게 어필하기 어려운 데다 걸핏하면 한밑천 잡아보려는 '제비'들에게 이용만 당해왔으니 황 팀장에게 마음이 벌어졌을 것이다.

며칠 후 나는 회식 자리에서 사직 의사를 밝혔다. 그러자 황 팀장은 자못 의미심장한 얼굴로 주제와는 상관없는 이야기를 들려줬다.

"어제 친구 놈 하나가 애인 하나 달고는 술자리에 나왔는데, 상당한 미인이더라… 영화배우 이환희를 아주 완벽히 빼다 박았는데 말이야… 아무 때나 부르면 강아지처럼 쪼르륵 달려 나온다지…?"

"오! 팀장님 친구 중에 그렇게 능력 있는 분도 계세요? 와 이거 사람이 확 달라 보이는데요?"

나머지 기자들이 일제히 환호성을 질렀다.

"아, 데이트가 비즈니슨데 부른다고 안 나오면 하루 공치잖아. 하하하!"

열심히 골뱅이 안주를 집어 먹으며 다시금 생각한다. 이렇게 할 일없는 직장이 또 있을까.

"근데 그 아가씨가 말이지… 아마 양 기자랑 동문일걸…?"

"팀장님이랑 동문이 아니고요?"

황 팀장의 눈이 복수에 찬 시선으로 이글거리고 있었다. 넌 뭐가 그렇게 까다롭냔 말이야? 외롭고 심심한 인생의 바닥이 다 마찬가지지. 혼자 고상한 척하지 말고 좀 알아서 기어봐. 이래 봬도 너보다 급수 높은 여자랑 더 잘 통한다는 말이야… 앙다물어진 황 팀장의 입술 사이로 우중충한 속내가 자못 우렁차게 터져 나오는 것 만 같다. 술맛도 떨어지고, 마실 술도 다 떨어졌다. 조명 아래서 해죽 드러난 황 팀장의 누런 앞니에서 비루한 인생이 너덜거렸다. 김빠진 맥주를 마저 마시려다 그만둔다. 나는 전봇대처럼 우뚝 일어섰다.

"왜? 벌써 가려고?"

"갈래요!"

"에이! 양 기자 답지 않게 왜 그래? 분위기 깨지 말고 어서 앉지 못해…?"

"제가 분위기나 맞추려고 회사 다니는 줄 아세요?"

사장과 팀장의 관계를 아는 이가 몇이나 될까? 황 팀장

아내는 남편에 대해 어디까지 알고 있을까? 나만 입을 다물면 모든 악행과 추문이 문학이 되겠지? 이 자리에서 확 터뜨려 버릴까? 그럼 당황한 나머지 버럭 소리라도 지르겠지. 분명하다. 황 팀장은 그렇게 과도한 행동을 펼치며 또 한 번 문학이 어쩌고저쩌고하면서 풀어진 혀로 세상을 전부 아는 채 할 것이다.

황 팀장과 다시 마주 앉게 된 것은 그로부터 나흘 뒤의 일이었다. 양 기자? 나야… 황 민. 지난번엔 미안했어. 내가 취했나 봐. 지금 나올 수 있어? 나 지금 양 기자네 집 근방에 와 있는데…. 어디 조용한 곳에 가서 얘기 좀 하지. 어디서 이다지도 엉뚱한 자신감이 불거져 나오는지 통 모르겠다. 하지만 직장을 계속 다니느냐 마느냐의 문제였다. 나는 마지못해 겉옷을 주워 입고 공원으로 나갔다. 황 팀장은 나를 보자마자 반가운 기색으로 득달같이 다가온다. 무슨 소리를 늘어놓는지 일단 들어보자고 벤치에 앉았으나 그는 한동안 이렇다 할 변명도 없다. 공원 건너편의 오색찬란한 간판들만이 하염없이 흘러가는 시간의 존재를 알려온다.

"저기로 갈까?"

한참만의 어색함을 깨고 입을 연 것은 황 팀장이었다. 고갯짓으로 건너편 빌딩을 가리켰다. '맥주세상' 간판이 초록빛으로 깜박거리는데 그 옆으로 '별빛 노래방' 간판이 세로로 서 있었다. 여기까지 사죄를 하러 온 사람이, 설마하니 '별빛'을 말하는 것은 아닐 테고…. 목도 칼칼한 차에 맥주라도 한잔 마시고, 쿨하게 화해를 하는 것도 나쁘지 않겠다는 쪽으로 마음을 겨우 정리했다. '맥주세상' 정도 가격이면 아무리 없어도 황 팀장이 공동으로 계산서를 분담하자고 하지는 않을 것이다. 자리에서 일어나 터벅터벅 건널목에 섰다. '맥주세상'의 간판이 박힌 2층으로 단호한 걸음을 올려놓는 찰나 황 팀장은 지하 계단으로 걸음을 내려놓고 있었다. 지하 계단의 끝에 '별빛 노래방' 입구가 반짝이고 있었다. 벌려놓은 가윗날처럼 제각기 반대 방향으로 엇갈려 있는 형국이 우습다 못해 가여웠지만 나는 짐짓 모른 체하고 '맥주세상'의 문을 활짝 열었다. 잠시 후 무안한 듯 붉게 상기된 얼굴을 옷깃으로 가리고 그가 모습을 드러냈다.

홀 한가운데 자리를 잡고, 맥주와 제일 비싼 과일과 탕수육을 안주로 주문했다. 맥주 세상의 손님들은 치기 어린 스무 살 초반의 어린 대학생들이거나 혹은 그 나이쯤 일찍 사회 물을 먹기 시작한 젊은이들이었다. 시끌벅적하게 술렁이는 모든 것들은 오늘 만남의 이유를 알 수 없는 그 묘연한 만큼이나 못마땅했다.

"할 얘기 있으면 빨리 빨리 하세요. 마감이 밀려서 일찍 들어가 봐야 돼요."

맥주는 첫잔임에도 김이 빠져 맛이 없었다. 입 안을 채우는 맛이 어째 찜찜해서 그 바람에 갑자기 메스꺼움이 올라왔다. 포크를 뻗어 사과를 하나 집어 먹었는데, 역시나 푸석거렸다. 그는 여전히 말이 없다.

"양 기자, 눈치 채고 있었던 거야?"

지난 번 회식 때 일을 사과하기 보다는 사장과의 관계가 알려질까 봐 걱정이 앞서는 모양이다.

"눈치채다니? 뭘요?

사장관의 부적절한 관계가 탄로 날까 봐 전전긍긍하는 황 팀장에게 발언권을 넘겼다.

"알면서 뭘 물어? 사장하고 나… 사실 필요해서 만나는 관계일 뿐 별거 아니야."

역시 어쩔 수 없는 인간이었다. 먹고 살기 급급한 종자에게 문학은 가당찮았다.

"여자가 한을 품으면 오뉴월에도 서리가 내린다더니…."

"지금 무슨 말씀하시는 거에요?"

황 팀장이 풀풀 거리며 웃기 시작했다.

"말해 봐."

"뭘요?"

"언제부터 날 좋아한 거야?"

발등 위로 축축하고 물컹한 물체가 스멀스멀 기어 올라왔다.

"이게 뭐야?"

황급히 테이블 밑으로 눈을 돌리자 땀에 젖은 양말을 신은 발 하나가 내 구두코를 툭툭 건드리고 있었다. 신을 벗었을 뿐인데 역한 발 냄새가 코를 쏘았다. 그의 발을 걷어차며 나는 사납게 쏘아보았다. 도수 높은 안경 너머로 드러난 그의 퀭한 눈동자가 게슴츠레했다.

"갈까…?"

그가 사뭇 진지하게 물었다. 나는 그를 차분하게 노려보았다. 한 마디만 더 지껄이면 맥주잔을 얼굴에 확 끼얹을 참이었다.

"여러 가지 상황을 직접 맞닥뜨리면서 느껴야만 진짜 작가가 될 수 있는 거야."

"보자 보자 하니까…. 지금 제정신이세요?"

"문학 하는 사람끼리 왜 이래?"

"부끄러운 줄을 아세요."

"말해 봐, 그냥 글쟁이가 되고 싶어? 아님 문단의 별이 되고 싶어? 이래 봬도 내가 문단에 굵직한 인맥이 굉장한 사람이야. 양 기자를 밀어주고 싶어."

"팀장님 같은 분이 무슨 수로요?"

"나한테 약속 같은 거 받으려고 하지 마. 그냥 믿고 따라오면 돼."

"제대로 미쳤군요!"

“나 홀어머니 밑에서 한 때 수재 소리 듣던 사람이야. 대학 4년 내내 장학금 후원해 주시던 분도 계셨고, 이젠 나도 누군가의 힘이 되고 싶어. 하지만 아무나 밀어주진 않아. 양기자 글발이 예사롭지 않다는 걸 내 익히 눈치챘지. 양기자 같은 사람이야말로 문단의 희망이야.”

세상이 자신만만하다는 얼굴로 그는 눈 하나 깜짝하지 않고 내 얼굴에서 시선을 떼지 않았다. 남이 태우다 버린 담배나 주워 피는 저 가난한 인생에게 남은 희망은 없어 보였다. 이제 보니 모자라는 스펙과 가난한 현실이 ‘문학’으로 그럴듯하게 만회된다고 믿는 인간일 뿐이었다. 아름다운 시대는 이미 끝났다. 우리 시대 문단은 이미 썩었단 말이다. 문학을 빌미로 여기 빌붙고 저리 빌붙는 천하의 거지. 깡통이나 하나 쥐어줄 테니 거리로 나가 돈을 벌어 네 입에 들어갈 밥알이라도 몇 수저 구하는 게 어떻겠니? 스펙으로 통하지 않는 세상을 어영부영 살아온 세월만큼 뭐든지 어영부영 덤비면 이룰 수 있다고 믿는 건 아니겠지?

“이 시간 이후 팀장님 얼굴 다시 볼 일 없을 테니….”

오른쪽 머리로 어마어마한 통증이 한꺼번에 몰려왔다.

“양 기자, 내 얘기 아직 안 끝났어.”

“좋은 말로 할 때, 그만 돌아가세요.”

마음이 한도 끝도 없이 복작거렸다.

'맥주세상'에 그를 혼자 버려두고 밖으로 먼저 나왔다. 1층 화장실 세면대에 고개를 가로로 눕혀 벌컥벌컥 마른 목을 달랬다. 그 바람에 살짝 번진 립스틱 자국이 입술 언저리를 지저분하게 일그러뜨렸다. 거울 속에 비친 나의 부은 얼굴이 뿌옇게 흐려졌다. 그때 어디선가 정희…. 음산한 목소리가 울려왔다. 걱정이 돼서 와봤어. 정희…. 정희야. 이렇게 한 번이라도 네 이름을 온전히 불러보고 싶었어. 바로 네 앞에서 말이야. 정희…. 정희…. 문학이고 뭐고 하는 건 다 거짓말이야. 난 그런 거 사실 잘 몰라. 홀어머니 밑에서 하루 세끼 입에 풀칠하기도 힘든 집안에서 대학에 간다는 게 말이나 되는 소리였겠니? 아무리 공부를 잘 해도 말이야 세상은 한계가 있어. 남들 다 부러워하는 대학 나오면 뭐 하니? 사는 게 달라지지 않는데. 난 아무짝에도 쓸모없는 그야말로 쓰레기야. 흐흑! 학비를 버느라 공사판 노가다며 안 해본 일이 없어. 꽁꽁 얼어버린 시체도 맨손으로 닦아봤어. 정희, 넌 상상도 못 할 거야. 이 세상에 그런 일을 하면서 라면을 사 먹고, 굶는 동생을 거둬 먹이며 사는 사람도 있었다는 걸…. 그렇게 배를 곯고 살다가 교회에서 만난 아내에게서 '글' 이란 걸 배웠는데, 어떻게 된 것이 난 하고자 하면 할수록 더욱 망가졌어. 정말이지 나란 놈은 저주받은 놈 인 것 같았어. 꽁초를 주워 피며 내려다보는 서울의 불빛들이 얼마나 야속한 줄 너는 모를 거다. 높은 곳에 기어오르면 오를수록 그건 저주받은 운명이란 걸 말했지. 나와 함께 세 들어 살던 이웃들은 하나같이 미래가 없는 사람들이었어. 건설 현장에서 노가다를 뛰거나 고물이나 폐지를 팔아 하루하루 연명하기 바빴지. 그런 이웃들과 수돗가에 모여 앉아 한 사람이 이를 닦고 있으면 또 한 사람이 오줌을 눈다. 그 와중에 나 같은 인간이 펜대나 굴린답시고 대접을 받았으니 더는 말 안 해도 알겠지? 내가 얼마나 불쌍한 놈인지? 라면만 먹으면서 원고지를 수천 장도 더 날렸어. 그런데도 난 결국 이 모양이야. 사장년이 나한테서 실컷 재미를 보더니만 다음 달에 결혼하게 됐다면서 이제 다른 직장을 알아보래…. 에잇! 날더러 이혼 하랄 때는 언제고 이제 와서 나가라니. 이제 와 고백하지만, 사실 정희! 널 처음 본 순간 난 한 평생 날 저주하는 운명에서 구원받는 기분이었어. 양정희! 양정희! 밤마다 난 네 이름을 수천 번도 넘게 종이에 쓰고 지우고 것도 모자라 씹어 삼키기까지 했어. 그런데도 널 보면서 태연한 척 하느라 내 가슴이 얼마나 미어졌는지 알기나 해? 사장 년이랑 놀아나면서 자꾸 네 얼굴을 떠오르던 걸 네가 아냐구? 정희…. 소설이 쓰고 싶다고 했지? 설마하니 취미삼아 글 쓴답시고 평론가니 작가들 만나서 술값이나 내고 다니는 유치한 여자들처럼 살겠다는 건 아니겠지? 그런 아줌마들만 보면 한심해서 욕이 나와. 비록 내가 작가로 성공은 못 했지만, 내 인맥이면 너 하나쯤은 충분히 별이 되게 해줄 수 있어. 너야말로 나의 문학이다. 널 안고 싶어. 흐흑…. 황 팀장이 사납고 거친 힘으로 내 목덜미를 끌어당기자 불끈거리던 심장이 당장이라도 목구멍에서 튀어나올 듯이 쾅쾅거렸다. 소스라친 나는 있는 힘껏 손톱을 세워 말라빠진 매미처럼 달려드는 황 팀장을 벽으로 확 떠밀었다. 그리고 세면대 옆에 놓여있던 빗자루를 냉큼 집어 들었다. 두어 차례 사력을 다해 내리찍자 황 팀장의 정수리에서 마침내 핏물이 흠뻑 튀어올랐다. 양손으로 머리를 쥐어 싼 그가 데굴데굴 구르기 시작하자 겁이 났다. 검붉은 핏줄이 바닥을 흥건히 적셨다. 요동치는 심장이 입 밖으로 튀어나올 것만 같다.

그를 팽개치고 밖으로 나왔다. 입술을 앙다물고 있는 힘을 다해 앞으로 달렸다. 삼삼오오 웃고 떠들며 지나가는 사람들을 지나 내가 그리던 세상을 찾아 끝없이 달렸다. 멀리서 도시를 한입에 머금는 땅거미가 내리고, 별빛처럼 부서지는 가로등 불빛이 한강으로 쏟아졌다. 나는 마지막으로 사력을 다해 먼 걸음으로 뛰었다. 머리핀을 빼내고 땀에 젖은 머리카락을 풀어 헤치면서 고개를 뒤로 젖혔다. 땀인지 눈물인지 그도 아니면 밤이슬인지 모를 무언가가 출렁거리는 머릿결을 따라 튕기며 나의 뜨거운 얼굴을 후려갈겼다. 겨드랑이 사이로 간질간질 질퍽거리던 땀이 옆구리로 흘러

내리자 순간 더위로 인한 화가 한꺼번에 일어 아악! 허공에 소리를 내질렀다.

더는 털끝만큼의 낙(樂)도 허락될 수 없을 것만 같은 따분한 인생을 문학으로 위로한다는 발상 자체가 애초에 꿈이었다. 밤새 빈 노트를 끼적거리다 이튿날 살펴보면 온통 허접쓰레기에 불과했다. 북북 찢어발겨 쓰레기통으로 구겨 넣고, 그것도 모자라 부러진 식탁 다리로 절구질하듯 쿵쿵 내리찍곤 했다. 나는 매일매일 죽어갔다. 밥을 먹고 잠을 자고 또 일어나 걸었지만, 그것은 삶이 아니었다. 변변찮은 생의 명분을 얻고자 문학에 기댔는지 모른다. 아, 누구든 보고 싶다. 누구든 닥치는 대로 내 앞에 나타나 아무도 봐주지 않는 빈 동공을 마주하고 끝까지 내 하소연을 들어주었으면 좋겠다. 이토록 익숙한 밤의 어둠이 소름 끼친다.

주말을 넘기고 출근한 월요일 아침 황 팀장은 머리를 붕대로 반쯤 감은 채 책상머리를 지키고 있었다. 그가 살아남은 모습을 확인하자 이윽고 안도의 한숨이 터져 나왔다. 주말 내내 여자 화장실에서 피를 토하며 변사체로 발견된 40대 중반의 남자 이야기가 뉴스를 장식할까 봐 조마조마했다. 그는 내가 사무실로 들어서는 것을 알아차리고도 짐짓 모른 채 했다. 오전 내내 말은커녕 내게 눈길조차 주지 않았다. 정오가 되자 홀연히 일어나 밖으로 나가버렸다. 앞으로 어떻게 황 팀장을 대해야 할지 감이 잡히지 않았다. 이러다 퇴직금도 못 받고 쫓겨나지 말란 법도 없었다. 이미 다른 기자가 퇴직금 미지급 문제로 한바탕 소란을 피운 상황이었다.

유통기한을 넘겨버리면 개봉을 하지 않았다 한들 우유의 폐기 처분을 막을 수 없다. 차라리 신선도가 넘쳐날 때 마시고, 몸에 발랐다면 최소한의 낭비는 피할 수 있다. 지금까지 아무 일도 일어나지 않은 삶이었다. 언제까지 지루한 인생의 박제가 될 순 없다. 차라리 정면 돌파한다면 의외로 쉽게 풀릴지 모른다. 초침은 어김없이 흘렀다. 하지만 여전히 답이 나오지 않았다. 우선 지난번 사건부터 수습해야 한다. 나는 생각 끝에 떨리는 손을 들어 조심스럽게 살아나갈 구멍을 찾았다.

'황 팀장님….
지난번엔 정말이지 경황이 없던 터라
즉흥적으로 방어를 하고 말았습니다.
제 무례함의 용서를 구하고 싶습니다.
팀장님만 괜찮으시다면,
퇴근 후 회사 앞 2층 '스타 커피빈'에서
따뜻한 고급 커피 한 잔 대접하겠습니다.'

메모지를 대각선으로 두 번 접었다. 누가 볼세라 어깨를 움츠려 결재 서류 사이에 메모지를 끼워 넣었다. 남의 이목이 두려워 발신자의 이름은 굳이 넣지 않았다. 손쉬운 SNS를 사용할 수도 있지만, 문학인의 감성을 자극하기엔 손때 묻은 종이만큼 효과적인 도구도 없다. 하지만 괜한 일을 저지르는 것은 아닐까도 싶어 몇 번이나 허벅지를 꼬집으며 좌불안석인 내가 낯설고 두렵다. 이달 카드값, 공과금에 월세만 도합 100만 원이 훌쩍 넘는다. 밀린 월급을 포함해 잘난 퇴직금만이 지금 내게 유일한 살길이다. 한 번만 눈을 딱 감고, 치욕을 이겨내면 생각했던 것보다 훨씬 쉽게 풀릴지 모른다. 아, 그러나 아무리 생각을 해봐도 이건 내가 하고자 했던 말이 아니다.

'황 팀장님! 붕대를 감고 출근하신 모습을 보니 유감입니다. 어떻게 생각하실지 모르겠지만, 지난번 일과 관련하여 팀장님의 진심 어린 사과를 받고 싶습니다. 팀장님께서 사과만 하신다면, 저 또한 이 문제를 복잡하게 만들지 않겠습니다. 법정에서 정당방위를 입증하게 되면 팀장님께도 좋을 리가 없으리란 걸 모르시진 않으실 테지요. 궁금해하실 것 같아서 한 말씀 덧붙이겠는데, 저는 팀장님의 허전한 옆구리나 불어드리면서 문단의 별이 될 생각은 전혀 없습니다. 이런 식으론 한 직장에서 팀장님과 얼굴을 맞대고 일할 수 없음을 밝힙니다. 정식으로 고소 과정을 밟을까도 생각했지만, 순리대로 풀어나가려는 노력이 우선이라고 생각합니다. 진심 어린 사과와 함께 모두 없던 일로 하고 싶습니다. 퇴근 후 회사 앞 2층 '스타 커피빈'에서 뵙겠습니다.'

손글씨로 적어 넣은 종이를 구겨버리고, 키보드에 앉아 자판을 두드리는 손놀림이 그 어느 때보다도 날렵하게 움직였다. 또각또각 주판알 튕기듯 키보드가 경쾌하게 율동했다. 따분하고 지루했던 내 인생에도 사건이 시작된 것이다. 글자 하나하나를 입력할 때마다 알 수 없는 용기가 샘솟는다. 짜릿한 전율이 온몸을 타고 흘러내린다. 온몸의 세포들이 오랜 잠에서 마침내 깨어나 이리저리 살아 움직인다. 문서를 프린트하고 서류철에 끼워 넣는다. 종종걸음으로 결재 서류를 들고, 400원짜리 자판기 커피와 함께 가지런히 갖다 놓았다.

반나절 내내 황 팀장을 기다렸다. 그러나 퇴근 시간이 다 되도록 주인 잃은 책상에서 빈 서류철만 바람에 나부꼈다. 마침내 시침과 분침이 기다랗게 곤두서며 정각 6시를 가리키자 불안에 젖은 심장과 창자들이 허탈하게 아래로 늘어졌다.

"저…. 팀장님, 어디 외근 나가셨어요?"

"어? 양 기자 모르고 있었어요? 새벽에 득남하셨어. 오전 근무만 하시고 바로 조퇴하셨는데…. 연가를 일주일이나 내셔서… 아마 다음 주에나 나오실걸요? 첫아이니 오죽 좋으시겠어?"

둔기로 머리 한 방을 거세게 가격당한 기분이다.

"그나저나 양 기자, 오전에 사표 수리됐다고 사장실에서 전갈 왔던데…. 얘기 들었어요?"

"네? 사표라뇨?"

꿈을 꾸고 있는 기분이었다. 누구의 손에서 사직서가 작성되었는가를 짐작하자니 심장이 쫄깃하게 말려 들어가기 시작했다.

"황 팀장님께 퇴직금 문제까지 상의했다면서? 사장실로 한 번 올라가 봐요. 당사자가 찾아가 사정하면 깔끔하게 해결해 줄지 누가 알아요? 실비로 취재비 쓴 것도 꽤 되는데 그마저 못 받으면 억울하잖아."

불미스러운 사건과 추문을 모두 없던 일로 만드는 손쉬운 방법은 누군가의 손에서 이미 진행되고 있었다.

"그나저나 팀장님 아기 선물로 뭐가 좋을까? 일 인당 삼만 원씩 걷으면 어때?"

보란 듯이 말을 돌려버리는 기자는 5년째 장기근속 중인 50대 기러기 아빠였다. 잇따르는 기자들의 쟁쟁한 웃음소리가 모두 비아냥거림처럼 귓전을 맴돌았다. 내가 무슨 짓을 저질렀는지 모두 알면서도 짐짓 태연한 척하는 것만 같다. 나만 남겨두고 어쩌면 세상이 모두 한통속으로 돌아가고 있는지 모른다.

주인 없는 책상만 물끄러미 바라본다. 그러고 보니 컴퓨터 전원도 꺼져 있고 서류뭉치도 한쪽으로 정리가 되어있다. 내가 남긴 서류철만이 선풍기 바람을 따라 들썩거린다. 저러다 누가 잘못 건드렸나 보기라도 하면 큰일이다. 안 그래도 따분한 인생에 난관만 더해질 것이 뻔하다. 아슬아슬한 걸음으로 황 팀장의 책상 앞으로 다가섰다. 마른 입술을 혀로 끌어당겼다가는 놔주고는 침을 한 번 꿀꺽 삼켰다. 오른손을 뻗어 들썩거리고 있는 서류철에서 작성한 메모를 황급히 빼내 한 주먹에 꼭 쥐었다. 주먹에 힘이 들어가는 순간마다 아프게 눈을 감았다. 그때 황 팀장의 책상 모서리 끝에서 가위를 발견하자 별 하나가 번뜩 머리를 뚫고 지나갔다. 나는 누가 볼세라 그림자처럼 팔을 뻗어 가위를 집어 들었다. 그래, 어디 한 번 끝까지 가보자! 이렇게 당할 순 없다. 나는 주머니에 가위를 숨겨 넣고, 자리로 돌아와 핸드백을 집어 들었다. 콤팩트를 꺼내 번진 화장을 고치고 립스틱도 덧발랐다.

"양 기자, 사장님 뵙게?"

컴퓨터에서 고개를 빼낸 기자 하나가 뿔테 안경 너머로

묻는다.

"병원부터 가봐야죠. 대관절 어느 병원이죠?"

"길 건너 '봄날산부인과'. 마침 병원이 가까워서 퇴근하고 다 같이 가려고 했는데, 뭘 벌써 혼자 서둘러?"

대답 없이 사무실을 빠져나와 위태로운 엘리베이터에 몸을 싣는다. 주머니 속 가위를 핸드백으로 옮긴다. 별은 어둠 속에 있다. 어둠 없이 별을 만날 순 없다. 태양이 사라지고 오롯이 어둠이 깔려야만 마침내 별들의 정체가 드러난다. 그렇다 한들 어둠이 별을 굽힐 순 없다. 굽히느니 정의롭게 부러진다. 핸드백 속 가위가 불끈 달아오른 무더운 여름이었다.

원 서머 나이트

언제나 잊지 말아야 할 것은
필요 없는 것을 내던지고서야
필요한 것을 갖추어 나갈 수 있다는 사실이다.

'저는 한국 대학교 서울 캠퍼스 경영학과 1학년에 재학 중인 육기훈이라고 합니다. 유명 의류 회사의 중역이신 아버지께서는 제가 학자의 길을 가기를 원하시죠. 마침 저도 공부가 좋아지는 참이었는데, 아버지의 뜻과 어긋나지 않아 무척 다행으로 여기고 있습니다. 학부를 졸업하면 곧바로 대학원에 진학할 생각입니다. 끝까지 공부를 마치고 젊음과 열정이 살아 숨 쉬는 대학에 남아 늘 학문과 함께하고 싶습니다. 지영님의 사진과 글을 보고는 꼭 한 번 만나 찻잎이 우러나는 차향을 음미하여 '포이트리'에 대해서 논하고 싶다는 생각이 들었습니다. 지영님도 '포이트리'를 좋아하시나요? 제 청이 실례가 되지 않는다면, 부디 답장 부탁드립니다.'

이것이 기훈이 내게 보낸 첫 번째 쪽지의 내용 전문이다. 내가 '시가 있는 풍경'이란 카페에 가입 인사와 함께 오래전에 찍어두었던 사진을 올리자 모르는 남자 몇몇이 쪽지를 보내왔다. 기훈은 그중의 하나였다. '오늘 저녁에 뭐 하세요? 시간 되시면 와인 한 잔 어때요?'라는 식의 촘촘하지 못한 뇌세포 덩어리를 머리랍시고 달고 다닐 한량들이나 '시를 알고 싶니? 좋은 시를 쓰려면 많은 경험이 필요해. 그걸 말해주고 싶은데 우리 오늘 만날까? 어때?'다짜고짜 반말부터 지껄이는 돼먹지 못한 수작 남들에 비하면 같은 용건을 담고 있을망정 예우는 차릴 줄 아는 경우였다. 그렇다고 상을 주고 싶은 마음은 없었다. 읽자마자 삭제 버튼을 눌러 보관함을 비웠다.

오전 9시까지 늦잠을 자고 일어나 달고 뜨거운 커피를 한 잔 마셨다. 초코파이 껍질을 벗겨 한입 물고, 커피를 한 모금씩 넘길 때마다 눈꺼풀을 빽빽하게 깜빡였다. 물때 낀 화장실 바닥처럼 머릿속이 근질거려 견딜 수 없었다. 뇌 속에 이가 득실거리고 있는 기분이다. 머리를 감아 반쯤 대강 말리고 집을 나섰다. 냄새나는 걸레에 비누질해서 빨아 짠 다음 커피 얼룩이 들러붙은 테이블 위를 박박 문질렀다. 할 일없는 여대생들이 저희 수준의 남자 이야기나 마음에 들지 않는 교수의 형편없는 인상착의를 씹어대느라 몇 시간 째 시간을 죽이는 것을 용케 참고 있노라면 어느새 저녁이었다. 카페 문을 닫을 시간도 어김없이 다가오고 있었다.

직업 군인이었던 아버지가 전역하고 시작한 건설업이 부도가 나자 온 집안에 빨간딱지가 나붙었다. 엄마가 시집올 때 해 온 자개장과 유치원 졸업 기념으로 사준 피아노 건반 위에도 빨간딱지가 들러붙었다. 우리 집 문간방에 세 들어 살던 미숙이 마저 팔짱을 끼고 나와 풍선껌을 불며 그 장관을 지켜봤다. 빨간색이 그렇게 무시무시해 보인 적은 처음이었다. 모든 게 끝장난 것처럼 악을 쓰며 피아노 다리를 붙들고 늘어졌지만, 빚쟁이들은 막무가내였다.

빚잔치가 끝나고 엄마가 이불을 싸매고 앓아누웠다. 그런데도 잘난 아버지는 라면에 밥을 뚝뚝 말아 먹고는 동치미까지 사발째 들이마셨다. 저녁상을 물리면 석간신문을 방바닥에 펼쳐놓고 경제가 어떻다느니 시국이 형편없다는 둥 일장 연설을 늘어놓다가 여기저기서 걸려오는 전화를 호기롭게 받으며 껄껄거렸다. 걱정 말아라. 세상이 무너져도 다 살아날 구멍이 있다지를 않더냐? 아버지는 사흘이 멀다고 술에 취해 집에 돌아왔다. 손에 잡히는 대로 집어 던지고 전투장에 나선 소처럼 머리로 벽을 들이받으며 괴로움을 달랬다. 이튿날 동이 트면, 어머니는 퉁퉁 부은 눈에 시퍼렇게 멍이 든 채로 문갑 옆에 쪼그리고 앉아 서러운 울음을 뽑아냈다. 아버지는 울음에도 아랑곳없이 술 냄새를 몰아쉬며 온종일 잠만 잤다. 가정이 파탄 날 지 모른다는 불안의 끝에서 세상에서 나를 지켜줄 사람은 나 자신 뿐이라는 절박함이 에너지로 둔갑하는 기괴한 삶이 시작됐다. 엄마는 아버지가 잠에서 깨어 일어나 냉수 한 대접을 찾을 즈음이면 울음을 멎고 말짱한 목소리로 아버지를 쥐 잡듯이 잡았다. 날이 갈수록 단련이 된 여자처럼 익숙하게 반성을 재촉하며 기어이 아버지의 사과를 받아냈다. 그런 아버지가 부글부글 거품을 물며 양치를 하는 내내 엄마는 조기를 굽고, 찌개를 끓여 더운밥과 함께 늦은 저녁상을 차려냈다. 엄마 그리고 아버지. 그 누구에게도 미소를 드리울 마음이 일지 않았다. 어린 날은 전쟁의 폐허처럼 우울했고, 적군의 탱크가 지나간 길바닥에서 콩이나 주워 먹는 꽃제비 같은 비참함 뿐이었다.

어른이 되면 제일 먼저 우울로 멍울진 이 집을 떠나고 말리란 꿈이 유일하게 버틸 힘이었다. 그 유년의 꿈이 어느 순간 상처로 남아 어른이 되는 사이 아버지는 힘없이 늙어 더는 술을 마시지도 엄마를 괴롭히지도 않았다. 하지만 나는 여전히 아버지를 마주 보는 것이 어색하고 불편했다. 수완도 없이 사업을 벌여놓는 족족 들어먹고도 큰소리를 치던 아버지는 술만 마시면 안방 유리를 맨주먹으로 부수었다. 어린 나를 질질 끌고 친정으로 도망가던 젊은 엄마를 생각하면 늘 불안했다.

아버지는 언제나 머나먼 강과 같은 존재였다. 점점 짙어지는 눈썹과 술로 견뎌낸 세월을 담은 간과 심장이 여전히 펄떡이고 있는 것을 보면 귀신을 무얼 잡아먹고 사는지 궁금했다. 새로운 계획이 모두 체념으로 이어졌다. 아버지가 새로운 사업을 하겠노라며 여기저기 전화를 돌려대기 시작하면 심장이 조마조마해서 견딜 수 없었다. 거실과 부엌을 서성이다 물을 마시러 나온 나와 마주치면 성적이 어째 그 모양이냐? 겨우 타박이나 늘어놓았다. 집안이 풍비박산 나던 그 시절에 공부만이라도 대쪽같이 했다면 내 인생은 어떻게 변했을까. 아버지의 머리와 인내심 그리고 뻔뻔함까지 닮았다면 나는 아마 아이비리그에 진입하고도 남았을 것이다. 하지만 나는 일단 반항부터 시작해서 아버지 속을 뒤집어 놓고 싶었다.

"이 돌연변이야! 어떻게 내 속에서 너 같은 게 나왔는지 알다가도 모르겠다."

걸핏하면 그 말을 늘어놓으며 호통을 치는 아버지 앞에서 무릎을 꿇고 양 주먹을 불끈 쥐었다. 공부하려고 책상 앞에 앉으면 닭똥 같은 눈물이 뚝뚝 공책 위로 떨어졌다. 볼펜을 쥐고서 어떤 결의를 맺으면 볼펜 허리가 뚝 분질러졌다. 사는 게 좆. 같. 아!

"제발 이혼해!"

구청에서 내 손으로 이혼 서류를 떼다가 엄마 앞에 내밀자 엄마는 모자란 여자처럼 울음을 터뜨렸다.

"빚쟁이들한테 세간은 있는 대로 다 뜯기고, 집은 은행에 넘어갔어. 그러고도 6개월째 방바닥만 긁고 있는 사람을 어떻게 남편이라고 믿고 살아?"

천하의 불효녀라고 나를 책망하던 엄마는 이혼 서류를

갈기갈기 찢어버렸다. 아버지가 먼저 세상을 뜨지 않는 한, 아버지를 내 삶에서 제거할 수 있는 유일한 방법이었다. 나는 굽히지 않고 엄마를 다그쳤다. 살던 집을 처분하고 아버지가 찾아낼 수 없는 곳으로 떠나버리자고 제안했다. 그러나 엄마는 흐느적거리며 주저앉아 울기만 했다. 그러자 모든 게 팔자소관이라고 단정 짓지 않을 수 없었다. 더는 위해주고 싶은 마음이 들지 않았다.

"참고 살아낸 것은 모두 너 때문이야, 이것아!"

내가 원하는 오직 한 가지는 아버지와 남남이 되는 것이란 걸 뻔히 알면서도 엄마는 늘 알 수 없는 말만 입버릇처럼 되풀이했다.

"그렇게 사시라고 부탁드린 적 없어요…."

아버지가 재기를 장담하면서 시작한 일은 놀랍게도 닭튀김이었다. 아버지가 닭을 튀겨 번 돈으로 대학 등록금을 만들어 주셨을 때 나는 당신이 꿈에도 그리던 명문대생이 되지 못한 것이 통쾌했다. 그렇다고 대학 못 간 딸이 되어 닭 배달이나 돕고 있자니 내 꼴이 한심해서 견딜 수 없었다. 영업이 끝나면 아버지는 전성기 시절에 신던 군화를 꺼내 가죽이 닳도록 광을 내기 바빴다. 언젠가는 병사들이 일렬종대로 서서 아버지를 맞을 군대로 다시 돌아갈 날이 올 것이라고 굳게 믿고 있는 눈치였다. 그런 아버지를 보고 있자니 돌연 측은했다. 저렇게라도 삶을 버티기 위해 안간힘을 쓰는 몸짓이 발악처럼 안쓰러워보였다.

나는 내키지도 않는 대학 몇 군데에 원서를 던지고 하나만 걸려라. 제발 하나만 걸려라. 하다가 생전 듣도 보도 못한 대학의 합격증을 받아냈다. 내가 간신히 합격했던 대학은 판잣집과 시장이 얼기설기 뒤섞인 언덕배기를 참을성 있게 따라 올라가면 나오는 대학으로 낡은 철제 대문을 교문으로 쓰고 있었다. 그래도 명색이 4년제에 들어가게 된 것을 아버지는 다행으로 여기는 것 같았다. 아버지는 400만 원이나 되는 입학금을 은행 봉투에 넣어 내밀면서 어디를 가든 네가 하고 싶은 공부만 열심히 하면 뭐가 되도 될 것이라고 체념하듯 말했다.

나는 그 길로 돈 봉투를 들고 거리로 나왔다. 우선 내가 다니게 될 대학이란 곳을 한 번 가보았다. 학교 안으로 들어가니 자그마한 운동장이 하나 보였다. 운동장에서 군대에서 막 제대한 듯한 남자들이 땀을 비질비질 흘리며 한참 농구를 하고 있었다. 고등학교 때와 크게 다를 것이 없었다. 곳곳에 아직 녹지 않은 얼음이 상처 위로 덧난 딱지처럼 붙어 있었다. 나는 목도리를 두르고 나오지 않은 것을 알아차리고는 스스로를 자책했다. 건물 현관 옆에 자리한 자판기에 '커피 150원'이라고 적힌 버튼을 눌렀다. 100원짜리 동전을 두 개나 넣었지만, 커피는 나오지 않았다. 속은 기분이 들어

자판기를 발로 뻥뻥 차버렸다.

졸지에 200원을 잃어버리고는 문이 열려있는 빈 강의실로 들어갔다. 교탁 위로 누군가가 남기고 간 강의 노트가 바람에 날려 저절로 책장이 넘어가고 있었다. 페이지를 몇 장 넘기고 서 있자니 배가 고팠다. 머릿속에 이가 들끓는 것처럼 근질거렸다. 나는 그 무렵에 앞으로 어떤 식으로 살아갈 것인가에 대해서 결단을 내려야만 했다. 적당히 대강대강, 아니면 다시 원점으로 돌아가 이를 악물고 치열하게…. 아무 대학이나 대강 나와 직장을 다니고, 그러다 비슷한 남자와 만나 가정을 꾸리고 알뜰살뜰 모은 돈으로 내 집 마련을 위해 남편과 티격태격하고…. 그런 식으로 이 길고 지루한 인생을 살아간다고 생각하니 절로 도리질이 쳐졌다. 아이를 업고 종종 아버지의 닭집에 나와 닭을 튀기고 그러다 기름이 등에 업은 아이의 얼굴에라도 튀기라도 하면 이 징글맞은 세상을 욕하면서 늙어 죽고 싶진 않았다. 어긋난 인생을 처음부터 다시 시작하자니 대관절 어디가 원점인지 감이 잡히지 않았다. 아버지가 오토바이에 닭 봉지를 싣고 다니기 시작하면서 나는 내 인생이 꼬이기 시작했다고 믿었다.

아버지가 수천 마리의 닭을 튀기는 세월 동안 아무것도 달라지지 않았다. 집으로 돌아오면 내 몸에 와락 달려든 닭

냄새를 하루도 참을 수 없었다. 토막 난 닭대가리들이 핏물이 가득 찬 양동이에 둥둥 떠다녔다. 대부분 주름 같은 눈꺼풀을 체념하듯 내리깔고 있었다. 그것은 차라리 냉정하다고 말해야 옳았다. 배곯은 도둑고양이들이 우리 가게 근처를 서성이는 풍경은 언제나 익숙한 풍경이었다. 발길질해도 굶주린 고양이들은 악을 쓰며 달려들어 잽싸게 닭대가리를 집어 물고 담장 위로 날아갔다. 나는 아무렇지도 않게 도마 위에 오른 닭들의 목을 식칼로 내리쳤다. 가래떡을 썰듯 인자하고 차분한 표정으로 필요 없는 머리들을 맨손으로 그러모아 쓰레기통으로 내던졌다.

나는 인생을 처음부터 다시 시작해야 하기로 마음먹었다. 생각만 해도 끔찍했지만 풀다 만 수능 문제집이 빼곡히 쌓여있는 방으로 되돌아가 교과서부터 차근차근 읽어야 한다고 생각했다. 이런 식으로 남아도는 인간이 되고 싶진 않았다. 등록금이 든 봉투를 가방에 여미고 집으로 되돌아가던 중에 부동산 앞을 지났다. '보증금 100, 월세 15'라고 적혀있는 종잇장을 한참 바라보았다. 물론 원룸은 아니라고 했다. 나는 맞아 죽을 각오를 하고 방을 계약했다. 등록금으로 보증금과 이달 월세를 지불했다고 털어놓은 뒤 닭비린내가 나는 엄마의 매운 손에 뺨을 맞았다. 불호령을 내릴 줄 알았던 아버지는 말없이 담배만 태웠다. 그리고 네 생각이

정 그러면 어디 한번 해봐라. 나는 널 믿는다. 모처럼 아버지다운 말을 내뱉어 나를 처음으로 감동시켰다.

교과서와 수능 문제집 일기장과 옷가지 그리고 컴퓨터만 겨우 들어가는 월세방을 얻었다. 월세와 생활비를 벌기 위해 낮에는 카페에서 서빙을 밤에는 방으로 돌아와 법대에 들어갈 공부를 시작했다. 컴퓨터를 가지고 놀고 있으면 시간은 뭉텅뭉텅 잘도 흘러갔다. 쪽지에 답을 주지 않았는데도 기훈은 끊임없이 메일을 보내왔다. 그 날 있었던 일과를 알려주는 내용이 대부분이었다. 메신저에 나를 등록시킨 기훈은 밤마다 나에게 말을 걸어왔다. 언제나 잘 교육받고 자란 명문대생 티를 내면서 격식과 예의를 있는 대로 갖추었다. 그런 이유로 처음엔 기훈에 대해서 안심할 수 있었지만, 시간이 갈수록 금세 지루해졌다. 기훈은 재수생인 나의 현재에 대해서 불만을 드러내지 않았다. 자신이 생각하는 이상에 나를 근접시키기 위해서 제 입맛에 맞는 길을 제시하지도 않았다. 나는 기훈에게 아무런 마음이 없었으므로 아무것도 감추지 않고 사실대로 모두 말할 수 있었다. 오전엔 대학가에 있는 허름한 커피숍에 나가 차를 나르고 저녁엔 집으로 돌아와 밥을 해 먹는다. 그리고 내년에 명문대 법대에 진학 가기 위해서 새벽까지 수능 시험 준비를 한다고 말해주었다. 닭튀김은 냄새만 맡아도 구역질이 올라올 정도로 물렸으며, 내년엔 기필코 법대에 들어가겠노라 다짐도 했다.

기훈은 내가 꿈이 있어서 좋다고 했다. 나는 잘 알지도 못하는 기훈에게 시시콜콜 모든 일상을 털어놨다. 내게 있어 기훈의 존재는 어쭙잖은 다짐을 정리하며 현실을 추스르는 일기장에 지나지 않았다. 누구 하나 내 이야기를 들어줄 사람이 필요한 위태로운 나이였다. 몇 번이나 기훈은 나와 만나고 싶어 했지만 내 쪽에서 번번이 거절했다. 바람이라도 쏘인다고 생각하고 자신이 머무는 지방 별장으로 한 번 내려오지 않겠느냐고 여느 때와 같이 예의를 갖추어 물었다. 나는 움직이는 것을 그다지 좋아하지 않았다. 서울을 벗어나 지방에 머물고 있다는 기훈을 내 발로 찾아갈 생각은 추호도 없었다. 그런데 모처럼 달콤한 공기를 쏘이며 머리를 식히는 것도 그리 나쁘지 않을 거란 기훈의 예의 발린 말에 정신을 놓아버린 것이다. 내가 불편하지 않도록 차를 가지고 터미널로 마중 나가겠다고 했다. 내가 아무런 말도 하지 않자 이번에는 기훈이 아예 집 앞으로 오겠다고 했다. 꼭 보여주고 싶은 것이 있다고 했다. 나는 마지못해 승낙했다.

기훈은 분명 나와는 한 살도 어긋나지 않는 동갑이었는데, 제 나이보다 네댓 살은 겉늙어 보였다. 또래들이 쓰지 않는 한자어나 문어체를 즐겨 썼는데, 그러면 유식해 보인다고 생각하는 것 같았다. 나는 그런 기훈의 태도가 항상 못마땅했다. 같이 있으면 진이 빠지고 숨이 턱턱 막혔다. 유명 완구 회사의 중역이란 아버지가 얼마 전까지 몰았다던 차는 중고 시장에 내다 팔면 고철값이나 받을 수준이었다. 덩치만 큰 기훈의 쥐색 구형 소나타는 놀랍게도 스틱이었다. 기훈은 기어를 변경할 때마다 오른팔에 힘을 주느라 인상을 찌푸렸다. 새벽마다 헬스클럽에 나가 두 시간씩이나 운동한다는 기훈의 팔은 군살이 더덕더덕 붙어있었다. 내가 먹고 싶은 게 있으면 뭐든 말해 보라기에 떡볶이라고 답하자 하하하 웃으면서 실컷 먹으라고 했다. 그러면서 기훈은 들쥐가 기어 다니는 재래시장 리어카에 나를 앉혀놓았다. 주인 아주머니에게 온갖 경어를 써가면서 어묵 국물도 없는 떡볶이 1인분을 주문했다. 기훈의 예의 바름에 감동한 아주머니는 2인분 같은 1인분을 듬뿍 담아주었다.

차 안으로 돌아오자 기훈은 군것질거리를 준비했다면서 검은 비밀 봉투를 하나 내밀었다. 봉지 안에는 초콜릿 한 봉지와 오렌지 주스와 포도 주스가 각각 한 개씩 들어있었다. 어떤 걸 좋아하는지 몰라 두 개 다 샀으니 먹고 싶은 대로 골라 먹으라고 했다. 새알 초콜릿은 우울한 기분을 달래줄 뿐만 아니라 시장기를 가라앉혀 주기 때문에 즐겨 먹는다고 했다. 친절을 베푸느라 혈안이 되어 있는 기훈의 배려가 고맙기도 했지만, 곰 같은 얼굴을 하고 앉아 손톱만 한 새알 초콜릿을 까먹고 있을 기훈의 모습을 떠올리니 기가 찼다. 새알 초콜릿의 포장을 벗기려던 나는 검은 비닐봉지 속으로 초콜릿을 던져 넣고 봉지를 도로 여몄다. 기훈은 엄격한 가풍 속에서 잘 자란 티를 조금이라도 더 내기 위해 노력했다. 마치 나와는 다른 종류의 인간처럼 보이기 위해 안간힘을 쓰는 불완전한 인간 같았다.

기훈이 나를 데려간 곳은 커다란 호수가 뻥 뚫려있는 명문 대학의 지방 분교였다. 쥐색 소나타를 지하 주차장에 세워놓고는 다시 지상 위로 걸어 올라가자고 했다. 순간 짜증이 일었지만, 굳이 내색하지는 않았다. 그 날은 '홈커밍데이'라고 했다. 과별로 모인 학생들이 풍선을 불어 나무에 매달고 대자보를 바닥에 깔고 분식을 만들어 파느라 난리였다. 어디서 주워왔는지 어울리지도 않는 양복을 입은 기훈이 지나가면 경비 아저씨는 학생인지 강사인지 분간이 안 간다는 표정으로 고개를 갸우뚱했다. 기훈은 그 모습을 좀 보라며 즐거워했다. 10년 후의 제 모습을 그리며 신이 난 모양이었다.

기훈이 차를 세워둔 주차장에서 호수까지는 무려 30분

거리였다. 건물과 공원 벤치가 정렬된 붉은 벽돌을 밟고 나가서 그가 보여주고 싶었다던 웅장한 절벽과 갖가지 풀 냄새가 뒤섞여 정신을 몽롱하게 하는 들판 위를 걷게 했다. 마침내 입이 쩍 벌어지는 호수를 만났을 때 기훈은 장한 일을 해낸 사람처럼 뿌듯해했다. 그리고 저 혼자 풀 위에 드러누웠다. 나에게도 누워 보라고 재촉했다. 꼭 한 번 이렇게 나란히 누워 같은 하늘을 바라보고 싶었다고 했다. 그러나 잔디는 새벽에 내린 비로 축축하게 젖어 있었다. 호수로 오는 사이 기훈이 지나가면 과 후배로 보이는 아이들이 아는 체를 했다. 오빠! 형! 선배! 로 두루 불리던 기훈은 제 뒤를 무표정하게 따르고 있는 여자인 나를 달고 다니며 한 차례 우쭐한 순례를 했다. 너 여기 다니니? 응. 한국 대학교 경영학과라고 그랬잖아? 여기가 한국대학이야. 후훗. 지방 분교에 다닌다는 말은 안 했잖아? 지영이도 속물이었니? 그렇다면 실망인걸. 너는 분명히 한국 대학교 서울 캠퍼스 경영학과라고 했어. 거짓말은 왜 한 거야? 교회까지 다닌다면서? 거짓말한 적은 없어. 입학할 때부터 학교 측에서 두 개의 졸업장을 주겠다는 약속을 했거든. 서울에 가서 재학 증명서를 떼면 엄연히 서울 캠퍼스 경영학과라고 찍혀 나와. 그런 게 다 있어? 이해가 잘 안 돼. 지영이는 그런 게 중요하다고 생각해? 내가 볼 때는 네가 그런 걸 중요하게 생각하는 것 같은데? 아무려면 어떻겠어? 버젓이 지방 분교를 다니고 있으면서 서울 캠퍼스에 다닌다고 말할 수 있는 배짱이 놀라웠다. 어떻게 하면 그런 용기가 생겨날 수 있을까를 이해하기 위해 기훈을 바라볼수록 어긋난 나의 현실을 보는 것만 같아 가슴이 답답해 왔다. 식도를 타고 닭비린내가 끄르륵 올라왔다.

기훈은 이곳에 내려와 자취 생활을 시작하면서 태어나 처음으로 자취 생활을 해 본다고 말했다. 유명 의류회사의 중역이신 기훈의 아버지는 더럽고 지저분한 방에서 지내지 않도록 기훈에게 신축 원룸을 얻어주셨다고 했다. 냉장고와 주방 시설이 잘 갖춰져서 생활하기 편하다고 덧붙였다. 내 월세방이 떠올랐다. 그렇다고 기훈의 처지에 빗대어 나의 생활을 비관하고 싶은 마음은 조금도 없었다. 기훈이 옆에서 아무리 예의 바르게 떠들든 간에 믿고 싶은 마음도 없었다. 나는 이 첩첩산중에 내리기 시작한 어스름을 걷어차고 어서 빨리 서울로 돌아가고 싶은 마음뿐이었다. 기훈은 아직 아무것도 아닌 나를 극진하게 예우했지만 나는 점점 불편하고 지루해졌다. 글로 받아 적어도 좋을 문장을 모조리 말로 하는데도 결국 들어보면 아무 말도 아니었다. 기훈의 입에서 나오는 모든 말은 하나의 완벽한 문장을 갖추고 있었다. 높낮이가 없는 일정한 톤으로 지루한 언어를 구사했다. 노래를 부를 때는 어떻게 하는지 궁금해졌다. 그런 식으로 특별해지기를 원하는 아이 같았다. 내가 볼 때 기훈은 제 인생을 특별하게 만들려면 나처럼 원점으로 되돌아가야 했다.

온갖 으리으리한 가구와 시설이 갖추어진 신축 원룸이라던 기훈의 방은 평범하기 이를 데 없었다. 싱글 침대가 구석에 덩그러니 놓여있고 냉장고는 물병 서너 개도 제대로 넣지 못할 정도로 비좁았다. 방안은 텅 비어있다는 표현이 옳았다. 특이한 점이 있다면 기훈의 덩치와는 어울리지 않을 정도로 곰살맞은 요크셔테리어 종 강아지가 살고 있다는 점이었다. 요크셔테리어는 기훈과 나를 보자 한걸음에 달려와 무릎 위로 깡충깡충 뛰어올랐다. 겨드랑이 밑을 받쳐주자 꼬리를 흔들며 손바닥을 혀로 핥느라 정신이 없었다. 나는 강아지 따위엔 별로 관심이 없었다. 알레르기나 천식이 있는 건 아니었지만 내 몸이 아닌 다른 생명을 건사할 능력이 있다고 자신하기 어려웠다. 아니 성가시고 귀찮았다. 기훈은 강아지의 이름을 '쫑이'라고 친절하게 일러주었다. 나만 원하면 갖게 해줄 수도 있다고도 했다. 달갑진 않았지만 그런 식으로 스스로의 생각을 자신하는 기훈이 놀라워 빤히 바라보고 있자 지영이가 좋아할 줄 알았다면서 흡족해했다. 착각이 심한 아이였다.

나는 방안을 한가롭게 구경한다거나 기훈의 물건들에

관심을 두는 모습을 보이지 않았다. 실은 별로 볼만한 것이 없는 식상한 방이었으므로 나는 별거 아니란 실망이 뒤얽힌 표정으로 '쫑이'의 존재만 대략 반가워해 주었다. 현관문이 열리는 오른쪽 끝에서 왼쪽 끝까지 눈동자를 굴리자 방안에 한눈에 들어왔다. 침대와 책상 그리고 밤마다 나와 쪽지를 주고받으며 채팅을 즐겼을 컴퓨터를 확인하고 벽에 걸린 기훈의 커다란 사진에 흘낏 눈을 주었다. 외삼촌이 사시는 괌에 놀러 갔을 때 찍은 사진을 확대해서 방에 걸어두었다는 설명을 익히 들은 기억이 났다. 스쿠버 다이빙을 하는 기훈이 사진 속에서 활짝 웃고 있었다. 침대 머리맡에 가방이 하나 놓여있었다. 허옇게 삐져나온 희미한 종이 자락을 잡아당기자 줄줄이 소시지처럼 약봉지가 길게 따라 나왔다. 군대를 연기하고 대학원에 바로 진학하겠다던 기훈의 말이 떠올랐다. 어디가 안 좋으니? 수술한 적 있어? 병원 냄새가 끔찍하게 싫다고 말했던 기억나. 기훈은 별거 아니라고 말했다. 약만 꾸준히 잘 먹으면 아무 지장 없다고 했다. 얼마나 먹어야 하는데? 평생….

썩 내키진 않았지만 나는 '쫑이'를 데려왔다. 갓 태어난 '쫑이'가 애견 샵 유리 너머로 기훈을 바라보았을 때 기훈은 내 생각이 났다고 했다. 혼자 있는 방에 '쫑이'가 있어 주면 덜 외로울 것이고, 제 앞에 놓인 새 삶을 맞이할 준비를 하는 모습이 나와 닮아서 '쫑이'가 맘에 들었다고 했다. 그런 말을 또다시 예의 바르게 늘어놓는 기훈의 호의를 무시할 수가 없었다.

'쫑이'는 내가 주는 밥을 먹지 않았다. 기훈이 데리고 있는 동안 무엇을 먹여 키웠는지 모르겠지만, 내가 먹는 밥과 국, 반찬 같은 건 입에 대지도 않았다. 멸치를 주면 갸웃거리며 다가와 냄새를 맡아보다가 금세 고개를 옆으로 틀었다. 통조림과 우유를 사다 주면 허겁지겁 달려들어 게 눈 감추듯 먹어 치웠다. 카페에서 다리가 퉁퉁 부르트도록 일하는 나에게 그런 뒷감당은 사치였다. '쫑이'는 내가 덮고 자는 이불이나 수능 문제집 위에 함부로 오줌을 갈겼다. 신문지를 깔아줘도 소용없었다. 기훈은 강아지용 배변 통을 사다 주면 그 위에 일을 볼 거라고 했다. 아기 때부터 길을 잘 들여야 편하다고 또 한 번 친절하게 일러줬다. 기훈의 말대로 만 오천 원이나 하는 배변 통을 사다 주니 정말로 그 위에 올라가 소변을 가렸다. 체면을 많이 차리는 개였다. 이것저것 격식을 따지는 폼이 영락없는 기훈이었다. '쫑이'를 안으려면 깨끗하게 씻는 것도 모자라 곱게 꽃단장을 해야 할 것 같았다.

'쫑이'를 내게 넘긴 이후부터 기훈은 거리낌 없이 전화를 해왔다. 결국엔 만나자는 말을 할 거면서 꼭, 잘 쉬었어?

저녁은 먹었니? 날씨가 꽤 쌀쌀해졌구나. 쓸데없는 인사말을 덧붙여서 사람을 피곤하게 했다. 방학이라 서울로 올라온 기훈은 차를 몰고 자취방이 있는 골목 어귀에서 나를 기다렸다. 그리고 자신이 다니는 대학의 서울 캠퍼스가 있는 곳으로 나를 데리고 가서는 여전히 질펀한 명문대생 행세를 했다. 무슨 마음을 먹었는지 나를 안내하는 밥집의 수준도 갑자기 높아졌다. 특별한 이벤트를 준비한 산타라도 된 기분으로 어깨를 들썩이며 패밀리 레스토랑으로 데리고 가서 내가 포크를 대는 음식 하나하나 설명을 덧붙였다. 기훈은 영화를 보러 가서도 쉴 새 없이 떠들었다. 어떻게 저럴 수가! 하면서 재미있어하면 어느 틈에 끼어들어서 소곤소곤 그다음 이야기를 들려주었다. 나와 함께 볼 영화는 이미 여러 번 점검을 끝낸 후에 표를 끊어오는 모양이었다. 기훈은 내가 쳐다보는 것, 내가 가리키는 것 모두에 관해서 수행 비서처럼 설명을 덧붙여주고 예쁘다고 하는 물건은 잊지 않고 선물해 주었다.

이런 식으로 친절하게 대해주면 나같이 한눈에 보기에도 외로움이 질질 떨어져 내리는 여자 정도는 쉽사리 넘어오리라고 계산했으리라고 생각하면 소름이 돋았다. 무슨 병인지를 모르겠으나 평생 약봉지를 달고 살지 않으면 위험한 자신의 고독한 인생을 이해해주기에 안성맞춤일 여자로 판단한 것 같다. 그러한 판단의 근거가 되었을 나의 모습을 돌이키자니 기훈이 나를 만나는 이유에 수긍이 가기는 했지만 끔찍한 건 마찬가지였다.

나는 이런 식으로 길들면서 아무렇게나 내 인생이 결정되도록 방치하고 싶지 않았다. 살아지는 삶은 원치 않는다. 기훈은 스스로가 생각하는 것처럼 나의 계획을 대폭 수정하면서까지 편입하고 싶을 정도로 매력적이지도 않았다. 기훈이 말했던 모든 것들이 어떤 식으로든 조금씩 어긋났다. 결정적으로 나는 기훈이 함께 공유하고 싶어 하는 세계에 대해서 호기심이 없다. 나는 스스로의 힘으로 이 지루한 인생을 바꾸고 싶다. 그런 생각을 할 때마다 나는 방안을 털 뭉치처럼 서성거리며 내 눈치를 살피는 '쫑이'의 작고 얇은 귀를 손톱을 세워 꼬집었다. 온종일 사료는 물론이고 물 한 방울도 주지 않으며 생으로 굶겼다. 기훈은 어째서 얌전이나 떠는 강아지를 보고 나를 떠올렸던 것일까? 애견 샵에서 파는 먹이가 아니면 쳐다도 보지 않으며 진을 빼는 애완견은 도저히 감당이 안 됐다. 남자애들 앞에선 먹던 밥을 반이나 남기며 내숭이나 떠는 여자애들을 볼 때와 마찬가지로 분노가 들끓었다. '쫑이'의 허리는 갈수록 길어졌다.

"오늘 저녁 할래?"라고 물으며 기훈은 또다시 나를 빈 방에 덩그러니 앉아 기다리게 했다. 기훈은 우리 동네까지 오는 길이 워낙 막혀서 늦었다고 했다. 커브길 하나만 돌면 바로 내가 있는 동네였지만 그 일이 이루어지는데 무려 30분이나 지체되었다고 불평을 늘어놓았다. 나는 속으로 그러게 왜 고생을 사서 하는지 궁금하다고 말하고 싶었지만, 꾹 참았다. 그러나 기훈이 이럴 때 한 번쯤 기훈이 사는 동네로 와주면 얼마나 좋겠냐고 했다. 난 데리러 오라고 말한 적 없어. 가만히 기다리고 있을 시간에 네가 조금만 움직여주면 좋았잖아. 어차피 밥은 먹어야 하잖아? 밥은 나 혼자 대충 먹어도 상관없어. 그런 식으로 생활하면 건강에 안 좋아. 저녁은 제대로 갖추어서 먹어야지. 나를 가르치려고 들지 마. 내 일은 내가 알아서 해. 기훈이. 너 날 데리러 오는 일이 벌써 귀찮아 진 거니? 그럼, 하지 않아도 돼. 미안해. 기훈은 뒷좌석으로 상체를 비틀고는 작은 쇼핑백을 꺼내 내게 건넨다. 이거 지영이 주려고 산 거야. 기훈은 늘 이런 식이다. 풀어 보나 마나 값나가는 물건도 아닐 것이다. 슬슬 유행하기 시작한 '토피어리'라든가 희한한 고깔모자 같은 것…. 그런 선물은 당장 살아가는 일이 빡빡한 내게 조잡한 위로가 될 뿐이었다. 인형이지? 아니야…. 그렇게 말하고는 또 기훈은 운전대를 잡은 어깨를 들썩이며 재미있어했다. 나중에 풀어 볼게. 기훈은 그렇게 하라면서 어둑한 길가에 차를 세웠다. 기훈은 처음으로 이 동네는 주차비가 비싸다는 말을 했다. 순순히 만나주기 시작하자 이쯤에서 마음을 놓아도 좋다고 판단한 모양이다.

특별한 코스를 안내하겠다고 데려간 곳은 고급 중국집이었다. 종업원과 주인 모두가 중국어를 쓰며, 별난 모양의 과일이 디저트로 따라 나오는 깔끔한 집이었다. 그곳에서 기훈은 미리 생각해둔 메뉴를 주문했다. 해물 볶음밥과 탕수육이었다. 기훈과 시간을 보내는 동안은 나는 아무 일도 하지 않아도 괜찮았다. 기훈은 내가 있는 곳으로 나를 데리러 오고, 내가 먹을 만한 것을 생각해 와 대신 주문도 해주며 나의 기분을 살폈다. 기훈이 조금이라도 잘생긴 남자였다면 내 생각이 조금 달라졌을지도 모르겠다. 내가 기훈을 만나는 이유는 여러 가지로 미완성인 내게 극진한 예우를 갖추어 주는 것에 대한 고마움과 대우받는 상황을 즐겨보고 싶어서였다. 기훈이 만약 10년도 더 된 아버지의 고물차라도 몰고 오지 않았다면, 만날 때마다 우리가 밟아나갈 데이트 코스를 물색해 와 하릴없이 길거리를 헤매는 수고를 덜게 해주지 않았더라면 나는 분명 만나지 않았을 것이다.

기훈은 아버지 이야기를 꺼냈다. 의류 회사 중역이신 아버지께서 좋은 여자 있으면 정장 한 벌 사주고 싶으니 데려오라고 하셨단다. 하긴 나는 아직 제대로 된 정장 한 벌 없다. 기훈은 비싼 여성 의류를 깃발처럼 흔들면서 나를 유혹했지만 약간 굴욕적인 기분이 들어 답을 주지 않았다. 집으로 돌아가는 차 안에서 기훈은 사진기를 들이댔다. 사진 한 장 찍어주고 싶었다고 했다. 너는 정말 한번 해보고 싶은 것도 참 많구나. 사진 찍는 일은 내가 가장 싫어하는 일 중의 하나라고 말해주자 기훈은 잠시 굳은 표정으로 정면을 바라보았다. 굳어있는 기훈의 얼굴은 멍한 눈빛으로 빤히 바라보면서 상대의 긴장을 흐려놓은 틈을 노려 아가리를 쩍 벌리는 상어처럼 두렵기도 했다.

차 문을 스스로 열고 내리자 기훈은 쇼핑백을 내밀었다. 이거 가져가. 뒷좌석에는 크고 작은 쇼핑백들이 여러 개 있었다. 나머진 우리 어머님 선물이야. 기훈이 묻지도 않았는데 답을 했다. 차 문을 열고 마침내 몸을 빼내려는데 기훈이 나의 왼손 위로 자신의 오른손을 얹었다. 낯설고 불편한 느낌이었다. 엉덩이를 빼며 기훈의 손을 뿌리치자 기훈은 집에 들어가는 걸 보겠다며 따라나섰다. 밤공기가 차가웠다. 시원한 음료수라도 하나 사서 마셔야겠다면서 기훈은 슈퍼를 찾아 두리번거렸다. 그리고 당분간 칩거하겠다고 했다. 칩거? 아무에게도 연락하지 않고 당분간 책만 파고 싶다고 했다. 딱 학자 체질이구나! 그럴듯한 답이 나오기를 기다리는 우쭐한 표정이었지만 나는 기훈이 원하는 대로 내버려 두지 않았다. 마치 대학교수라도 된 것처럼 웃고 있었지만 나는 기훈이 연출하는 저 어쭙잖고 가식적인 상황들이 역겨워졌다. 그럼, 당분간 못 보겠네! 기훈은 민망했는지 하하하 웃으면서 슈퍼 쪽으로 사라졌다.

습기와 어둠만이 나를 반기는 자취방으로 돌아왔을 때는 이미 자정이 지나고 있었다. 기훈을 만나고 돌아오면 늘 피곤했다. 기훈은 잘 교육 받은 숙녀를 대하듯 예의 바르게 내 앞에서 서성거리고 나는 늘 이러지도 저러지도 못하고 견뎌내는 기분이다. 그런 기분은 사람을 진심으로 지치게 했다. 높다랗게 쌓인 수능 문제집이 가마니처럼 웅크리고 앉아 나를 노려보았다. 차가운 방바닥에 배를 대고 누워 one summer night를 크게 틀어놓고 들었다. 기훈이 건네준 쇼핑백엔 작은 앨범이 들어있었다. 여자들과 찍은 기훈의 사진들이었다. 사진 속에서 기훈의 곁을 채운 여자들은 자신이 특별한 대우를 받는다는 사실에 만족하거나 자부심을 느끼는 얼굴이었다. 꼼꼼하게도 기훈은 견출지에 날짜와 여자의 이름을 기록해 두고 있었다. 년도는 작년 3월부터 시작되었다. 기훈은 같은 표정으로 렌즈를 바라보며 여자들의 어깨에 한쪽 팔을 어색하게 얹고 있었다. 선물이 담긴 쇼핑백을 준다는 것이 그만 엉뚱한 쇼핑백을 내어준 것이 분명했다. 마지막 장에는 바로 어제 날짜로 'Y대 영문과 수아랑'이란 견출지가 붙은 사진이 들어있었다. 이렇게 특별한 취미를 고집하는 기훈의 경우를 어떻게 받아들이면 좋을지 알 수 없었다.

기훈의 차는 여전히 깜빡이며 서 있었다. 확실친 않지만 돌아가지 못하는 이유를 짐작할 수 있을 것 같았다. 나는 답을 알 수 없는 내 인생을 바꾸기 위해 성큼성큼 나아가야 한다. 이런 공상에 빠져 시간을 죽이고 있을 때가 아니다. 내년에는 꼭 높은 수능 점수를 내서 아버지가 깜짝 놀랄 만한 명문 대학의 법대에 합격해야 한다. 삶을 통째로야 바꿀 수 없겠지만, 지금 내가 할 수 있는 일은 오로지 그것뿐이다. 달라지기 위해서 나는 조잡한 공상 따윈 버려야 한다. 나는 처음으로 기훈의 전화번호를 꾸욱꾸욱 눌렀다. 신호가 서너 번 떨어지자 기훈이 반신반의하는 목소리로 전화를 받았다. 왜 아직 안 갔니? 그냥…! 음료수 하나 사서 마시면서 음악 듣고 있었어. 음료수와 음악이란 단어를 써가며 말끝을 늘어뜨리는 내내 일정한 어조를 유지하는 기훈에게 다시금 짜증이 일었다. 정신 이상자처럼 여자들 사진이나 모아 똥차에 싣고 다니는 주제에 개폼 잡고 있네! 너 나한테 쇼핑백 잘못 준 거 아니? 설마 나주려고 샀다는 선물이 네 옛날 애인들 사진첩은 아니겠지? 던질게! 받아! 기훈의 깜빡이는 차에서 어리둥절한 표정을 지으며 기어 나왔다. 이렇게까지 막말을 했으면 그 자리에서 해명이 오가고도 남을 상황인데, 기훈은 나의 죽음을 적에게 알리지 말라던 이순신 장군이라도 된 것처럼 근엄을 떨고 있다. 정말 짜증난다.

쿠션 위에서 잠자고 있던 쫑이의 목덜미를 집어 들었다. 창밖으로 '쫑이'를 내밀자 기훈이 생선 눈처럼 멍한 시선으로 멈춰 섰다. 장난이 너무 심하지 않냐는 표정이었다. '쫑이'는 한 손아귀에 잡혔다. 네 개나 되는 팔다리를 이리저리 비틀면서 바들바들 떨고 있다. 먹은 것이 없어서 어린 녀석의 몸은 쿠션만도 못하게 가벼웠다. 안경 너머로 멍청한 시선이나 던지는 같잖은 로맨티스트의 눈이 껌뻑이고 있다. 나는 움켜쥔 '쫑이'의 목덜미를 쥐어짜듯 힘차게 허공으로 내던졌다. 손아귀에서 새어 나온 가느다란 비명이 골목 안의 고요를 쩍 갈랐다. 언제나 잊지 말아야 할 것은 필요 없는 것을 내던지고서야 필요한 것을 갖추어 나갈 수 있다는 사실이다.

공
범

어렸을 때 먹었던 홍시처럼
당신은 달콤하고 은은해….

여자는 이불을 머리끝까지 뒤집어쓰고 누워있다. 울음을 더듬는 모양인지 꽃무늬 이불이 간간이 들썩거렸다. 엄지와 검지를 모아 만지작거리던 14k 반지 위로 빗방울 같은 눈물이 뚝뚝 떨어졌다. 약속이 새겨진 반지는 아무것도 지켜내지 못한 채 여자의 불행을 방조했다. 여자의 손등에서 시작된 링거 줄이 전화선처럼 베베 꼬여있다. 흐느낌의 끝자락에서 여자의 울음이 격해질 때마다 붉은 피가 링거 줄을 따라 조금씩 솟아올랐다. 여자의 몸 어느 곳에 흘릴 피가 더 남아있던 걸까…. 남은 주사액을 마저 투여한 나는 링거줄을 바로 정리해준다. 좀 전까지만 해도 여자는 치욕스럽게 아래를 벌리고, 원한 같은 핏덩이를 모조리 끄집어냈다. 누군가 짓밟고 지나간 잘 익은 토마토처럼 으깨진 머리를 달고 나온 아기는 모든 것을 체념한 듯 했다. 두 눈을 지그시 감고, 등허리와 팔다리를 있는 힘껏 웅크린 채 살아남기 위해 저항하던 순간의 절규를 온몸으로 말하고 있었다. 그을린 듯 새까맣게 타들어 간 아기의 팔다리를 손가락으로 집어 당기자 마지막으로 있는 힘을 다해 파르르 떨었다.

아기들의 조각난 몸을 치우는 일을 시작한 건 간호 학원을 졸업하던 스무 살부터였다. 햇수로만 십 삼 년 째 조각난 아기들의 몸을 처리해온 것이다. 중절 수술만 전문으로 도맡아 하는 원장을 도와 조각난 아기의 몸이 제대로 나왔는지 아직 남아있는 몸통은 없는지 확인하는 것이 내 일이다. 아이를 원치 않는 부모들을 위해서라도 없던 사실로 만드는 데 적극적으로 협조해야 한다. 신문지로 고기를 싸듯 익숙한 손놀림으로 사체를 냉동고에 넣는다. 아기는 이내 식어 빠진 고무처럼 단단하게 굳어버린다. 스무 살에 간호학원을 우수한 성적으로 마치고 남들보다 빠른 취업에 성공한 내게 그 정도 일은 밥 먹고 물을 마시는 일처럼 태연하다. 남편의 젖은 빨래를 짜 너는 일보다도 익숙하게 체화된 지 오래다.

원장이 기구를 찔러 넣기만 하면 여자들의 아래에서는 검붉은 피가 포도주처럼 출렁 터져 나왔다. 수술 중 마취가 풀려버린 여자들이 신음을 흘리는 일도 종종 발생하는데, 그때 냉큼 다가가 주사를 놓아주고 잠재우는 일도 내 몫이다. 여자가 다시 정신을 잃고 고분고분 눈꺼풀을 쓰러뜨리면 원장이 여자의 구멍 깊숙이 집게를 쑤욱 찔러 넣었다가 잡아당겼다가 이곳저곳으로 헤집어대는 동작을 가만히 지켜본다. 이번에 나와야 할 것이 다리인지 손인지 아님 머리통인지를 헤아리며 으깨진 몸통을 챙기는 사이 어느새 수술은 끝이 난다.

처음엔 뱃속에서 요리조리 기구를 피하느라 피멍이 든

아기들이 갈기갈기 찢겨 죽어 나오는 것을 보고 짧은 비명을 마구 뽑아냈다.

"왜 이러는 거야?"

작업에 방해가 된다는 듯이 인상을 찌푸리며 표독스럽게 쏘아붙이는 원장 의사는 걸핏하면 피 묻은 집게를 내 뺨에 바짝 들이댔다. 매일 보는 얼굴이지만 원장이 요괴처럼 낯설고 두려워 한 번도 똑바로 쳐다보지 못 했다. 양손을 벌벌 떨면서 어쩔 줄 몰라 하면 피 묻은 장갑 손으로 내 이마를 세게 밀어젖혔다.

"에휴, 하여간에 조무사 꼬맹이들. 배운 게 없으면 배짱이래도 달고 태어나든가? 차라리 안 태어나니만 못하단 생각 안 들어? 앞으로 이 험한 세상 어떻게 헤쳐 나갈래?"

꼬챙이 같은 말로 머리를 맞은 날이면 목구멍이 뜨겁게 달아오르다 용암처럼 솟구쳤다. 그런 나를 다독여주는 곳은 불 꺼진 화장실뿐이다. 아무도 몰래 울음을 삼키며 어깨를 들썩거리다 보면 날도 저물고 병원도 으스스해서 누가 시키지 않아도 집으로 갈 정신이 돌아왔다. 어둠이 그을음처럼 깔린 길을 따라 터벅터벅 집을 향해 걷고 있으면 어디선가 퇴근길에 장보기를 마치고 귀가하던 원장의 차가 앞을 가로막았다.

"이제 퇴근하는 거니? 진료실이랑 수술실 불 다 끄고 나왔지?"

길바닥 한가운데서 반말로 나를 불러 세울 여자는 원장밖에 없다. 조수석엔 원장의 4살 난 딸이 장난감을 갖고 놀면서 딴청을 부리고 있다. 뭘 그리도 잔뜩 샀는지 뒷좌석엔 터질 듯한 채소며 과일이 잔뜩 실려있었다. 내 눈길에 답을 하는 것으로 기분을 풀어주고 싶었는지 원장이 한 마디 더 얹었다.

"오늘이 하나밖에 없는 우리 딸 생일이라, 갈비 좀 재서 미역국에 한 상 차려주려고."

그 손으로? 라고 묻고 싶었지만 차마 말을 잇지 못하고 물끄러미 바라보자 원장이 창유리를 올리다 말고 덧붙였다.

"너나 나나 다 먹고살자고 하는 짓 아니겠냐? 안 그래?"

그 말을 교훈처럼 남기고 원장의 차는 바람처럼 사라졌다. 길 위엔 더 짙은 어둠이 내려앉아 걸음을 재촉했다. 한기와 무력감과 끝을 알 수 없는 공포가 겨드랑이를 간질거렸다. 아! 하루속히 돈을 모아 원장이 살지 않는 세상으로 이주하고 싶다는 생각이 걸음마다 다짐처럼 실렸다.

피 얼룩을 닦아내고, 피 묻은 기구를 정리하는 일도 벅찼지만 죽은 아기들의 조각난 사체를 처리한 날은 어김없이 암흑에 갇히는 꿈을 꿨다. 한 줌 빛도 들지 않는 1평 남짓한 감방에 갇혀 언제 집행될지 모르는 사형을 기다리며 불안해하다 결국 미쳐버리는 꿈이었다. 사방이 아기 울음소리로 가득한 좁은 골목에서 출구를 찾지 못해 헤매다 벼락을 맞은 듯이 벌떡 일어나곤 했다. 굳이 이렇게까지 해서 먹고 살아야 하나 싶은 생각을 아니 한 것은 아니었다. 하지만 씩씩한 원장을 보면 내게 간호조무사 자질이 없다는 원장의 말도 일리가 있어 보였다. 창문을 열 듯 여자들의 아래를 벌려 살아남기 위해 발버둥 치는 아기들을 으깬 손으로 원장은 아무거나 잘도 집어 먹었다. 수술하다 말고 원장실로 내려와 칼국수를 후후 불어 바닥까지 싹싹 비워 먹는 원장의 손톱 밑엔 늘 응고된 피딱지가 끼어있었다. 그녀는 그 손으로 귀밑머리를 매만지고 립글로스를 덧바른 연후에 성급한 동작으로 손을 씻고 다시 수술장으로 들어갔다. 인간이 뻔뻔해지기로 마음먹으면 얼마든지 가능하다는 희망을 나는 억지로 만들어낸다. 원장 말대로 원치 않는 임신으로 자칫 불행한 운명과 맞닥뜨려야 할 여자들을 우리가 아니면 누가 구제하겠는가 말이다.

"몇 번을 말씀드려요. 우리 병원은 분만은 안 한다니까요!"

원장은 낙태 전문이다. 만삭의 임산부가 새벽녘에 병원 문설주를 붙들고 엉금엉금 기어다니며 통사정을 해도 매몰차게 돌려보냈다. 그러고도 "ㅇㅇㅇ 산부인과" 간판을 내걸고 환자들을 받는 살인 기술자였다. 살아가는 방법이야 역량에 따라 가지가지겠지만, 6개월이 넘은 아이를 유도 분만으로 꺼내 수술방 구석에 차갑게 방치하며 죽기만을 기다리는 과정을 목격할 때는 이쯤에서 모두 그만두고 싶었다. 두어 시간 홀로 방치된 아이는 여린 숨을 몰아쉬며 사투를 벌이다 결국 짐짝처럼 들려서 죽어 나갔다. 아기가 마지막 숨을 놓기만 기다렸던 나는 마침내 숨이 끊기면 종이에 감싸 냉동고에 넣어준다.

김치냉장고를 열거나 식당에서 밥을 먹다 커다란 업소용 냉장고를 발견할 때면 나도 모르는 사이에 공포감에 젖곤 한다. 어떤 날은 세 명의 아기들의 숨을 끊어놓고 곧바로 산후조리를 하는 친구를 만나러 갔다. 그렇게 친한 사이도 아니었지만, 나는 내가 살 수 있는 가장 값나가는 유아용품을 장만해 있는 힘껏 축하해주었다. 어릴 때 세례를 받고는 줄곧 냉담한 처지였지만, 매주 성당에 나가 내 손을 거쳐 간 아기들의 짧은 생을 위로했다. 낙태를 금하는 천주교의 윤리를 저버리고 일조한 죄에 대하여 깊고 깊은 강물처럼 용서를 구했다.

"그러고선 어떻게 주님 앞에 서십니까? 천주교에서 낙태는 불법입니다. 이에 가담하는 자 또한 공범입니다. 통회하는 마음으로 묵주기도 50단 바치세요."

고백소에서 이 사실에 대해 낱낱이 속죄하면 신부는 긴 한숨을 쉬다가 질책하듯 한마디를 던졌다. 50단을 연거푸 바치면서 죄가 사해지기를 바라고 집으로 녹초가 되어 돌아왔지만, 이튿날 그 지옥 같은 일상은 어김없이 반복되었다. 나는 그럴수록 립스틱을 짙게 바르고, 점심시간에 의식적으로 맛있게 밥을 먹기 위해서 이 반찬 저 반찬으로 열심히 젓가락질해댔다.

여자에게 투여할 주사는 원래 진통제가 아니었다. 그러나 여자의 못난 남자는 수술비도 어렵사리 겨우 마련했는지 영양 주삿값을 지불하지 못한 채 그대로 돌아섰다. 가장 저렴한 3만 원 짜리 영양 주사를 제안했는데도 가난한 남자는 맥없이 제 빈손만 내려다봤다. 남자가 없애버린 아기는 4개월 된 사내였다. 한동안 종양 못잖은 무게로 그들의 인생을 짓눌렀을 아기는 남자를 닮아 팔다리 마디가 길었더랬다. 조각난 아기의 몸을 다시 짜 맞추는 일이 덕분에 수월하게 끝났다. 영양제값을 치르지 못하고 사라지는 남자의 등을 보자 갑자기 어지러웠다. 피비린내가 흉부를 자욱하게 압박하더니 이내 헛구역질이 올라왔다. 나는 황급히 손으로 입을 틀어막고 고개를 외로 돌렸다. 지리멸렬한 삶을 이끌어 가는 일이든 앞질러 그 삶을 저지하는 일이든 누추하긴 마찬가지다.

이를 오래 닦는 습관이 든 것은 병원에 몸을 담기 시작한 이후부터이다. 목구멍 깊숙이 칫솔 머리를 찔러 넣고는 노란 위액이 씁쓸하게 혀를 달굴 때까지 웩웩거려야 남은 업무를 이어갈 수 있다. 여자들이 실려 나간 텅 빈 수술실 바닥 위로 쓱쓱 대걸레질을 마치고 식당에 올라가 밥 한 공기를 국에 말아 뚝딱 떠먹는다. 탄력을 잃어버린 낡은 칫솔이 한 움큼 꽂혀있는 거울 앞에서 물걸레질하듯 혀를 문지른다. 외제차는 덜컥 사들이면서 수술방 화장실에 그 흔한 '데톨' 하나 장만해주지 않는 원장 덕분에 나는 냄새도 고약한 락카 물에 손을 여러 번 담가 핏물을 빼야 했다.

나를 규정하는 정식 명칭은 원장 말대로 '간호조무사'지만 병원에선 '간호사'로 불린다. 자그마한 데다 늘 분주하기까지 한 병원에서 음식을 꼭꼭 씹듯 다섯 음절 모두를 발음한다는 것은 여간 성가신 일이 아니다. 원장 의사 외에는 사실 정식으로 대학을 마친 자가 없었으므로 그런 분류는 되레 우스운 노릇이었다. 뒤늦게 진학한 야간제 간호 전문대학에서 어렵사리 졸업장까지 따낸 '김언니'만이 그나마 '간호사'란 호칭에 들어맞았다. 올해로 마흔을 넘긴 김언니는 학점 은행제로 딴 대학 졸업장으로라도 유세를 부리고 싶은 모양이었다. 간호 학원 출신들까지 싸잡아 '간호사'라 불러서는 간호사의 위상이 제대로 설 리 없다며 꼴사납게 투덜대곤 했다. 마취에서 놓여난 여자들이 김언니를 '간호원'이라고 낮잡아 부를 때면 여지없이 그 못 돼먹은 히스테리가 되돌아왔다. 병원 문으로 빠져나가는 환자들의 등이 보이는 순간부터 미성년자가 겁도 없이 산부인과를 드나든다며 진료 기록을 함부로 까발렸다. 김언니의 자격지심은 꼭 자기만큼만 생겨서 늘 앞질러 제 몫을 챙기지만 결국 놓치기 마련이었다.

나는 종일 핏덩이와 씨름하느라 끝이 보이지 않는 전쟁처럼 권태로운 병원 생활에 찌들어 있었다. 간호사 소리를 제대로 못 들어냈다고 앙심을 품는 못난 존재와 마주 앉아 밥을 먹고, 노래방 마이크를 붙들고 어깨동무를 하고 앉아 회식이 끝나기만을 피곤하게 기다려야 했다. 받을 도리도 없이 번번이 만 원권 지폐를 건네준 횟수가 벌써 줄잡아 여덟이었지만, 받을 방법은 없어 보였다.

탈옥하듯 병원을 빠져나올 때마다 피비린내를 달게 삼키던 하루를 모조리 토해낸다. 한숨 같은 토악질을 하고는 고개를 쳐들면 늘 높은 하늘 깊숙이 비행기가 떠오르고 있었다. 떠오르는 비행기의 이륙 소리는 벌겋게 달아오른 여자들의 다리 사이를 힘껏 부풀릴 때, 통증을 이기지 못한 여자가 벌떡벌떡 일어나며 악을 쓸 때마다 낮은 테너의 음성처럼 울려 퍼지곤 했다. 검은 비닐봉지에 차곡차곡 태반을 눌러 담을 때도, 차가운 탄산음료를 벌컥 들이키며 피비린 내 나는 속을 달랠 때도 탱크가 거리를 밟고 사라지는 소리가 어렴풋하게 들려왔다. 그 소리를 들으면 목구멍에서 엉킨 털실을 토해낸 듯 숨통이 트였다. 언제부턴가 나의 바람은 썩어 문드러지는 태반 틈에서 불꽃처럼 솟아올라 저 먼 우주로 진입하는 것이었다. 알 수 없는 곳일지라도 제발 여기만은 아닌 곳으로 구원받고 싶다.

남편은 집에서 멀지 않은 여자 고등학교에 나가고 있지만, 교사는 아니다. 서무과 직원이다. 그런데도 사사건건 남을 가르치려 들고, 답이 훤히 보이는 뻔한 질문에 대해 장황하게 설명하기를 좋아한다. 뉴스를 보고 있는 남편의 등 뒤에 쪼그리고 앉아 아삭하게 여문 가을 사과를 깎아주면서, 나토(NATO)가 뭐예요? 하고 물으면, 그건 말이지…. 5초간 뜸을 들이다가, '북대서양 조약기구'라고 말이야…. 라면서, 종전 앵커 멘트를 자상하게도 그대로 되풀이한다. 어느덧 기상 캐스터가 튀어나와 일기예보를 전할 즈음이면 남편의 그렁그렁한 설명도 제풀에 지쳤는지 말꼬리가 흐려져 있기 마련이었다. 퇴근길에 마주치는 경비 아저씨와 주차장 입구에 서성거리며 어지러운 시국을 논하고, 그 바람에 우리 교육이 바로 서질 않는 거라면서 분개하곤 하는 것도 남편이다. 경비실에서는 남편이 교편을 잡고 있는 교사라고 속단해버렸는지 교복을 입고 지나가는 학생들의 무리를 보면서, 이 녀석들아! 아, 선생님 보고 인사들도 못 해? 라고 소리치는 일까지 있었다.

남편은 사람 부리는 것을 좋아한다. 학교에서 청소나 집기들을 정리하는 잡다한 일들은 따로 맡아서 하는 사람이 있다는 말을 자랑삼아 즐겼고, 출근하는 길에 버려달라는 쓰레기 봉지에 담배 두 갑을 얹어 경비 아저씨 손에 쥐여 주고는 자신은 총총히 주차장으로 향하는 모습을 베란다에 서서 고스란히 목격한 적도 있다. 주방엔 발도 못 들이면서 꼭 뭐 마려운 강아지처럼 어슬렁거리다가는, 시장하세요? 뭐 좀 만들어 드려요? 라고 물으면, 어…. 물 한 잔만…. 라고 대답한다. 화분 하나를 옮길 때도 꼭 저녁 쌀을 씻거나 걸레를 빨고 있는 나를 불러 맞은편 모서리를 좀 잡아보라 한다. 일기를 쓰는 것 같지도 않고 기껏해야 주간지 건강 상식과 스포츠 소식에 눈을 주면서도 꼭 그것들을 스크랩해 두고선 서랍에 넣어 잠그고 다닌다. 물론 내게도 똑같은 서랍 열쇠가 하나 있어 기분 내킬 때마다 열어보지만 수상한 물건이라고는 눈 씻고 찾아봐도 없다. 이로써 하늘 같은 지아비로서의 위신을 명백히 밝히려 드는 남편은 얼핏 귀하게 자란 티를 낸다 싶지만, 사실 아들만 줄줄이 여섯씩 매우 흔한 빈농의 다섯째였고, 형들이 먹다 남긴 찬밥을 볶아먹거나 물려받은 팬티를 기워 입을 정도로 천덕꾸러기였다. 남편이 아무리 있는 척을 해대도 내게는 비비 꼬인 속내를 있는 대로 드러내는 '김언니'와 별반 다르지 않았다.

재미도 없고, 좀 답답한 남편이지만 그런대로 나는 괜찮다. 적어도 앞집 남편처럼 섣불리 빚보증을 서 주거나 여자 문제 혹은 욕설 섞인 술주정이나 손찌검 같은 일로 골치를 썩이진 않는다. 점잖은 체면으로 그런 일을 벌인다는 것은 당치 않다면서 앞집 현관에 대고 쯧쯧 혀를 찼다. 월급은 봉투째 고스란히 갖다주며, 총각 때 입던 양복과 구두도 여태 갖고 있다. 쓰다 남은 비누 조각을 해진 스타킹에 모아 담아 재활용까지 하는 검소한 성품의 남편은 대체로 무난하다. 우리 부부의 인생에 로또 복권 당첨에 버금가는 대박이 날 리도 물론 없겠지만, 이대로만 나간다면 모조리 들어먹고 길거리에 나앉을 위험 역시 없다. 남편은 그야말로 무난하고 안전한 인생의 적합한 동반자다.

설악산 리조트로 신혼여행을 떠나면서 남편은 못내 미안해했다. 남들처럼 비행기 못 태워줘서 미안해…. 그래도 당신 내 마음 알지? 초가삼간일망정 어엿한 내 집만 장만하면 그깟 동남아 여행이 대수냐며 내 이마에 입 맞추고는 따뜻하게 안아주었다. 젖멍울이 채 아물지도 않은 22살의 내 살결 위로 띠동갑인 남편은 실개울 속 송사리를 들여다보듯 신기한 시선을 주었다. 형들 눈을 피해 감춰둔 홍시를 다락방에 올라가 보듬듯이 남편은 나의 살결을 매만지며 때때로 경이에 찬 감탄사까지 연발했다. 아끼고 어르던 홍시를 한 입 베어 물 듯 남편은 무른 앞니로 실핏줄이 고스란히 비치는 내 살을 살짝 깨물었다. 어렸을 때 먹었던 홍시처럼 당신은 달콤하고 은은해…. 그동안 당신을 바라보는 내 심정이 어땠었는 줄 알아? 다락에 감춰둔 홍시가 행여 흠이라도 나면 어쩌나, 누가 훔쳐 가면 어쩌나, 늘 안절부절 이었어. 그런데 이렇게 당신을 품에 안게 된 지금은 세상을 다 얻은 기분이야. 아, 이제야 살 것 같아…! 그 날밤 남편은 잘 무르익은 홍시의 껍질을 조심스럽게 가르듯이 천천히 내 몸 안으로 들어왔다. 남편이 한 땀씩 안으로 들어설 때마다 아랫입술을 깨물며 쓰린 아픔을 달게 참아냈다. 나를 꼭 끌어안으며 한숨처럼 길고 낮은 신음을 토해낼 때야 비로소 여자로 태어난 것이 은혜로웠다. 내 몸에 존재하는 혈류의 속도와 체온을 기억하고 있을 남편의 익숙한 몸과 고즈넉한 눈동자 그리고 점잖은 입술을, 사랑이라고 믿었다. 오래오래 아름답게 살고 싶었다.

이튿날 아침 우리가 함께 꾸려 갈 생애의 붉은 징표가 흰 이부자리 위로 꽃잎처럼 떨어져 있었다. 남편은 대견한 손길로 어루만지며 말했다. 당신은 이제 내 여자야. 손바닥만 한 상춧잎 위로 고기와 야채와 마늘과 쌈장을 옹기종기

싸모아 남편의 입안으로 넣어주었을 때 한입에 받아먹던 남편의 터질 듯 부푼 두 볼 위로 까르르 비눗방울 같은 웃음을 떨어뜨리며 바라보는 행복, 우리 냉면 하나 시켜 같이 나눠 먹자며 남편이 날 보며 웃었을 때, 다정하고 고맙기만 한 '우리'란 단어가 여물어 가는 내 가슴 속으로 성큼 들어섰다.

한 치의 망설임 없이 수술 기구가 들락거리는 여자들의 겁에 질린 몸과 남편 앞에서 환희에 들뜬 나의 몸은 분명 달랐다. 서로의 따뜻한 온기를 전해주기 위해 살갗을 둘러매고 조금씩 방망이질해대는 심장과 자칫하면 쏟아져 나올 것만 같은 떨리는 안구를 감싸 안고 촉촉하게 녹여가며 두드리는 순간이 모두 행복이었다. 남편이 내게 준 사랑은 하루가 멀다 하고 피범벅이 된 손으로 눈알을 부라리며 나를 하대하던 원장에게 당해온 치욕을 모조리 거두어주었다.

감기에 걸린 남편에게 항생제 주사를 놔주는 것은 내 몫이다. 마른 체구의 남편은 곧잘 끼니를 거르던 청소년기를 상기시키듯 툭하면 몸살감기를 앓았다. 연이어 야근한다거나 내키지 않는 술자리에 불려 나가 자정 무렵에야 들어왔다간 며칠 못 가 얼굴이 붓고 겨드랑이에 열이 올랐다. 점심시간에 병원 근처의 약국에 들러 항생제를 달라고 하면 간호사복으로 무장한 차림새를 한번 훑은 약사가 판매가보다 칠백 원이나 저렴한 가격으로 약을 건네준다. 사복으로 갈아입고 퇴근길에 들르면 꼭 제값을 다 받는 걸 보아 기억력이 나쁘거나 치사하거나 둘 중의 하나였고, 생각하자면 피곤하긴 둘 다 마찬가지였다.

나는 퇴근길에 약국에 들러 항생제와 임신 진단 시약을 샀다. 화장실에 들어가 시약 위로 소변을 적시니 오래지 않아 기찻길처럼 붉은 두 줄이 솟았다. 시약 위로 드러난 붉은 줄을 내려다보는 내 눈초리가 가늘게 떨려왔다. 이제 엄마야…. 뱃속으로 가슴으로 차오르며 이윽고 심장을 두드리던 사랑. 우리가 사랑이라고 이름 붙이던 아무 불만도 없던 많은 밤의 기억. 볼품없는 내 몸 안으로 스며든 홍시만큼 여리고 소중한 생명. 그리고 불현듯 솟아오른 생의 악착같은 의지로 인해 나는 무슨 일이 있어도 행복하게 잘 살아내자는 다짐을 했다. 무엇보다 이 도살장이나 다름없는 직장을 관둘 수 있게 되어서 기뻤다.

저녁상을 물리고 침대 한쪽에 시름시름 앓아누운 남편에게 다가가 주사를 놔주자 남편은 어린애처럼 짜증 섞인 신음을 내 뺴문다. 아름드리나무를 껴안듯 그의 옆구리로 양팔을 끼워 넣으며, 막 끓어오르는 된장찌개처럼 보글보글 조아렸다. 여보… 저 아이 가졌어요…. 그런데 남편은 아무

말 없이 감은 눈으로 벽을 바라보고 누워만 있다. 너무 작은 소리로 말을 했거나 남편이 제 귀를 의심하는 가 싶어 방금 양치를 마친 입을 남편의 귓바퀴에 바짝 갖다 대고 다시 한 번 또박또박 속삭였다. 저, 당신 아이 가졌다고요!! 남편이 냉큼 돌아앉으며 얼싸안고 더덩실 춤이라도 출까 봐 나는 두 눈에 동그란 긴장을 실어 앉음새를 바로 했다.

마침내 남편은 화장실에 가는 사람처럼 천천히 몸을 움직이더니만 돌연 물 한 잔 떠오란 부탁을 한다. 보리차가 든 물 잔을 쟁반에 받쳐 들고 남편에게 다가가는 사이에 남편은 이렇게 말했다. 아파트 융자금도 아직 다 못 갚았는데…. 나는 잘못 들었을 거라 생각하면서 고린 입 냄새만도 못한 남편의 말을 세찬 고갯짓으로 으깨버린다. 들고 있던 쟁반을 당장에 남편이 걸터앉은 침대 밑으로 떨어뜨릴 것만 같이 팔다리가 떨려왔다. 하지만 남편이 물잔을 받아들 때까지 나는 용케 참아낸다. 무슨 말이에요? 아니. 좋긴 한데…. 한 편으론 막막해서…. 그렇다고 당신, 어떻게 그런 말을…. 그냥 막막해서…. 검소한 남편은, 가여운 남편은, 가난한 남편은, 아. 사랑하는 나의 남편은 말을 아꼈다. 아꼈다.

그 후론, 집으로 돌아오면 긴 터널을 훌쩍 빠져나온 것만 같은 아늑함에 나는 픽 쓰러지곤 했다. 신이라도 벗고 떡하니 안방 침대까지 걸어와 쓰러지면 그나마 다행이었다. 나는 신을 신은 채로 낮은 현관과 거실의 경계선이 그어진 지점에서 우두커니 서 있다 주저앉듯 쓰러지곤 했다. 꿈속에서는 낮에 병원에서 벌어진 일을 되감기 하듯 재현했다. 아궁이에 불쏘시개 질을 하듯이 태아를 끄집어내는 원장의 피 묻은 손에 기구를 쥐여 주는 내 팔목으로 끈적끈적 휘감기는 아기 울음소리. 가마니처럼 쌓아놓은 태반 더미를 질질 끌고 있노라면 포악해진 울음소리는 발목에 들러붙어 발에 꽉 끼는 새 구두처럼 혈관을 조이기 시작했다. 냉동실 문을 열어젖히는 순간 기다렸다는 듯이 얼굴 위로 확 달라붙은 태아들을 떼어 내기 위해 안간힘을 쓰다 뒤로 나동그라지면 조각난 태아의 눈이 흥건히 젖은 채로 말했다. 제발… 살려 주세요… 가까스로 정신을 차리고 어느새 수술실로 돌아와 여자들의 아래에 암초를 밀어 넣는다. 암초가 부풀어 오르는 사이, 별안간 수술 의자에 누운 여자가 악을 쓰며 벌떡 상체를 일으킨다. 섬뜩하리만치 매서운 눈을 부라리고 있는 여자에게 겁을 먹고 잠에서 깨면, 남편이 다가와 식은땀을 닦아주었다. 당신 왜 그래? 괜찮아? 번번이 남편은 걱정스럽고 다급한 목소리로 나를 부축해주었지만 그런 일이 무심결에 텔레비전을 켜는 일처럼 종종 벌어지자 더 놀라지도 않았다.

퇴근해 돌아온 남편은 거실의 무거운 침묵을 깨기 위해 텔레비전을 켜고, 책상다리를 하고 앉아 뉴스를 보면서 재떨이를 가져오라 한다. 재떨이…. 재떨이…. 재떨이를 앞에 놓아주면, 배가 고프니까 밥을 차려오라 재촉한다. 냉장고에는 일주일 전에 사다 처박아둔 순두부와 모시조개 그리고 습기를 상실한 채 움츠린 양파 하나가 뒹굴 뿐이다. 나는 앞치마를 두르고 밥솥에 쌀을 안치고 식용유를 둘러 전과 달걀을 부친다. 피 얼룩이 아련하게 남아있는 손으로 더운 김이 피어오르는 저녁상을 내놓는다. 그러면 남편은 군말 없이 다가와 수저를 쥐고는 우적거리기 시작한다. 환자에게서 튄 피 얼룩을 발견할 때면 남편은 뜨거운 혀를 내 귓불에 감다 말고 물러나 머리카락을 골라내듯 혀끝을 다신다. 얼른 돈 벌어서 당신 환자들 뒤치다꺼리 그만두게 해야지…. 당신 닮은 딸도 하나 낳고 알콩달콩 살아야 될 텐데…. 미안하다…. 남편의 팔을 베고 누워 자장가를 부르듯 나는 말했다. 우리 병원 환자들은 회복실에서 무슨 생각을 할까? 배 속이 텅 비어있으면 참 가슴이 찢어질 듯 비참하겠지? 여보, 전요 내 몸속에 나와 당신을 닮은 아기 때문에 말 한마디 함부로 할 수 없어요. 우리 잘살아요. 여보….

혼란과 함께 찾아온 아기는 그렇게 식구로 남을 준비를 했다. 달수가 거듭되면서 배가 함지박만 하게 부풀어 올랐으므로 더 피범벅이 된 수술장 뒷감당을 할 수는 없었다. '출산휴가'를 신청하자 원장은 살다 살다 별일을 다 보겠다는 듯이 목젖이 보이도록 웃어젖혔다. 그 웃음의 의미가 어떤 차원의 것인지 가늠하지 못하는 얼굴로 서 있자 원장이 누렇게 변색한 치아를 드러내며 입을 열었다.

"난 네가 어려운 말 쓸 때가 제일 웃겨. 출산휴가! 푸하하하, 어디서 또 주워들은 건 있어가지고!"

다음 생에 태어나면, 아니 꼭 내가 낳은 자식만큼은 내 꼴을 당하게 하고 싶지 않다. 퇴직금을 정산하러 원장실에 들어가자 봉투도 하나 없이 만 원짜리 돈다발을 고무줄로 묶어 내밀었다. 원치 않는 아이를 인생 밖으로 몰아내기 위해서 여자들이 흐느끼는 동안 남자들이 백방으로 뛰어 마련해 온 현금이었다. 퇴직금은 시든 배춧 잎처럼 세파에 지쳐 있었다. 나는 매달 이 돈으로 적금을 붓고, 쌀과 반찬을 샀으며 가끔 남편의 와이셔츠와 가을 재킷을 새로 사주기도 했다. 그래서 멈출 수 없었을 뿐이다. 원장이 함부로 쏘아대는 화살을 고스란히 맞아야 할 사람이라는 걸 인정해서가 절대로 아니었다.

직장을 그만둬서 좋은 건, 더 통구이처럼 시커멓게 멍든 팔다리로 죽어 나가는 아기들을 만지지 않아도 된다는 점만이 아니었다. 인간의 탈을 쓰고 날마다 여자들의 밑이나 파먹고 사는 원장의 폭언에 시달리지 않아도 된다는 게 뛸 듯이 기뻤다. 누구도 나를 "야!", "너", 혼잣말처럼 "이 년, 저 년"이라고 불러대지 않는 우리 집에서 일어나고 싶을 때 일어나고 쉬고 싶을 때 잠들며 좋은 것만 보고 들으며 살 수 있었다.

퇴직하고 새 삶을 열었다고 믿었지만, 악몽은 이따금 되살아났다. 유아용품을 잔뜩 사 들고 집으로 가는 골목을 걷고 있으면 쓰레기통에서 아기 울음소리가 필사적으로 발목을 붙잡았다. 살려달라고 있는 힘을 다해서 절규하는 울음이었다. 걸음을 멈추어 세우고 쓰레기통을 파헤치면 검은 비닐봉지에 밀봉된 아기들이 묵직하게 들려 나왔다. 비닐봉지를 풀어주자 아기는 드디어 살았다는 듯이 울음소리를 죽이며 숨을 고르며 벌벌 떨었다. 뽀얀 피부가 도드라진 아기는 너무 사랑스러워서 차마 죽게 내버려 둘 수 없었다. 머플러를 풀어 아기의 언 몸을 감싸고 가슴에 품어 등을 다독였다. 따뜻한 집으로 걸음을 재촉하자 하늘이 무너질 듯 천둥 번개가 내려치기 시작했다. 아기가 장대비에 두들겨 맞지 않도록 고개를 잔뜩 웅크린 채로 어둑어둑한 골목길을 헤쳐 나갔다. 그러나 온통 막다른 골목이었다. 좁은 골목 사이로 어울리지 않은 덩치를 자랑하는 자가용들이 보란 듯이 비집고 들어와 전조등을 밝혔다. 차는 좀처럼 쉽게 길을 내어주지 않을 기세였다. 운전석을 차지한 검은 물체는 잠시 주춤하는가 싶더니 다시금 사력을 다해 돌진해오기 시작했다. 차는 죽일 듯이 아기와 나를 향해 달려들었다. 전조등이 다시금 불을 밝히는 사이 실눈을 뜨고 운전석을 살핀 나는 소스라치게 놀라 비명을 질렀다. 운전석에서 내린 건 지난 10년간 나를 고용했던 원장 의사였다. "여태껏 먹고 살게 해 주었더니. 아기를 빼돌려? 이 배은망덕한 년!" 어둠을 가르듯 원장의 손아귀가 머리채를 쥐어 잡는 순간 놀라 일어나면 아직 동도 트지 않은 새벽이었다.

그런 식으로 잠에서 깬 새벽엔 서둘러 성당에 나갔다. 곧 태어날 아기가 건강하기를 손이 발이 되도록 빌었다. 내 손을 거쳐 간 아기들의 죽은 영혼을 위해서 위로하는 미사도 여러 번 넣었다. 3만 원, 5만 원 짜리 지폐를 챙겨 헌금 봉투에 넣을 때 마다 영양제값을 놓고 고뇌하던 남자들의 풀죽은 어깨가 떠올랐다. 내가 속죄하듯 죄책감에 시달리는 동안 아기는 건강하게 자랐고, 둥근 해처럼 배가 볼록 솟아오르기 시작했다.

앉은 자리에서 통닭 한 마리를 거뜬히 해치우기 시작했다. 입덧이 끝나자, 어금니에 힘을 들이지 않고도 목구멍을 녹아 들어가는 생선회가 당기기 시작했다. 생선회뿐 만 아니라 무엇이든 익히거나 튀기기나 양념을 입기 전의 살아 움직이는 다른 존재들의 살들을 보고 있노라면 저절로 혀

밑에 침이 고였다. 붉은 것을 보면 더 했다. 남편이 금싸라기 딸기를 사 들고 오는 저녁이면 바구니를 통째로 끼고 앉아 허겁지겁 먹어 치웠다. 종류별로 정리된 생선회를 바라보고 있으면 반짝이는 얼음들이 타액이 되어 입안으로 흘러들어왔다. 테이블 의자에 걸터앉아 하얀 포크로 초밥을 찍어 눌렀다. 초밥이 입술에 닿지 않도록 입술 선에 긴장을 실어 쏙 입안으로 밀어 넣었다. 혀끝으로 겨자를 애무하다가 어금니에 힘을 주자 턱을 밀고 당기는 방향으로 혀와 치열이 한꺼번에 섬모 운동을 하듯 넘실거렸다. 알싸한 겨자 내음이 콧잔등까지 일제히 퍼져나갔다. 자극적인 음식을 먹고 인상을 찌푸릴 때마다 뱃속에서 태동이 느껴졌다. 차가운 집게와 흡입기 앞에서 생명의 위협을 느끼고 요리조리 발버둥을 쳤을 무수한 아기들의 태동까지 한꺼번에 느껴졌다. 그럴 때마다 나는 어마어마한 속도로 닥치는 대로 먹어 치우는 일에 몰입했다. 부지런히 손을 놀려 고기를 굽고, 국이든 장이든 허겁지겁 밥을 비벼 먹었다. 어느새 바닥을 드러낸 밥 공기를 보면 불현듯 쏟아지는 허탈감을 어찌할 도리가 없었다.

모처럼 사람들이 북적이는 곳으로 이동을 한다. 할인매장 지하로 이르는 에스컬레이터 위로 발을 디디며 나는 부식 판매대를 찾아 눈동자를 굴렸다. 냉장실에서 허연 연기가 넘실거렸다. 나는 두부 한 모와 깎은 감자 4알, 애호박과 양파를 집어 들었다. 깐마늘 봉지를 만지작거리다가 다진 마늘 튜브로 손을 뻗었다. 그리고 정육 판매대로 걸음을 옮겼다. 고기는 부위 별로 친절한 이름표를 달고는 냉장실 층층이 진열돼 있다. 상추 이파리들을 돌잔치 상에 오른 돈다발처럼 고기 밑에 깔려있다. 붉은 조명이 알몸으로 나뒹구는 발그레한 육질을 내리쬐고 있었다. 찌개에 넣고 양념과 함께 달달 볶을 돼지고기에 눈길을 주었다. 촉촉하게 혀를 휘감고는 높은 온도와 압력으로 술렁이는 목구멍을 타고 빨려 들것처럼 식욕이 솟는다. 일어선 혀 밑으로 단물이 고인다. 꼴깍! 목구멍으로 침이 넘어갔다. 처진 배 밑으로 기습처럼 허기가 몰려들더니만 손가락 사이사이가 미끈덕지게 엉겨든다. 식도 한가운데서 구렁이가 기어 나와 온몸을 칭칭 휘감을 것만 같은 환영에 시달리며 나는 서 있다.

"고기 어떤 걸로 드릴까요?"

붉은 조명 아래서 유난히 새하얀 치열을 드러내며 히죽 웃는 남자가 말을 걸었다. 한동네에 오래 터를 잡아서인지 처음 보는 남자의 인상이 낯설지 않았다.

"돼지고기 주세요."

"마침 제가 막 교대하려는 참이었는데, 서비스로 덤을 얹어드릴게요."

남자가 '덤'을 발음하는 순간 입술 밖 세상으로 뺄 줌 튀어나온 붉은 혀가 내 시선에 정확하게 잡혀 들었다. 덤….
고맙다는 눈빛으로 눈꼬리를 포개며 나는 입속으로 나지막이 따라 해 보았다. 남자는 생고기를 꺼내 손톱만 한 살점이 엉겨 붙은 칼로 노련한 칼질을 마치고는 저울에 달았다. 정량보다 초과한 고기의 중량을 확인하고는 고것 보란 듯이 눈웃음을 날렸다. 남자의 호의에 나는 가만히 고개를 끄덕였다. 남자의 붉게 달아오른 손에 들린 고기 봉지가 내게로 건네졌다.

정육 판매대의 남자는 아무래도 낯이 익다. 남자의 길쭉한 팔다리 마디가 선연히 눈에 들어오기 시작하자 벼락처럼 남자의 얼굴이 기억나기 시작했다. 아, 나는 남자의 아이를 죽이는 일에 동참한 적이 있다. 훤칠한 키의 남자는 유난히 팔다리 마디가 길었던 남자아이의 보호자이면서 여자의 영양제 값을 지불하지 못한 채 돌아서 버린 어느 환자의 가난한 애인이었다. 영양 주사의 가격을 종류별로 설명해 주고 수술 동의서에 남자의 지장을 받았던 나를 남자는 기억하지 못하는 것 같다. 그러고 보니 제법 오래전 일이었다. 누추한 삶이 주는 게임에서 악착같이 살아남기로 맘먹기 이전의 일이었다. 핏자국으로 흔적을 남기고 사라졌던 알 수 없는 성별과 아기들. 제 머리채를 부여잡고 한 움큼씩 눈물을 뽑아내던 여자들…. 내 눈물이 떨어진 검은 구두코와 메스꺼운 숨을 토해내며 울부짖던 비행기가 보이는 푸른 하늘. 남자는 구역질 나는 일상을 순식간에 불러왔다. 아, 회복실에서 이불을 뒤집어쓰고 흐느끼던 여자의 등이 떠오른다. 으흐흑!! 어깨를 들썩이던 여자의 울음에 맞춰 링거 줄 속에서 흔들리던 핏방울이 선명히 보이는 듯했다. 양동이 하나 가득 받아 내다 버린 검붉은 피를 내 뱃속에서 끄집어내는 것만 같이 관절이 아리고 쓰라렸다. 살들이 부대끼는 곳마다 땀이 흘러나왔다. 갑자기 다리에 힘이 쫙 풀렸다. 그 시절의 나를 기억하는 누구도 다시는 내 삶에 들여놓고 싶지 않다.

돼지고기 살점이 두둑이 담긴 비닐봉지가 눈앞에서 대롱거린다. 현기증이 몰려온다. 돼지고기는 순식간에 으깨진 아기들의 살점처럼 나를 겁먹게 했다. 이상한 낌새를 눈치챈 남자가 다시 비닐봉지를 가슴 앞으로 들이밀자 나도 모르게 뒷걸음질이 쳐진다.

"이봐요. 거기 아줌마. 그 고기 안 살 거면 걸리적거리지 말고 좀 빠져요."

'아줌마' 소리가 천연덕스럽게 흘러나오는 쪽으로 고개를 돌리자 소름 끼치도록 익숙한 얼굴의 정체가 드러났다. '걸리적거리는 아줌마'로 나를 하대하고 있는 여자는 놀랍게도 원장의사였다. 병원을 벗어났지만, 여전히 우리 집은 병원에서 도보로 30분 거리에 위치한 탓에 퇴근길에 장을 보러 들린 원장과 우연으로라도 마주칠 수 있는 가능성은 늘 도사리고 있었다. 그걸 까맣게 잊은 채 자유를 얻었다고 믿은 나는 이렇게 다시 패자가 되고 만다. 원장은 나를 정확하게 알아보는 눈치였지만 나 따위와 더는 말을 섞고 싶지는 않다는 듯 묘한 웃음을 흘리며 서 있다. “어머, 원장님 아니세요? 그동안 안녕하셨어요?” 먼저 알아봐 주기를 바라는 얼굴이기도 했지만, 나는 한사코 달아나고 싶은 생각뿐이다.

나는 머리가 하얗게 말려든 상태로 주섬주섬 뒷걸음질쳐 과일과 할인 품목 진열대와 연결된 출구로 걸음을 재촉했다. 내 인생에서 나를 질퍽하게 만드는 것은 더 갖고 싶지 않다. 태어나지 못한 아기들을 과감하게 쓰레기로 처리했던 배짱을 되살려 나는 내가 원하는 삶을 향해서 나아갈 것이다. 아랫배를 움켜잡고 나는 앞만 보고 뛰다시피 걸음을 재촉했다. 숨이 차서 더는 빠른 걸음을 이어나가지 못할 즈음 진열대 모서리를 잡고 서서 숨을 몰아쉬었다. 끝까지 삶을 붙잡기 위해 안간힘을 쓰다 죽어 나간 아기들의 아우성이 귓전을 맴돌았다. 나는 아랫배를 움켜잡고 자리를 풀썩 주저앉았다. 배가 격하게 아파졌다. 마트에서 장을 보던 사람들이 삼삼오오 몰려들기 시작했다.

“여기요! 119 좀 불러주세요. 아이가 나오려나 봐요.”

쓰러진 나를 에워싼 사람들의 구호 외침과 함께 여기저기서 웅성거림이 들려왔다. 7개월 난 아기가 뱃속에서 발길질을 시작했다. 온 세상이 물엿처럼 미끈둥거렸다. 삶이 긴장으로 조마조마하게 출렁인다. 살들이 겹쳐지는 부위마다 흥건히 땀이 뱄다. 하늘이 뚫린 듯 핏물이 앉은 자리를 외로운 섬처럼 에워쌌다. 아악! 아악! 구해달라는 말 대신 비명이 먼저 터져 나왔다.

"모두 비켜서요. 내가 바로 산부인과 의사에요."

어디선가 익숙한 목소리가 칼처럼 꽂히더니 웅성거리던 사람들이 일제히 길을 열어주었다.

"누구든 119부터 불러 주시구요, 우선 타월과 장갑부터 좀 갖다주세요."

원장의사였다. 그녀는 영문을 알 수 없는 미소를 머금고 내 앞으로 서서히 다가왔다.

"여기요. 여기요!"

매장 직원이 진열대 위에 놓여 있던 비닐장갑을 갖다주자 원장이 호기롭게 소매를 걷어붙이고 차례대로 손가락 다섯 개를 일제히 세워 장갑을 끼워 넣는다. 그녀는 작정이라도 한 듯이 앙칼진 힘을 실어 양손으로 내 무릎을 힘주어 잡았다. 별안간 정신이 번쩍 들었다.

"안 돼!"

나는 있는 힘껏 소리를 내질렀다. 아랫배를 움켜쥐고

있는 힘을 다해 엉금엉금 뒷걸음질 쳤다. 그러나 사방이 막다른 골목이었다. 원장을 따돌리기 위해 안간힘을 쓰는 나를 도와주려는 사람은 아무도 없었다.

"살인마!"

원장 의사는 아랑곳없이 침착하게 다가와 내 발목을 끌어당겼다. 퉷! 있는 힘을 다해 원장의 더러운 얼굴을 향해 침을 뱉었다.

"어머. 저 여자 미친 거 아냐? 자기 도와주려는 사람한테 저… 저… 하는 짓 좀 봐."

"어디 길에서 혼자 애 낳아봐야 아쉬운 줄을 알지."

원장 의사가 황급히 따라붙어 내 손목을 낚아챘다.

"살고 싶으면 잠자코 있어!"

원장의 손아귀에 낚인 내 손목은 힘없이 겉돌았다. 피범벅이 된 원장 의사의 손을 보자 양동이 가득 둥둥 떠다니던 아기들의 주검이 떠올랐다. 바둥대지 말고 가만히 있어라, 얘들아…. 어차피 태어나봐야 더러운 세상이란다. 유도분만으로 온전히 세상에 나온 아기들이 밭은 숨을 몰아쉬었지만 차가운 통에 담아놓고 죽기만을 기다렸다. 두어 시간이 지나도 끝내 죽지 않는 아기들이 발생하면 죽이지도 살리지도 못하고 발만 동동 굴렀다. 그러나 결국엔 하나같이 체념하듯 죽음의 강을 건너갔다. 악!! 나는 배를 감싸 쥐고 있는 힘껏 괴성을 질러 원장 의사의 영향력에서 벗어나기 위해서 있는 힘껏 발버둥을 쳤다.

119 구급대는 좀처럼 모습을 드러내지 않았고, 원장 의자를 내 곁에 딱 달라붙어 나를 쉽게 놓아줄 기세가 아니다. 매운 눈물이 귓불까지 차올랐다. 빠져나갈 희망이라곤 어디에도 없어 보였다. 나의 하느님, 어찌하여 나를 버리셨나이까? 깊은 숨을 들이쉬고 내쉬기를 반복하면서 낮에 읽었던 성경의 한 구절을 읊었다.

그 순간 어디선가 구급대의 사이렌 소리가 들려오는 것도 같았다. 그 소리를 듣고 마음이 놓일 즈음 잘려 나간 아기들의 사지가 조각조각 맞춰져 사람의 형상을 갖추었다가 금세 비눗방울처럼 사라졌다. 강물처럼 흐르는 핏줄을 따라 구급 대원들이 들것을 들고 달려들었다. 온몸에 한기가 서려 으슬으슬 팔다리가 전율했다.

"제발… 살려주세요."

구급 대원들이 위아래로 들것에 나를 옮겨 담았다. 하늘이 위태롭게 흔들리는 순간 구급차의 뒷문이 열렸다. 아랫배가 찢어질 듯 본격적인 산통이 시작되자 죽을 것만 같다.

"남편에게 전화 좀 해 주세요"

구급 대원들은 팔다리를 침대에 묶고, 나를 눕혔다. 사이렌 소리가 요란하게 허공을 가르며 누군가가 길을 재촉한다. 나를 모르는 사람들이 있는 곳으로 가서 다시 시작하고 싶다. 그곳이 무인도라 할지라도 암죽을 씹어 먹이며 아이를 낳아 기를 것이다.

"우리 병원으로 가시죠. 제가 바로 산부인과 전문의예요."

끈질기게 따라나선 원장이 산소호흡기로 내 입을 틀어막으며 길을 재촉했다.

"아! 그러세요? 이거 하늘이 도왔네요."

눈물이 귓불에 고여 물속처럼 아득한 세상으로 나를 데려다 놓았다.

"원장님…. 도대체 저한테 왜 이러세요…."

한 번도 입 밖에 내지 않았지만, 꼭 한 번은 답을 듣고 싶었다.

"더는 지체할 시간이 없어. 이러다간 너도 아기도 둘 다 죽어!"

아직도 커피를 마시고 양치를 거르는 모양이었다. 원장이 입을 열 때 마다 지독한 구취가 달려들었다. 매니큐어가 벗겨진 손톱 밑으로 검게 눌어붙은 피도 여전했다. 여전히 밥 먹듯이 누군가를 없애는 일을 반복하는 것 같았다. 살기 오른 눈매며 억센 손아귀며 모든 게 여전했다. 쓰레기를 줍듯 장갑 낀 손으로 잘게 조각난 몸들을 주워 담아 처리하던 일상 앞으로 어느덧 구급차가 거리를 좁히고 있었다. 누구 하나만 희생하면 이로운 세상이 된다고 몇 번을 말했니? 원장이 내 이마로 손을 뻗어 땀을 닦으며 속삭였다. 뱃속의 아이가 발길질을 하며 몸을 뒤틀었다. 낙화하는 꽃잎처럼 젖은 입술이 끝내 부르르 전율했다.

영원한 낙원

불룩 솟은 양호 선생님의 가슴에
파묻혀 울먹거리면
한 번도 맡아본 적 없는 엄마 냄새가
불현듯 그리워졌다.

한밤중에 작은아버지의 전화를 받은 것은 클럽에서 낚은 레이싱 걸과 다리를 뒤얽고 모텔 침대에 파묻혀 있을 때였다. 아버지의 유일한 아우이자 단 한 번의 이혼 경력도 없는 형제인 작은 아버지는 용한 점집에서 받아온 내 사주를 한시라도 빨리 전하지 못해 안달이었다. 점쟁이들의 말에 따르면 내 운명은 젠장! 아버지의 것과 별반 다르지 않았다. 홀아비 사주이며 여자 때문에 망하기 쉬우니 여자만 조심해야 개인사가 무탈하단다. 그까짓 일을 알려준답시고 중요한 순간에 전화를 걸어온 성의에 화가 난 나는 전화기를 확 집어 던졌다. 겁을 먹은 레이싱걸이 눈치를 보더니 '아이, 왜 그래요?' 겨드랑이 밑으로 파고들었다. 나는 운명을 믿지 않는다. 운명적인 사랑이니 어쩌니 하는 여자애들의 질질 짜는 투정 역시나 딱 질색이다. 그리고 사랑 같은 어수룩하고 유치한 감상 따위에 절절매는 모자란 놈들보다는 현명하고 약삭빠른 편이다. 나는 기필코 아버지처럼 살지는 않을 것이다.

"너는 머리를 폼으로 달고 다니는 놈이 아니냐? 한데 무슨 수로?"

문제아였던 내가 대학에 들어가겠다고 선언하자 아버지는 매몰차게 내뱉으며 눈길조차 주지 않았다. 대학 정도가 아니라 변호사가 되어 아들 노릇을 하겠다고 큰 소리를 치자 아버지도 이윽고 솔깃해하는 눈치였다. 처음엔 반신반의 의구의 눈초리를 보내다가 떡하니 대학 합격 통지서를 받고 책상에도 좀 붙어 앉자 나를 대하는 태도가 조금씩 달라지기 시작했다. 주유소를 찾는 손님들이나 또 동네 사람들에게 아들은 내 마지막 자존심이라고 말하고 다니기 시작했다. 비록 두 번의 실패를 맛보긴 했지만 결국엔 크게 뒤지지 않는 실력으로 나는 보란 듯이 사법고시에 합격했다. 어렵사리 사시를 패스하고 여러 번 결혼에 실패한 아버지를 향한 동네 사람들의 손가락질을 잠재웠지만 내 인생이 특별히 나아지진 않았다.

사법연수원에 나가면서 이런저런 맞선 자리가 물밀 듯 들어오긴 했지만 여자들 앞에 나가면 괜히 주눅부터 들었다. 부유한 집안에서 나고 자랐지만 전문대나 정체모를 외국 소재 대학을 나온 여자들과는 딱히 할 얘기가 없었다. 그렇다고 학벌이며 집안이 맘에 들면 정작 여자다운 매력이 없었다. 숙종이 왜 인현왕후를 멀리하고 장희빈을 가까이했는지 알 것 같았다. 꾸역꾸역 두어 번 만남을 이어가면 정작 상대 집안에서 아버지의 결혼 경력을 문제 삼아 새어머니를 난처하게 만들었다. 소설책이나 등장할 법한 '행복'이란 단어가 내 삶의 일상이 되기를 기대한다는 것 자체가 과욕이란 걸 애초부터 뭐 몰랐던 건 아니다. 그런다고 기죽을 내가 아니다. 뭐, 될 대로 되라지. 괜찮은 클럽에 가서 변호사 명함만 내밀면 겁도 없이 벗고 덤비며 좋아죽는 여자들 천지다.

나는 14살 때부터 미아리 텍사스나 청량리 588 또 용산 같은 웬만한 서울의 윤락가는 물론이고 어지간한 포르노 비디오까지 줄줄이 꿰는 문제아였다. 중학교 3학년 봄 야간 자율 학습 시간에 이미 여자를 알아버렸다. 늘 내 인생과 비슷하게 꼬인 여자애들과 어울린 덕분에 사춘기 방황과 불안을 수시로 떨쳐버리게 했던 수음의 횟수를 현저하게 줄일 수 있었다. 교내에서 알아주던 응원 단장이었던 여자 친구는 이혼 후 레스토랑을 운영하는 엄마와 단둘이 살았다. 오목조목 예쁜 얼굴에 늘 당돌했고 말이 많은 데다가 나처럼 그 누구도 어찌할 수 없는 알량한 고집이 있었다. 그래서인지 볼 때마다 약이 올랐다. 그렇게 깡이 센 여자애가 맥없이 내 배 위에 구겨진 물티슈처럼 엎어져 숨을 몰아쉬고 있는 것을 보고 있노라면 통쾌했다. 머릿속 곳곳에 뿔뿔이 흩어져 두통을 선사하던 영문 모를 화근이 모두 사라지는 기분이다. 짜릿한 전율을 느낄 때마다 늘 비어있던 집으로 데리고 가서 여자 친구의 밋밋한 젖멍울을 사납게 으깨 물었다. 그런 일이 있고 난 뒤 하루라도 연락이 없으면 여자 친구는 손톱을 세워 내 허벅지를 꼬집으며 투덜대기 시작했다. 너,

남자친구 맞아? 최소한 어디서 뭘 하는 지 정도는 서로 알아야지. 내가 다른 여자애들과 말이라도 주고받는가 싶으면, 잰 뭐야? 지금 바람이라도 피겠다는 거야? 그 요염하고 도도하던 자존심은 다 어쩌고 그깟 잠자리 좀 가졌다고 엿가락처럼 들러붙기 시작했다.

할머니는 삯바느질로 나에게 과잣값을 쥐여주는 것을 사는 낙으로 여겼다. 밥을 먹지 않겠다고 투정하며 발길질을 해대는 나에게 알밤을 쥐어박거나 따귀를 후려갈기지 않는 유일한 사람이었다. 나는 부모와 함께 살며 늘 깨끗하게 빨아 말린 퀴퀴한 냄새가 나지 않는 티셔츠와 속옷 그리고 미키 마우스 그림이 들어간 깨끗한 양말을 매일 갈아 신을 수 있는 아이들과는 한눈에 보기에도 차이가 났다. 내가 부모가 아닌 다른 사람의 손에서 눈칫밥을 먹으며 살아가는 문제아라는 것을 알아내는 것은 그다지 어려운 일은 아니었다. 하얀 손수건 위로 이름표를 달고는 땋아 올린 머리로 엄마 손을 꼭 잡고 걸어오던 수진이와 달랐다. 나는 월남치마를 동여맨 듯 펑퍼짐한 엉덩이로 뒷짐 지고 걷는 할머니 뒤로 멀찌감치 떨어져 걸었다. 굴러다니는 깡통을 발로 차고 이빨 사이로 침을 모아 퉤퉤 뱉으며 따라갔다. 운동장 조회대 앞에서 담임선생인 듯한 남자가 출석을 부른 연후에 키 순서대로 줄을 세우기 시작했는데, 여전히 깡통을 발로 툭

툭 차고 있는 내게, 야! 김민성! 얼른 이리와! 줄 안 서! 말 안 들으면 할머니한테 혼내주라 그런다! 화통을 삶아 먹은 듯 소리를 지르는 바람에 모든 학부모의 경멸 어린 시선이 일제히 소나기처럼 꽂혔다.

나는 받아쓰기나 구구단 외우기에서 한 번도 좋은 성적을 거두거나 칭찬을 받는 일이 없었다. '바지'와 '가지'가 소리 나는 대로 읽으면 엇비슷해 보이지만 어떻게 다른 물건인지 또 '앵두'를 왜 '엥두'라고 쓰면 안 되는지 '선생님'을 왜 '성샌님'이라고 쓰는데 손바닥을 맞아야 하는 지 알지 못 했다. 제아무리 궁금해도 불러 앉혀놓고 참을성 있게 가르쳐 주는 사람이 아무도 없었다. 그리고 2단까지는 그런대로 어림짐작으로 외우겠는데 도무지 3단부터는 그 낯선 숫자들을 가지고 주문을 외듯 따발총처럼 불러내는 일도 엄마가 없는 내게는 불가능한 일이었다. 그까짓 것들은 사실 내 알 바가 아니었다. 그보다는 새로 나온 캔디바를 사서 막 껍질을 까먹는 여자애들 뒤에 숨어 있다 빼앗아 먹는 데 관심이 있었다. 치마를 입고 온 여자아이들만 졸졸 따라다니며 아이스케키! 하며 곯려 먹는 재미가 한층 더했다. 물론 우리 반 남자애들이 구슬치기나 딱지치기를 같이 하자거나 생일날 집으로 초대해 주는 일 역시 없었다. 그래도 화장실에서 에이씨! 저리 안 비켜! 하며 눈썹을 치켜뜨는 나에게 군말 없이 제 차례를 양보하긴 했다.

월남 치마를 질끈 동여맨 할머니가 엄마를 대신해 학교에 나타났다. 제 엄마 손을 잡고 뱅그르르 매달리며 웃던 녀석 하나가 엄마! 쟤는 엄마가 없어서 할머니가 대신 왔다! 하고 말하자 나도 모르게 또 심술이 나 할머니를 향해 돌멩이를 집어 던졌다. 집에 가! 가란 말야! 왜 왔어? 하고 있는 대로 소리를 질러댔다. 그날 저녁 해가 지고 기온이 떨어져 더는 빈 주머니로 돌아다닐 만한 곳이 없다는 것을 깨닫고 나서야 나는 구정물이 질질 눌어붙은 볼을 푹 숙인 채 집으로 돌아갔다. 더운 김이 모락모락 피어나는 뭇국에 아랫목에 묵혀둔 더운밥을 말아 허겁지겁 먹고는 쏟아지는 잠을 이기지 못한 채 쓰러졌다. 할머니는 잠든 내 이마를 쓰다듬으면서 에구…. 불쌍한 것! 제 어미 젖도 한 번 못 얻어먹은 가엾은 녀석! 나 죽으면 이 불쌍한 거 어쩌나…. 긴 한숨을 쉼표처럼 내쉬었다. 그때 마다 다른 아이들과는 매우 다른 운명으로 태어난 사람이라는 우울한 운명을 예감하며 나는 불안에 떨곤 했다. 할머니는 기죽을 필요 없다며 내 등을 연신 토닥였다.

아버지는 외간 여자들과 밖으로 도느라 늘 바빴다. 나를 할머니 집에 버려놓고 생전 들여다보지도 않았다. 아버지는 한때 잘 나가는 동네 극장의 아들 행세를 하고 살았지만, 극장이 남의 손에 넘어가고 곧 이어 할아버지가 세상을 뜨면서 별 볼일 없는 건달이 되었다. 허풍이나 으름장을 빼면 이렇다 할 수식어를 떠올릴 수 없는 위인이었다. 돈을 모아 지금의 주유소를 인수하기까지 아버지가 맡은 사업은 우리 고장의 모든 자판기에 들어가는 음료수를 유통하는 일이었다. 작은 시가 무슨 무슨 동으로 나누어져 있었지만, 자그마치 다섯 개의 동네에 유통되는 자판기 음료수를 아버지가 꽉 잡고 있었다. 양으로는 음료수였지만 음으로는 일대 단란주점은 물론이고 별 네 개짜리 호텔 나이트에 납품되는 위스키 유통까지 도맡고 있었다. 이 유통망에 잘못 걸려드는 작자는 아버지의 손에 죽지 않을 만큼 맞기 일쑤였다. 그런 아버지를 친구들은 내 등 뒤에서 깡패라고 부르는 줄은 익히 짐작하고 있었지만 그 누구도 내 앞에서 함부로 지껄이지 못했다.

엄마를 가진 아이들을 괴롭히고 저주하는 일은 내게 남은 마지막 자존심이라고 믿었다. 남을 미워하고 친구들에게 욕을 해대는 것은 못된 애들이나 하는 짓이라며 어른들의 벌이 내려지긴 했다. 그러나 나보다 더 많은 것을 가지고 태어난 아이들은 가진 만큼의 저주를 받고 대가를 감당해야 공평하지 않겠는가 싶었다. 걸핏하면 욕지기가 먼저 나왔다. 골목에서 고무줄을 길게 이어 발목에서부터 심지어 목과 머리끝까지 높이를 올리며 고무줄놀이를 하는 여자애들을 몰래 숨어 지켜보고 있다가 여자애들이 높은 고무줄을 향해 다리를 쳐올려 살짝살짝 치맛자락이 휘날릴 때마다 침을 꼴깍꼴깍 삼키곤 했다. 그리고 팽팽한 고무줄을 향해 돌멩이를 집어 던지거나 갑작스레 달려들어 고무줄을 끊고 부리나케 달아났다. 어떤 여자애들은 주저앉아 울었고, 또 어떤 여자애들은 끝까지 날 잡겠다고 발을 동동 구르며 악착같이 달려들었다. 계집애 손에 잡히지 않기 위해 용을 쓰며 달리던 내가 담장 위로 올라가 침을 퉤퉤 뱉어주면 계집애들은 눈에 침이 들어갔다며 동네가 떠나가도록 울기 시작했다. 그때마다 어디선가 엄마들이 짠! 하고 튀어나와 헤죽거리던 나를 흠씬 두들겨 팼다. 아비,어미도 없는 후레자식이! 어디 감히 우리 귀한 딸한테! 너 아줌마한테 혼나고 싶어? 앙? 이런 싹수없는 놈! 여자애들의 엄마가 나를 이런 식으로 나무랄 때마다 울어 재끼던 여자애의 울음소리는 점차로 잦아들었다. 이윽고 내가 울음을 터뜨리면 콧물을 훌쩍이는 선에서 마무리되었다. 한 번만 더 우리 딸 괴롭혔다간 그땐 아주 아줌마한테 죽을 줄 알아? 계집 애들의 엄마는 아주 매운 손길로 연신 나의 머리통을 쥐어박았다. 툭하면 아비, 어미도 없느니 어쩌니 하며 나를 다그치는 엄마들에게 불끈불끈 원망이 치솟아 야, 이 미친년아! 펄펄 뛰며 발악을 했다. 제 딸의 손을 꼭 부여잡고 등을 돌렸던 여자애의 엄마가 그 소리를 듣고서 걸음을 멈췄다. 그리고 천천히 돌아서면서 너 지금 뭐라 그랬어? 뭐? 미…. 너 오늘 어디 죽어봣! 따라와! 하면서 도둑고양이를 들어 올리듯 내 목 뒷덜미를 질질 끌고 할머니에게 데리고 갔다. 할머니는 도대체 손자 교육을 어떻게 시키시는 거에요? 얘가 날 보고 미친년이래요! 미친년! 아무리 내놓은 자식이어도 그렇죠? 어디서 버르장머리 없이 어른한테 미친년 소리가 나와? 얘가 이러고도 사람 새끼에욧? 하면서 두 눈을 부릅뜨고는 할머니에게 달려들 기세로 사나운 악다구니를 퍼부었다. 할머니가 여자애의 엄마에게 연신 고개를 조아리며 미안하게 됐네…. 애들끼리 놀다 그런 걸 가지구…. 애기 엄마가 이해하게나…. 하며 눈물을 글썽이자 나도 모르게 울음이 터져 나왔다. 그런 날이면 밤이 늦도록 방구석에 처박혀 저녁도 굶어가며 눈물을 짜냈다.

여자 화장실에 몰래 숨어 들어가 거울을 비춰보거나 선생님이 판서하는 동안, 조용필의 엄마야… 나는 왜… 자꾸만… 가요를 허밍으로 부를 때도 나는 여지없이 뒷덜미를 잡힌 채로 교무실로 끌려갔다. 엉덩이에 피멍이 들도록 '사랑의 매'를 맞고 늘 상냥한 양호 선생님을 찾아갔다. 세상에는 우리 민성이보다 불쌍한 애들이 훨씬 더 많아요. 예를 들면 다리가 불편해서 못 걷는 애들이나 태어날 때부터 앞을 못 보는 애들 말이야. 그런 애들도 얼마나 꿋꿋하게 자기 운명을 극복하고 훌륭한 사람이 되는지 선생님은 많이 봐왔단다. 그러니 우리 민성이도 선생님 말씀 잘 듣고 열심히 공부하면 앞으로 아주 훌륭한 사람이 될 수 있어. 그럼, 우리 엄마도 만날 수 있어요? 그럼, 물론이지. 민성이가 훌륭한 사람이 되면 엄마가 먼저 찾아오실 거야. 양호 선생님은 조근조근 타이르며 짓무른 엉덩이에 안티푸라민을 맨손으로 넓게 펴 발랐다. 뜨거운 코코아를 타 주거나 가끔 초코파이도 하나씩 손에 쥐여 주었다. 나도 모르게 뿜어 나오는 눈물을 훔치며 코를 들이마시고 서 있으면 양호 선생님은 살 내음이 폴폴 풍기는 가슴 가득 나를 품어 안으며 토닥거렸다. 불룩 솟은 양호 선생님의 가슴에 파묻혀 울먹거리면 한 번도 맡아본 적 없는 엄마 냄새가 불현듯 그리워졌다. 양호 선생님의 가슴에서 풍기는 살 내음은 분명 할머니의 그것과는 달랐다. 비바람이라도 막아 줄 것처럼 아늑하고 깊은 우주처럼 적막했다.

아버지가 나를 데리러 왔을 때 어리둥절해 하자 이놈아, 이제 엄마,아빠하고 버젓이 같이 살게 되는데 왜 숨어? 허허 웃었다. 아버지는 이 날의 기억을 일컬어 구질구질한 내 인생이 시궁창에서 건져 올려진 날이라고 했다. 꼬부랑

할머니의 암죽을 씹으며 자라난 망우동 골목을 아버지가 무슨 근거로 함부로 경멸하는지 모르겠다. 예기치 않은 우연처럼 다가온 기구한 인생의 갈림길에 나는 그렇게 놓여 버렸다.

잔디가 곱게 깔린 마당이 있던 아버지의 집에 꼼짝 않고 처박혀 잠만 잤다. 텔레비전 앞에 앉아 낄낄거리다가는 제풀에 지쳐 웅크리고 잠이 들었다. 그리고 아버지와 같이 살았던 이름하여 아버지의 새 여자가 해놓은 식은 밥에 물과 김을 말아 수저로 떠먹으며 허기로 얼룩진 무한한 시간을 죽였다. 외출에서 돌아온 계모는 싱크대에 하나 가득 쌓인 설거지 더미를 보자마자 가방을 집어 던지며 네가 굴러 들어온 통에 내 인생이 아주 꼬일 대로 꼬여버렸어! 너만 한 아들이 있는 줄 알았으면 애당초 시작도 안 했어! 내가 허락 안 했으면 넌 학교도 제대로 못 다니고 어디서 자장면 배달이나 했을 거야. 도로 쫓겨나 자장면 나르기 싫으면 시키는 대로 좀 해! 알아들었어? 삼시 세끼 밥이라도 얻어먹고 학교라도 다니고 싶으면 눈치껏 굴란 말이야! 설거지도 좀 해놓고 마당에 잔디도 깎아놓고 청소도 해 놓으면 좀 좋아? 앙? 그래? 안 그래? 자신의 박복한 인생을 뒤흔들듯 어린 나의 상체를 뒤흔들어댔다. 계모는 나의 배를 긴 손톱으로 마구 찌르고 할퀴고 또 내가 익히 들어보지 못한 새로운 욕설들을 퍼부었다. 그리고 아버지가 돌아올 때까지 꼼짝없이 지하실에 가둬 놓고 밖에서 굳게 문을 걸어 잠갔다.

그런 나를 아버지가 돌아와 꺼내 주는 법은 없었다. 중학교에 들어가면서부터 나는 학교가 파하면 주로 아버지가 운영하는 서너 개의 주유소에 돌며 일을 거들었다. 그리고 깜깜한 밤엔 가출했거나 학교에 다니지 않는 또래 여자애들과 어울렸다. 한밤중에 들어와 부엌에서 밥을 찾아 먹느라고 달그락거리면 아직 아버지와 제대로 일을 치르지 못한 계모가 잠옷 바람으로 뛰쳐나와 거침없이 따귀를 후려갈겼다. 요 쥐새끼 같은 놈! 오밤중에 기어들어 와서 뭘 뒤져 먹어? 늦게 들어왔으면 조용히 잠이나 처잘 것이지! 앙? 나는 계모에게 이 미친년아! 하고 대들다가 알몸으로 길바닥으로 내쫓겼다. 어두운 골목에 숨어 있다가 망우리 할머니에게 전화를 걸어 더는 괴로워서 살 수 없다고 말하자 네 엄마를 찾아가라며 엄마의 연락처를 알려주었다. 연락처를 받아 적고는…. 엄마…. 엄마…. 나는 오래도록 목 놓아 울었다.

엄마에게는 새 가정이 있었다. 새 남편도 있었고 비록 엄마가 낳진 않았지만, 친자식 못지않게 공들여 키우는 두 아들도 있다고 했다. 그리고 지금은 잘살고 있으니 이 담에 우리 민성이가 어엿하게 성공하면 꼭 만나주겠다고 약속했다. 그 말은 마치 성공하지 못하면 만날 가치가 없다는 말로 들렸다. 수화기를 제자리에 내려놓으며 나는 이를 악물었다. 내 인생에 엄마란 존재는 애초부터 없었다. 현재도 앞으로도 영영 없는 것이라고 주문처럼 되뇌었다.

다시 집으로 돌아가자 계모는 고래고래 고함을 질렀다. 이제는 할 짓이 없어서 외박질까지 하고 다니니? 누가 네 애비 아들 아니랠까 봐 벌써 부터 본을 뜨고 다니는구나! 그날 저녁 나는 고픈 배를 꼭 쥐고 천장을 바라보고 누워서 오래도록 깊은 잠을 청했다. 자는 일 외에는 달리 할 일도 없었고 떠올리고 싶은 바도 전혀 없었다. 나는 매일같이 잠만 잤다. 계모와 갈라선 이후로 아버지가 아무 여자나 가리지 않고 만나대는 눈치였다. 아버지 집에서 근 4년을 같이 살았던 여자는 18살에 식모살이를 하러 서울로 상경한 처녀였는데 어찌어찌하다 보니 술집까지 흘러들게 되었다고 했다. 그 무렵 고등학생이던 나와는 대여섯 살 밖에 차이 나지 않았으므로 나는 격의 없이 '루시'라고 불렀다. '루시'는 그녀가 술집에서 쓰던 이름이었다. 아버지와 '루시'는 술집에서 손님과 종업원으로 만났다. '루시'는 아무데서고 옷을 갈아입고 고무풍선만 한 젖가슴을 함부로 드러낸 채 하루 종일 침대에 누워 알몸으로 잠을 잤다.

그리고 도대체 무슨 맘을 먹었는지 모르겠지만 놀랍게도 임신을 해서는 떡하니 제 얼굴을 쏘옥 빼다 박은 딸을 낳았다. '루시'의 딸에게 아버지는 항렬자 '성'을 넣어 은성이란 이름을 지어주었지만 나는 늘 '작은 루시'라고 불렀다. 나는 루시가 작은 루시의 목욕 수건을 거실에 펼칠 때 조금씩 거들었다. 이유식을 대신 먹여주고 그도 아니면 루시의 검은 포도알처럼 부은 젖꼭지를 미친듯이 빨아대는 작은 루시의 입가에서 침이 흐르기를 기다리며 휴지를 건네주곤 했다. 루시는 작은 루시가 아장아장 걸음마를 시작할 무렵 혼인 신고를 하지 않았으니 위자료를 내놓을 수 없다고 으름장을 놓던 아버지에게 맞서다 골프채로 실컷 얻어맞았다. 그 후로 루시는 제 자식을 들러업고 집을 나가버렸다. 작은 루시와 함께 미국으로 건너간다던 뒷말을 남긴 채 둘은 내 인생에서 영영 없는 여자들이 되어버렸다.

아버지가 나이 50줄에 접어들면서 네 번째 결혼을 하겠다고 알려왔을 때도 나는 그다지 놀라지 않았다. '아버지'라는 사람은 단 하루도 여자 없이 정상적인 생활이 불가능한 사람이라는 걸, 여자는 치약이나 비누처럼 소모적이면서도 절실한 존재란 걸 익히 알고 있었기 때문이다. 여자는 서른둘에 사별하고 쉰이 넘도록 독신 생활을 하다 결혼상담소 직원의 소개로 아버지와 만나 7년 전, 그러니까 내가 대학에 들어가던 해에 결혼식을 올렸다. 나는 아버지의 새 여자가 전에 무슨 일을 했고 과거는 어떠했으며 또 우리 집에 들어와 무슨 해를 끼칠 것인가 아닌가에 대해서는 별 관심이 없었다.

“어디, 우리 새색시 솜씨 좀 볼까?”

잘 익은 김치와 된장찌개가 오른 밥상을 맞으면서 아버지는 입에 귀에 걸리도록 웃었다. 캬, 바로 이 맛이야. 된장찌개에 탄복한 아버지는 내가 보는 앞에서 여자의 엉덩이 살을 능글맞게 쓸어내렸다. 여자는 두 볼이 붉어지게 수줍어하다가, 다 큰 아들 앞에서 민망하게시리…. 천박하게 헤죽거렸다. 여자는 ‘새엄마’로서 제법 쓸 만했다. 요리 솜씨도 야무졌다. 그래서 늘 우유에 콘플레이크를 말아 먹거나 사발면으로 대신하던, 아침 식사라고는 차마 말할 수 없는 너절한 아버지와 내 인생 같은 밥상 위에 꽃밭 같은 아침을 올렸다. 보글보글 김이 피어오르는 된장찌개와 윤기가 잘잘 흘러내리는 따뜻한 밥을 빠뜨리는 일이 없었다. 수저 곁에는 늘 반숙으로 익혀낸 달걀 부침이 만화책에서나 나올 것 같은 앙증맞은 모습으로 놓여 있었다. 크리스털 잔에는 고소한 보리차도 빠짐없이 찰랑댔다.

여자는 싱싱한 꽃게를 사기 위해 새벽에 장을 나선다든가 오이지를 담글 오이를 씻어 소금물에 담가두는 바지런함까지 보였다. 일일이 가시를 발라내 살짝 밀가루를 입힌 명태전이나 씹는 맛이 간드러진 홍어를 넣고 적당히 새콤달콤하게 버무리는 일도 좋아했다. 내게는 양호 선생님처럼 상냥했으며, 아버지에게는 절대적으로 순종했다. 아침을 물리면 시키지 않아도 아버지의 뒤를 따라 주유소에 나갔고, 일터에 머무는 내내 손님들에게 싹싹하게 굴었다. 여자는 대체로 아버지와 어디 한 번 잘 살아볼 의지 하나 만은 확고한 사람처럼 보였다. 그것이 얼마나 갈지는 이번에도 잘 모르겠지만 더 이상의 변화가 없기를 바랄 뿐이다.

어차피 여자야 굴러들어왔다 나가는 소모품에 불과하다. 복잡하게 들러붙는 애들은 딱 질색이다. 혼전 순결을 운운하는 애들을 보면 뜬금없이 화가 치민다. 다른 건 다 괜찮지만, 그것만은 안 된다는 애들을 보고 있으면 가진 게 몸뚱이밖에 없단 소리로 들린다. 그런 것들은 강제로라도 넘어뜨려 눈물을 쏙 빼놓아야 직성이 풀린다. 처음엔 울고불고 사정하듯 꽁무니를 빼다가도 내가 바짝 달라붙어 아랫배에 힘을 주면 순순히 기운을 놓고는 나를 끌어안으며 강아지 새끼처럼 졸졸 따라다니는 게 계집애들의 특성이다. 오빠, 나 버리지 마! 응? 사랑해…. 겨드랑이 틈으로 파고들며 눈물을 훔치는 걸 차마 떼어 낼 수 없어 응. 하고 말해 주긴 했지만 모두 거짓말이다. 그런 여자들은 밤마다 먼저 전화를 걸어와 나의 행동거지를 체크하고 먹을 것을 사다 나르며 또 내가 불러내면 잠자코 기어 나와 함께 밤을 보냈다. 나와 밤을 보내고 이부자리에 피를 보인 어떤 여자는 먼저 샤워를 하겠다고 욕실에 들어갔다가 이틀 전에 다녀간 다른 여자애의 머리핀과 귀걸이를 발견하고 물어뜯을 듯이 달려들었다. 울컥 성미가 솟은 내게 뺨을 한 대 맞고는 그 길로 달려 나가더니 더 아무 연락도 해오지 않았다. 구속을 싫어하는 나의 인생에 바짝 밀착하려는 그 애 역시 진절머리가 났다.

예쁜 여자애들의 동그란 눈웃음이나 풍만한 젖가슴 어딘가 깊숙이 양호 선생님에게 서와 같은 푸근한 냄새를 찾을 수 있으리란 기대가 앞섰다. 아는 사람들에게서 소개를 받거나 또는 클럽 같은 곳에서 만나 함께 밤을 보낸 여자애들은 내가 변호사라고 말해주면 손쉽게 넘어왔다. 여자를 얻는 것은 언제고 어려운 일이 아니었다. 하지만 세상 어디에도 양호 선생님 같은 여자는 없었다. 하나같이 함부로 무릎을 꿇거나 옷깃을 풀며 함부로 미래를 기약하려 들었다.

백화점에서 용케 날 알아본 수진이만은 코 질질 흘리면서 여기저기 얻어터지고 다니더니만 변호사씩이나 됐어? 개천에서 용 났네? 아니지, 머리 터지게 공부했는데 기껏 변호사밖에 못 됐어? 하면서 까르르 웃어젖혔다. 하지만 기분이 나쁘진 않았다. 수진이의 말은 사실이었다. 엄마의 근원이 결핍된 내 몰락한 가문을 일으킨다고 하는 짓이 기껏 해야 있는 놈들 심부름이나 해주는 변호사일 뿐이었다고 자각해버리고는 나날이 삶의 흥을 잃어가던 즈음이었다. 늘

양 갈래로 머리를 땋아 어린이 향수까지 뿌리고 다니던 수진이…. 엄마 손을 잡고 총총걸음으로 교문을 들어서던 그 시절의 네 인생을 그 얼마나 동경했던가…. 수진이…. 세 번째 만나던 날 집에 바래다주는 길에 입을 맞추자 수진이는 눈을 감았다. 적당히 부풀어 오른 가슴께를 살며시 어르자 잠자코 반항하지 않았다. 수진이는 골 빈 여자애들처럼 호락호락하지도 않았지만, 순결이 어쩌고저쩌고하면서 무턱대고 뻗대는 편도 아니었다. 나는 수진이에게 만큼은 젖가슴을 사납게 으깨 무는 짓거리를 하지 않겠다고 되뇌었다. 수진이가 좋았다. 블라우스 아래로 살포시 비치는 바닐라 아이스크림같이 보드랍고 달콤할 것 같은 젖무덤을 보고 있으면 바지춤이 슬그머니 부풀면서 이내 마음이 한없이 편안해졌다.

변호사로 성공했으니 이제라도 한 번 만나보지 않겠느냐고 작은아버지가 엄마와의 자리를 주선했다. 엄마가 현관을 열고 들어서던 순간 아이구, 우리 민성이… 하염없는 눈물을 터뜨렸다. 나는 덤덤하게 엄마가 내미는 손을 잡았다. 나마저 눈물이 보이지 않았던 이유는 가벼운 실망 때문이었다. 아무리 봐도 엄마는 양호 선생님처럼 예쁜 얼굴이 아니었다. 위로 살짝 치켜진 눈매가 매서웠고 단정하고 두툼한 콧날은 고집스러웠다. 그리고 일자로 앙다물어진 입술 선

역시나 단호해 보였다. 나랑 똑같았다. 당시에 아버지가 엄마에게서 얻고자 했던 것은 아무래도 마음이 아니라 돈이 아니었을까 싶었다.

"우리 민성이 성공하면 꼭 보자…."

수화기 너머로 남의 자식들이 엄마의 팔다리로 감겨들며 재롱을 떠는 단란한 가정의 모습이 그려졌을 때 내가 극복해야만 했던 깊은 슬픔을 억누를 수 있었던 건 이런 날이 한 번 쯤은 반드시 있으리란 오기 때문이었다. 변호사가 되어 엄마를 만났지만 조금도 행복하지 않았다. 고생한 흔적이라곤 눈을 씻고 찾아봐도 없었다. 양 귓볼과 목덜미에서 진주알이 대롱거렸다. 직업 화가라는 엄마의 손은 간신히 붓만 잡을 수 있을 만큼 작고 뽀얗게 여물어 있었다. 엄마의 예쁜 손을 보고 있자니 은연중에 성질이 났다. 내가 중국집 배달부가 되어 나타났다면 저 하얀 손으로 비질비질 땟국으로 얼룩진 내 손을 잡아주었을까…. 다문 어금니 사이로 힘이 들어갔다.

나는 예정일을 무려 2달 반이나 남겨둔 미숙아로 태어났다. 내가 태어나던 1974년 8월 21일 새벽은 아버지가 다른 여자와 따로 살림을 차렸다는 사실을 알게 된 엄마가 혼절한 날이기도 했다. 세상에 대한 모든 증오와 분노에 휩싸여 도무지 주체할 수 없는 슬픔과 화를 토해냈다고 생각하자 목이 찢어져라 울어대던 붉고 작은 내가 쑤욱 나왔다고 했다. 엄마 말대로라면 나는 횃덩이였다. 엄마는 인큐베이터 속에서 병원비만 축내고 누워 있는 날 한 번 안아주지도 않고 버리기로 결정했다. 난 결국 할머니에게로 떠넘겨졌다. 처음 듣게 된 출생의 비밀이었지만 그리 놀랍진 않았다. 그보다도 더한 사실을 알게 되더라도…. 내 인생이 뭐 남들처럼 축복에 쌓여 시작됐으리란 기대 따윈 애초부터 없었다. 엄마는 새삼스럽게 엄마 노릇이라도 할 요량이었는지 절대로 이혼한 가정의 여자와는 결혼하지 말라는 말까지 덧붙였다. 그것은 뜻밖의 흥미로운 소득이기도 했다.

엄마와 헤어지고 나는 강둑을 따라 걸었다. 아파트 베란다에서 별빛처럼 아름답게 새어 나오는 불빛들이 보석처럼 흩어졌다. 소리 없이 정답게 흐르는 강물을 달빛이 살포시 어루만지고 있었다. 강물 위로 부서지던 불빛이 희미하게 흔들렸다. 아! 한 번이라도 제대로 엄마를 불러보았으면…. 내게 언제나 사랑은 주제넘거나 어리석은 감상에 불과했다. 나는 마주치는 사람에게서 항상 버림받아 악착같이 혼자 살아남아야 했다. 독기와 냉기를 머금고 두 눈을 부릅뜨자 귓불이 뜨겁게 달아오르며 목이 메었다.

강둑에 앉아 수진이를 불러냈다. 엄마와 탕수육을 만들

던 중이었다며 잠시만 기다려 달라고 했다. 삼십 분 쯤 같은 자리에 앉아 나타나지 않는 수진이를 기다리고 있자니 화가 치밀었다. 버려지는 것은, 외면당하는 것은 참을 수 없는 모욕이다. 그때 수진이 나타나 나의 팔을 끌어당기듯 흔들었다. 나 왔어. 내가 두 눈을 부릅뜨자 수진이의 굳은 표정 한가운데서 출처를 알 수 없는 미미한 소리가 나지막이 흘러나왔다. 늦어서 미안해…. 어린 토끼의 눈처럼 수진의 눈이 바들거렸다. 가슴께가 둥그렇게 파인 티셔츠 사이로 봉곳이 솟은 가슴을 보자 아랫배가 거리낌 없이 부풀어 오르기 시작했다. 나는 수진이를 덜컥 끌어안았다. 안 나오는 줄 알았어…. 데인 살갗을 찬물에 녹이듯 나는 수진이의 세터 속으로 두 손을 담갔다. 찬 손을 묻자 수진이가 몸을 움츠렸다. 나는 강물이 내려다보이는 강둑으로 수진이의 손을 잡고 내달렸다. 핑크빛 립글로스가 별빛을 받아 수진의 하얀 얼굴 위에서 반짝거렸다. 네가 양호 선생님이었으면 좋겠다…. 대체 무슨 소리야? 수진이 나의 뜨거운 양 볼을 그러쥐더니 한 손으로 내 등을 토닥이듯 쓸어내린다. 기운 없이 늘어져 있던 입안의 모든 신경이 일제히 되살아나 쏟아져 나올 것처럼 숨이 차올랐다. 녹슨 고철처럼 어지럽던 머릿속 두통도 차츰 가라앉았다. 질질 흘러나오는 코를 들이마시고 글썽이던 나를 끌어안으며 토닥여주던 양호선생님…. 악착같이 루시의 젖을 빨며 씩씩거리던 작은 루시가 떠오른다. 침인지 눈물인지 모를 것이 울컥 목이 메도록 차올랐다. 달빛이 차츰 가라앉아 하나로 포개진 수진과 나의 그림자를 감싸 안았다. 밤하늘엔 가려진 별 하나가 온전히 제빛을 드러내지 못했다. 좀처럼 찾아지지 않는 이상형을 갈구하는 젖은 눈빛이 하염없이 허공에 매달렸다.

겨울 재킷

내 더러운 침이 덕지덕지 묻은 걸
제 눈으로 보고도 아무 거리낌 없이
맛있게 발라먹는 모습을 보고 있자니
어쩐지 무중력의 우주 위를
티끌처럼 서 있는 것 같았다.

냥은 이곳에 처음 도착하던 날, 떠나온 고국을 자신도 모르게 '전생'이라 일컬었다. 이곳 사람들은 45도를 넘나드는 더위에도 아랑곳없이 기도 담요를 깔고 기도를 올린다. 구슬땀을 비 오듯 흘리며 삼십 분이 넘도록 기도를 멈추지 않는 이들을 거리 곳곳에서 목격하는 일은 전혀 어렵지 않다. 그들을 볼 때면 열심히 살아왔다고 자부한 '전생'이 밑그림조차 채워 넣지 못한 캔버스처럼 부끄럽게 느껴진다. 열심히 달려왔지만 하루하루 살아온 날들을 돌아보고 채워 넣을 여유는 없었다.

이곳은 지구 안의 자리 잡은 또 다른 행성이다. 저무는 태양의 움직임을 따라 모든 사람이 신께 엎드려 절을 한다. 검은 유전이 지하 깊숙이 혈류를 이루어 그 파장을 따라 지상 세계를 움직인다. 유전의 혈류가 전해오는 파장을 따르지 못하면 행성도 사라지고 만다. 그리하여 이곳 사람들은 인력으로 어쩔 수 없는 일의 주관을 오로지 신께 맡긴다. 해가 뜨면 온 도시 가득 기도 소리가 울려 퍼지고, 발걸음도 당당하게 일제히 기도실로 향하는 사람들로 북새통을 이룬다. 땅바닥에 엎드려 입을 맞추고, 하늘을 우러러 감사를 드리며 영생의 복을 비는 사람들. 오렌지빛이 드리워진 모스크 앞을 지날 때면 냥의 두 발밑으로 한 겹의 바람이 덩실덩실 실렸다.

냥이 사는 아파트 앞으로 분주한 도로가 뚫려 있다. 그 길을 쭉 따라 모퉁이로 돌아나가면 빵집이 하나, 슈퍼가 하나, 약국이 하나, 청과물이 하나, 치킨집이 하나…. 모든 게 종목별로 하나씩 들어앉아 있다. 식수는 식료품점에서 시켜 먹고, 생활용수는 수도에서 나오는 물을 그대로 쓴다. 석회질로 가득한 물로 양치를 할 때면 입안이 조금 얼얼하고, 머리를 감고 나면 한 움큼씩 머리카락이 빠지는 것이 가장 성가시지만, 불평을 그치고 인정하기로 마음먹으니 적응이 되기 시작했다. 한 달에 줄잡아 집안에서 머리를 감고 샤워를 하는 횟수를 포함하는 날은 그나마 열흘이 채 되질 않는다. 집을 비우고 하늘 혹은 다른 나라의 호텔에서 고단한 잠을 몰아서 청할 때가 훨씬 더 많다.

식재료를 한꺼번에 사서 냉장 보관하면 득보다 실이 많다. 장거리 비행에 다녀온 사이 야채와 과일은 썩어 문드러지기 일쑤다. 1kg이 넘는 쌀이 한여름 더위를 이기지 못하고 쌀벌레에 허덕이는 고역을 치른 이후 냥은 그때그때 요리할 분량만 곧바로 사다 먹기 시작했다. 그러므로 냉장고는 언제나 텅 빈 듯했다. 여섯 개들이 계란 팩 하나, 사과 한 알, 된장 하나, 고추장 하나, 주스 하나, 모든 게 집 근처의 평화로운 정경 그대로였다. 하나 이상을 갖는다는 것 정해진 궤도를 이탈해 문제를 자초하는 일이다.

그녀가 집에 다녀온 것은 4개월 만이었다. 휴가에서 돌아올 때마다 한국산 양말 두 켤레를 아파트 경비에게 선물했다. 한국 양말이 탄력이 있다며 경비는 무척 좋아했다. 경비는 감시 카메라를 피해 구석에 몸을 말고 걸핏하면 늘어지게 도둑잠을 잤다. 이를 발각한 경비 업체는 거침없이 그를 해고했다.

그의 뒤를 이어 스리랑카 국적의 젊은 남자가 파견됐다. 남자는 아직 서른이 채 되지 못한 젊은 가장이었다. 소학교에서 교사로 일한다는 아내와 열 살을 못 넘긴 두 딸이 있다고 했다. 남자의 꿈은 두 딸을 멋진 소아과 의사로 키우는 것이다. 그의 집은 차밭으로 무성한 언덕에 위치해 바람이 많이 분다고 했다. 그는 새까만 피부에 언제나 하얀 눈동자를 신호등처럼 굴리며 자리에 앉아 과묵한 시간을 견딘다. 대부분의 시간을 책상 위로 상반신만 내놓고 앉아 정면만 주시하며 보낸다. 아내가 벌어오는 돈으로는 네 식구가 생활하기 어려워 이 먼 행성까지 나왔다는 남자는 일절 잡담은 물론이고 도둑잠을 자는 일도 없다.

딸아이들에게 전해주라고 중고 장난감을 구해주면 두 눈에 힘을 가득 실어 눈인사를 하고는 재빠른 손놀림으로 제 배낭 깊숙이 챙겼다. 양말을 갖다주면 이젠 신물이 난다는 듯 장난스레 인상을 지으며 짧은 영어로 푸념을 늘어놓았다. 이제 곧 날이 추워지는데, 울 양말이 아니고 왜 면양

말이냐. 하지만 냥은 황당한 마음도 그저 잠시, 마음이 약해졌다. 온 행성을 통째로 삼킬 듯 이글거리던 태양이 물러나고 곧 겨울이 닥치리란 사실을 깨달으며 잠자코 그 앞을 지나쳤다.

냥은 이번 휴가에도 어김없이 준을 만났다. 그는 잘 지냈냐는 안부 대신 미리 봐 둔 고깃집으로 묵묵히 앞장섰다. 등 뒤로 살며시 스치던 그의 손길이 바짝 움츠린 냥의 어깨를 따뜻하게 데워주었다. 헤어진 지 다섯 해, 처음 만난 지 벌써 여섯 해였다. 연인의 이름으로 그를 만난 시간은 여섯 해 중 고작 일 년에 불과했다. 둘 중 어느 한쪽도 예상하지 못했던 제법 질긴 인연이었다. 해가 거듭될수록 그도 나이를 먹었다. 미소년 같았던 얼굴의 윤곽이 흐물거리며 내려앉으며 세월을 입기 시작했다. 달거리를 하는 여자처럼 한 달 간격으로 얼굴에 여드름 꽃이 피었다 가라앉기를 반복하는 습성도 여전했다.

상추쌈과 밑반찬이 나오고 2인분의 고기가 불판 위에서 지글지글 타들어 가기 시작했다. 그리웠던 삼겹살이 익자 김치와 된장에 허기진 위장을 비롯한 온몸의 장기가 일제히 소용돌이쳤다. 준은 다 익은 고기의 뒷면을 열심히 뒤집은 다음, 게장 접시를 가슴 앞으로 당겨 어깨가 들썩이도록 우물거리기 시작한다. 아작아작 게 껍질을 깨물고 쪽쪽 빨아 게살을 발라 먹는 준을 보자 냥의 심장을 가득 채우던 모래가 바람처럼 새어 나가는 기분이다. 오랜 외출에서 돌아온 주인을 확인하고는 이제야 주린 배를 채우기 시작하는 강아지의 한 끼 식사처럼 애처롭다. 냥은 하마터면 테이블을 넘어 바쁘게 움직이는 준의 머리를 끌어안고 입맞춤할 뻔했다. 지난 5년 동안 한 번도 네 생각을 지울 수가 없었다고 분명 속내로만 말했지만, 준은 그 말에 답이라도 하듯 허공에 대고 외쳤다.

"난 돈 많은 여자랑 결혼할 거야!"

6년 전에도 즐겨 입었던 준의 빨간 면티가 잦은 물빨래로 바래있었다. 페라가모 로고가 새겨진 벨트를 완장처럼 차고 있었지만 물 빠진 티셔츠로 지난 6년 세월이 얼마나 힘들었는지 알 수 있었다. 냥은 물 잔을 들어 마른 목을 축였다. 준은 언제나 성공을 향해 거침없이 질주하는 듯 보였지만 구색이 맞지 않은 그의 옷차림은 무척이나 고단해 보였다.

"빚은 다 갚았어?"

"아니."

"그랬구나, 정말 돈 많은 여자 만나야겠네."

"너 돈 많이 모았냐?"

"아니, 나도 돈 많은 남자랑 결혼할거야…."

“난! 아니다.”

그 말을 끝으로 준은 다시 게장 접시에 고개를 박고, 하던 일을 계속했다.

저녁을 먹고 숙소까지 배웅하던 준은 가방을 들어준다며 짐꾼 노릇을 자청했다. 숙소 로비를 나란히 걷은 냥의 마음은 묘하게 들끓었다. 이렇게 사람이 많은 곳에서 스스럼없이 함께한다는 사실이 믿을 수 없었다. 로비를 무사히 지나 엘리베이터를 따라 마침내 방 안으로 이르렀다. 방을 둘러본 준은 쇼핑백 가득 수북하게 담긴 책들을 보더니, 경계와 호기심이 뒤섞인 표정을 지었다. 그리고 냥를 향해 한심하다는 듯 물었다.

"무슨 책이 이렇게 많아?"

설마 아직도 책 따위에서 인생의 희망 내지는 심지어 지금보다 윤택한 삶이 구해질 거라고 믿고 있는 거냐는 얼굴이었다. 냥이 침묵으로 답을 대신하자 한가하게 책 읽을 시간 있어 좋겠다는 듯 피식 웃었다. 그러나 냥은 모르지 않았다. 저 무수한 책더미 속에서 세상과 우주를 읽으면서 빠른 속도로 영토를 확장하고 있는 냥을 무한히 두려워하고 있다는 것을 말이다. 냥은 야유하듯 일그러지던 입술 위로 긴장에 젖은 준의 눈을 똑똑히 봤다. 그가 빼앗고 싶은 것은 오로지 냥의 손에 들린 책이란 걸! 그가 망가뜨리고 싶은 건

바로 냥이라는 것을 예전부터 이미 잘 알고 있었다. 하여 우리는 사랑할 수 없다….

노트는 핑크색 포스트잇으로 색인이 되어 있는 곳을 중심으로 활짝 펼쳐져 있었다. 바람의 작용이라기보다는 명백하게 적극성이 가미된 인력의 산물이었다. 누군가 그녀의 노트를 훔쳐보았다. 냥의 눈가에 파르르 힘이 들어갔다. 누구와도 비밀을 공유하길 원치 않았던 냥이니 누군가 읽었다면 훔쳐보았다는 말이 맞다. 허나 거실 식탁에 보란 듯이 남겨놓고 집을 비웠으니 본의 아니게 훔쳐보게 된 사람을 탓할 수만도 없는 노릇이었다. 집 안에 함께 머무는 사람은 얼마 전 새로 입사한 미란 뿐이다. 이제 미란은 마치 냥에 대해서 뭔가 잘 안다는 듯이 행세할지도 모른다. 한국어를 해독할 의지도 능력도 전혀 없는 외국인들과 살 때는 따로 할 필요가 없는 걱정이었다. 같은 언어와 정서를 공유하는 사람과 생활하기 시작하면서 주의해야 할 사소한 경계의 벽은 나날이 높아졌다.

냥은 냉동실 문에 자석으로 고정된 서로의 스케줄을 확인하고서야 미란이 오늘 새벽에 비행을 떠났음을 확인했다. 사흘 전 비행을 나서면서 거실에서 쓰던 노트북과 갖가지 노트들을 방으로 옮기고 열쇠로 단단히 걸어 잠그기까지 했다. 헌데 가장 중요한 비망록을 그대로 거실 탁자 위에 남겨 둔 것을 알아차리지 못한 것이다. 사흘이란, 미란이 아침잠에서 깨어나 모닝 롤에 오렌지 마멀레이드를 겹겹이 발라가며 스무 번도 넘게 페이지를 들춰봤을 시간이었다. 날짜별 일기와 비행하면서 속상했던 일, 이해할 수 없는 상황들에 대한 떠오르는 저주와 축복의 말들이 뒤죽박죽 얽힌 노트를 흘리고 다니다니. 생각하기에 따라 별것 아니기도 했지만, 어쩐지 생각의 작용을 누구에게 엿보인 것만 같아 혼자 있는데도 민망했다.

따지고 보면 이런 실수를 하게 된 것이 새로 온 경비 직원 때문인 것 같기도 했다. 울 양말 타령을 한 지가 얼마나 되었다고 이젠 염치도 없이 냥을 볼 때마다 겨울 재킷이 필요하다고 성화였다. 픽업 버스를 기다리기 위해 로비에 앉아 있으면 유니폼 재킷을 가리키며 때아닌 칭찬을 했다. 야채나 과일을 사기 위해 트레이닝복 차림으로 건물을 나설 때면 두 팔을 십자가로 엇갈려 포개면서 으슬으슬 추위에 떠는 시늉을 했다. 겨울이 확연히 도드라지는 나라로 비행을 하면서도 용케 추위를 견뎌낸 냥은 자신을 위한 새 코트를 장만하진 않았었다. 그다지 친하지도 않은 경비를 위해서 겨울 재킷을 사주다니. 냥은 모자라도 한참 모자란 인간이라고 헛웃음을 지었다.

"내가 가진 재킷은 모두 여성용이에요. 당신은 남성이니까 남성용 재킷을 입어야 한다는 걸 모르진 않을 테죠? 입던 옷을 주려 해도 내겐 남성용 재킷이 없단 말이에요."

하지만 막무가내였다. 따뜻하면 그만이지 여성용 남성용이 무슨 의미면서 아무거나 달라며 볼 때마다 피곤하게 굴었다. 한 귀로 듣고 한 귀로 흘려버리려고 해도, 자꾸만 마음이 쓰였다. 알아듣도록 해명을 해서 재킷에 대한 욕망을 불식시키려고 했을 때, 기워 신은 양말 위로 앙상하게 신겨진 슬리퍼를 보자니 마음이 아팠던 것이다. 날도 추운데 제대로 된 구두 한 켤레 없이 왜 슬리퍼를 신느냐고 묻자니 물음 자체가 죄스러웠다. 출근길에 로비로 내려가면서 다시금 경비와 마주치게 되면 뭐라고 변명을 둘러대야 할까. 차라리 영영 모른 체나 하면서 때아닌 부채감에 시달려야 할지 고민하다 그만 노트를 흘리고 만 것이라고 단정 지었다.

냥은 미란의 됨됨이를 돌이켰다. 평소 어린 사슴처럼 눈을 뜨고서 간식거리들을 인정 넘치게 내놓으면서도 냥이 승진을 했다거나 새로운 남자를 만나는 낌새가 느껴지면 순식간에 눈빛이 달라지곤 했다. 시기와 질투에 찬 눈동자는 가늘게 뜨며 어쩔 수 없는 질투심을 감추지 못했다. 새로 알게 된 남자가 사는 곳은 어디인지, 그곳이 제법 땅값이 나가는 동네라면 그 남자가 부모와 함께 사는지 혼자 자취하는

지를 정확히 가려냈다. 무슨 정해진 수순이라도 되듯이 돈은 좀 있는 집 자식이에요? 시댁 어른들 학교는 어디 나왔대요? 시댁 어른들 출신학교? 형제자매들 잘난 거 하나 소용없어요. 아버지 재산이 얼마나 있나 그걸 봐야 돼! 거기까지는 일일이 물을 생각을 못 했는데…. 그걸 물었어야죠. 그래, 뭐 하는 사람인데요? 무역업이나 제조업 식으로 뭉뚱그려 답을 해주면, 아, 회사원이구나. 안도의 눈빛을 보이면서 잘 되길 바란다는 식으로 이야기를 몰아가다가, 정확히는 모르겠다는 식으로 답하기를 주저하면 그런 기본적인 사항들도 제대로 모르면서 무슨 연애를 하냐는 식으로 훈계를 늘어놓기 시작했다. 이 여자 저 여자 집적거리는 그렇고 그런 한량일거에요. 요즘 겉만 번드르르하고 속은 텅 빈 강정인 남자들이 얼마나 많은데요? 나이도 아직 어린 데다 입사한 지 일 년도 채 되지 않은 신입이 저런 식으로밖에 말을 못 하나 싶어 냥은 늘 겸연쩍었다. 그렇게 말하면 본인 처지가 좀 나아 보이나? 지금 날 가르치는 거야? 발끈하는 화를 꾹 참은 적이 한두 번이 아니었다. 이 행성에서 그런 식의 대화를 나누고 있으면, 허망한 시간을 꾸역꾸역 버텨내는 것만 같아 돌연 가슴이 답답하고 머리가 아팠다. 평화와 안식으로 가득한 이곳의 삶에 균열이 이는 기분이었다.

미란은 아무래도 이 행성에서 지내기엔 다분히 이질적

인 존재였다. 어떤 보상심리로 자신의 가치를 과대평가해서 화려한 결혼을 꿈꾸는 닳을 대로 닳아버린 여자 같았다. 한 솥밥을 먹고 살고 있지만 미란에게 준의 이야기를 털어놓을 순 없었다. 그래봤자 결코 '사랑'이라고 부르지 않을 것 같다. 미란과는 주로 명품 브랜드의 세일기간, 상대적으로 저렴한 가격에 명품을 장만할 수 있는 해외 아울렛이 어딘지, 재력 유무의 징표로 차와 핸드폰, 구두, 벨트의 브랜드를 확인해야 한다는 수다에 가까우면서도 실질적인 정보들에 공유하는 편이 이로웠다. 냥은 보통 들어주는 입장이었고, 짜임새 있게 정리해서 실천 방향까지 제시해 주는 건 언제나 미란이었다.

미란은 인스턴트 커피 믹스를 머그잔에 거꾸로 밀어 넣고 끓는 물을 부으면서 커피 상자에서 웃고 있는 여배우에 대해서 연설을 늘어놓을 때도 있었다. 이지영이 지금 배현준이랑 사귄다면서요? 아, 그래? 난 몰랐는데…. 요즘 연예토픽에 한창 뜨잖아요. 하긴, 배 군이 강남에 100억짜리 빌딩도 갖고 있으니 그거에라도 안 댕길 수 없었겠지? 저녁을 마치고 과도로 접시에 쌓이는 사과 껍질 위로 하얀 속살이 그대로 드러난 사과를 내려놓고는 속으로 묻곤 했다. 너, 그 사람들이랑 좀알아? 미란은 일면식도 없는 연예인들의 신변잡기 중에서도 그녀는 누가 누구와 결혼을 한다 든가의 뉴스에 무척 귀가 밝았다. 유명세와 재물을 모은 여자 연예인이 재력가와 결혼한다는 이슈를 중심으로 평론이 이어졌고, 이미 여배우의 남자가 돈 재력가의 남성과 동일한 남성을 자신의 신랑감으로 점치는 거로 봐서, 엉뚱하게도 여배우와 자신의 가치를 동등하게 매기고 있는 것 같았다. 가슴속에 숨겨둔 미란의 꿈이라고는 하루빨리 백마 탄 왕자님을 만나 이 행성을 벗어나는 것뿐이다. 뜨내기 여고생처럼 일약 신데렐라의 꿈에 젖어 월급이 들어오는 대로 옷과 구두와 액세서리를 사들이는 그녀를 볼 때면, 냥은 턱 밑까지 차오르는 반론의 말들을 차마 내뱉지 못한 채 자리를 뜨곤 했다.

기나긴 숙면에서 깨어난 아침 해장해 줄 음식을 궁리하다 인터넷에서 알게 된 수제비를 끓여내면 기껏 음식 만든 사람의 취향이나 비아냥거렸다. 그래도 냥은 척척 김치를 썰어 내놓고, 모락모락 김이 오르는 수제비 한 사발을 미란의 가슴 앞에 밀어주었다. 그러면 미란은 수저가 잡히는 대로 열심히 입으로 가져갔다. 이마와 목덜미가 흥건히 젖도록 땀을 흘리며 말끔히 먹어 치웠다. 아이고, 자꾸 먹어 버릇 하니깐 이런 가난한 음식에도 인이 박이네요…. 역시 인간의 적응이란 건 무서운 건가 봐요. 이렇게 말하던 미란은 휴가를 다녀올 때면 인스턴트 수제비를 몇 봉지씩 사다가 주방 가득 채워두고 행복에 겨워했다.

그럴 때면 다른 사람을 보는 것 같았다. 그간의 닳고 닳은 그녀의 언행들이 그저 펼쳐진 연기에 불과할 수 있다는 생각이 들었다. 엄마의 헐렁한 구두와 립스틱으로 한껏 어른 흉내를 낸 어린 소녀의 그럴듯한 연기에 그간 제대로 속아온 묘한 기분이었다. 그동안 그녀를 오해한 것은 아닐까 싶어 냥은 연정이 솟았다. 더는 참을 수 없다는 듯 민낯에 모자를 눌러 쓰고, 제법 거리가 있는 한국 식당으로 달려가 미친 듯이 밥 먹는 일에 열중하던 그들. 아무 말도 하지 않고 마주 앉아 된장찌개나 갈비탕 바닥을 박박 긁듯이 먹어치우고 불고기를 상추에 하나라도 더 싸 먹느라 풍선처럼 부풀어 오른 서로의 양 볼을 바라보며 깔깔 웃는 순간에는 그래도 동반자가 있어 다행이란 마음이었다. 그래서 거실 테이블에 머리를 모으고 비번인 날엔 함께 뭘 할지, 점심으론 뭘 해먹을 지 궁리했다.

한 해 한 해가 정해진 궤도를 따라 안전하게 순항했다. 자본주의의 전형이던 세계에서는 모든 것을 하자면 돈이 들어서 살아가는 시간만큼 잔고가 줄었다. 그러나 왕이 알라의 도우심 아래 마음껏 군림하는 이슬람 행성에서는 갑근세나 국민연금과 같은 세금을 떼이지 않았다. 살아가는 시간

만큼 일정한 액수로 환원되어 차곡차곡 잔고가 늘었다. 미란과 꽃단장을 하고 나가 해변을 끼고 있는 고급 호텔의 창가에 앉아 커피를 마신다. 체형과 스타일에 맞는 옷을 고르면서 시간을 보내는 동안 생활의 기반을 보장해주는 근거 이상의 무엇이 확보되지 않는다면 이 행성을 떠나는 일은 쉽사리 결정 내릴 수 없을 것 같다. 비행을 이어나가기 위해 몇몇 친구들은 국내 항공사로 이직해 고향으로 돌아갔다. 결혼해서 떠날 이유를 만들거나 결혼 이후에도 변함없이 이곳에 남아 생활의 기반을 마련하느라 바쁜 사람들도 있다. 그러는 사이 우리는 이곳 생활이 깊이 적응해 막연히 떠날 날에 대해서 꿈에서 읊는 잠꼬대처럼 의논하긴 했지만 준비되거나 완수된 것은 아무것도 없다.

점심으론 뭐가 좋을까? 텔레비전 앞 소파에 파자마 차림으로 길게 누워 늘씬하게 빠진 다리를 흔들며 위성 중계되는 한국 방송을 보며 키득거리는 그녀는 뭐 얼큰하면서도 매콤한 거 없나? 언니, 해물탕 잘하잖아요. 지난번에 사다 놓은 해물 냉동실에 아직 있을걸요? 그게 언제 적 건데? 지난달 말 미국비행 갔다 오면서 가져온 거니깐, 벌써 달포가 지났는걸? 16시간이나 되는 미국비행을 운행하는 내내 기내주방 냉동실에 채워뒀다가 랜딩하기 무섭게 트롤리에 옮겨 집으로 공수해 오기까지 그야말로 함께 물 건너오느라 고생한 걸 생각하면 쉽게 버릴 수 없다. 에이, 아니다, 귀찮은데 우리, 라면 끓여서 그냥 밥 말아 먹을까요? 그럼, 또 마음이 약해진 냥은 냉동 시켜 둔 건데, 뭐 별일 있겠나 뭐? 고춧가루를 풀어 매운탕을 만들어 두 공기의 밥을 퍼서 저녁상을 차리면 그녀는 파자마 차림으로 다가와 앉아 파마머리를 핀으로 고정시켜 올리면서 식사를 시작한다. 요리는 주로 냥의 몫이고, 후식과 차를 내오고 설거지를 하는 것은 미란이 알아서 맡았다.

오른손으로 젓가락을 접시 위에 세우고 왼손으로 꽃게 다리를 능숙하게 잡고는 물결처럼 일어나는 살들을 깔끔하게 끄집어내 오물거리는 모습을 냥은 뭐에 홀린 듯이 들여다보곤 했다. 국물만 한 번 쪼옥 빨아먹고 밥그릇 옆에 꽃게 다리를 쌓아두면 그녀는 살짝 미간을 찌푸리면서 냉큼 집어다 제 그릇 위로 날랐다. 언니, 다리는 왜 안 먹어요? 다리가 얼마나 맛있는데요? 늘 깔끔을 떨던 미란이 냥이 내가 먹다 버린 게 다리를 맛있게 빨아먹기 시작했다. 내 더러운 침이 덕지덕지 묻은 걸 제 눈으로 보고도 아무 거리낌 없이 맛있게 발라먹는 모습을 보고 있자니 어쩐지 무중력의 우주 위를 티끌처럼 서 있는 것 같았다. 꿈결 같았다. 어떤 오해나 편견이 있더라도 그녀를 미워하지도 포기하지도 못 할 것 같다.

젓가락으로 게살을 말끔히 발라 먹은 밥상 위에는 탈피를 마친 곤충의 껍질처럼 게가 수북하게 쌓여 있다. 티포트에 끓인 물로 녹차 티백이 잔에 우러나길 기다리면서 냥은 말했다. 게를 참 예쁘게도 먹네. 사과를 깎던 미란은 그 말에 신이 났는지 까르르 웃으면서 제방으로 달려가 기타를 들고나왔다. 다리 위로 바디(body)를 세우고 꽂게 다리처럼 쭉 뻗은 기타의 헤드(head)와 넥(neck)을 잡고 멋들어지게 그녀의 애창곡을 부르는 모습을 보고 있으면 영문을 모른 채 해갈할 수 없었던 슬픔이 곧잘 행복으로 둔갑했다. 멋있다. 기타도 칠 줄 아니? 이것도 쳐 봐, 저것도. 그럼, 말 잘 듣는 소녀처럼 미란은 기타를 연주하며 노래를 불러 주었다. 창법 좋은 팝가수들의 팝송이나 재즈곡을 들으며 간혹 눈시울을 적시는 그녀를 발견할 때면, 모르긴 몰라도 인간다운 여자란 생각까지 들었다. 어떤 남자든 세상의 기준을 외면한 채 마음을 푹 던져주고 싶은 욕망과 설렘을 선사하는 여자였다.

레이어가 대칭으로 들어간 폴리에스테르 소재의 검은색 원피스 아래 가늘고 흰 다리를 내어놓고 기타를 연주하던 미란은 고개를 들어 냥의 얼굴을 애교에 찬 눈빛으로 바라본다. 이번에는 언니가 한 번 해봐요. 나 기타 칠 줄 모르는데, 아주 쉬워요. 한 달만 연습하면 금방 해요. 그러니까, 우리 첫 소절만 해 보자구요. 자아, 왼손으로 넥(neck)을 이렇게 잡고, 엄지로 이렇게 줄을 튕기면서, 코드 보는 법을 익히면 금방 하는 거예요. 그런데여 언니, 연습할 땐 자기가 좋아하는 곡을 선정해야 해요. 미란은 무슨 비밀을 공유하는 사람처럼 목소리를 낮춰 단호하게 속삭였다. 안 그럼 손가락만 부르터여. 그 말은 맞다. 마음이 없는 것을 알아내기 위해 시간과 공을 들이는 것이 무모하다. 마음을 열 수 있는 것인지는 처음 봤을 때 절반은 예측할 수 있어야 한다. 그 노래가 내 마음을 흔드는지, 슬픔조차 감당하도록 만드는 매력이 있는지를 읽을 줄 알아야 한다.

[2]all I hear is raindrop falling on the rooftop
지붕에 떨어지는 빗소리밖에 들리지 않아요
oh baby, tell me why you'd have to go,
cause this pain I feel it won't go away
아픔이 계속되는데, 왜 가야만 했나요.
today I am officially missing you.
난 오늘 당신이 무척 그립단 말이에요.

이게 누구 노래야? '타미아'여. '아이유'가 부른 것도 좋은 데요 전 '타미아' 버전이 더 좋아요. 미란의 얼굴이 새싹처럼 피어나기 시작했다. 그것은 연예인의 신변잡기나 배우 자감을 평하는 기준을 들이대면서 어쭙잖은 속물인 양 행세

---

[2] 캐나다 출신 가수, 타미아의 'Officially Missing You'

할 때와는 전혀 다른 모습이었다. 세상의 대본에 쓰인 대로 어설픈 연기력을 펼치던 신출내기 배우가 아니었다. 모든 것으로부터 초월한 자의 두려움 없는 용기가 매력으로 울려 퍼지고 있었다. 한 인간이 이토록 갖고 싶어지기는 처음이었다. 손가락이 정말 아프다. 이래서 사람들이 일부러 손톱을 기르는구나. 네, 언니 나중에 연습 많이 해서 잘 치게 되면, '김형규'가 금으로 된 피크(peak) 사준댔어요. 금에 제 이름 새긴 걸로 하나 해준다고 했는데. 미란의 입에서 '김형규'란 이름이 처음으로 나온 것은 그때였다. 김형규? 남자친군가 보지? 아뇨. 그렇다고 말하기도 뭐하고 아니라고 말하기도 뭐한 그런 관계, 연인들끼리 하는 건 다 하면서 늘 결정적인 순간에 발을 쏘옥 빼서 늘 절 힘 빠지게 만드는 사람이 하나 있어요. 그런데 그런 사람을 왜. 모르겠어요. 저도, 쿨하게 털어내야지 하면서 마음 가는 대로 하다 보면 또 이러고 있고. 냥은 돌연 이토록 매력으로 가득한 미란을 끝끝내 부인하는 얼굴도 모르는 이를 향해 적개와 분노가 얼핏이는 것을 느꼈다. 사람 귀한 줄 모르는 남자네. 그래도 그런 소릴 하는 걸 보면 마음이 아주 없진 않은 모양이야. 그런 거 같아요. 지난번에 로마랑 사이판에 비행하는 데도 한국에서 날아왔다니까요. 그러고도 결국엔 우린 아니라니깐 제가 기분이 좋을 리 없죠. 안 그래요? 맞아. 미란의 입에서 이제 우리 사이의 공공연한 비밀이라는 듯 발설된 '김형규'

란 이름을 접수하고부터 냥은 왠지 미란과의 거리가 확 좁혀진 것 같은 기분이 들었다. 한 지붕 아래서 거실과 주방을 공유하는 사이였으니, 진작 언니답게 모든 편견과 오해를 무마하고 가족처럼 그녀를 보듬었어야 옳았다는 후회가 들었다.

나라면 그런 애매모호한 관계를 끊지 못하고 있다는 사실을 자존심 때문에라도 쉽게 입에 올리지 않았을 것이다. 언니, 이거 예쁘죠? 미란은 입고 있던 검은색 원피스를 가리키며 냥의 수긍을 재촉했다. 예쁘네, 근데 저한테 너무 길어서 밑단을 뚝 잘라서 티셔츠로 만들어 청바지 위에 입으려고요. 에이, 그럼, 수선비가 더 들겠다. 지금도 보기 좋은데 뭣 하러 구태여 멀쩡한 옷에 가위질을 해? 언니, 이거 마음에 들어요? 응, 예뻐! 집에서 그렇게 예쁜 옷을 입고 있어? 이거 언니 줄까요? 이제까지 입고 있던 옷을 벗어 준 사람은 없었으므로 냥은 뭐라고 답을 해야 하나 망설이다가, 그럼 넌? 이라고 되물을 수밖에 없었다. 말을 뱉고 보니 그것은 수락의 의미였다. 그녀는 벌떡 일어나 입고 있던 원피스를 벗어 올리고 냥의 머리 위에 씌었다. 팔 껴봐요. 아이, 빨리요. 팔 껴봐요. 미란은 난처해할 사이도 없이 팔을 끼워 넣고 밑단을 허벅지 밑으로 당겨 내렸다. 언제나 레이스가 화려하게 수 놓인 홈드레스로 집안을 활보하고 다니는 여성스러운 미란과 조금씩 닮아간다는 사실에 냥을 외롭지 않게 했다.

미란은 급기야 그녀의 방으로 냥을 안내해 침대 위에 걸터앉혔다. 추운데 우리 방에서 얘기해요. 미란은 오렌지색 침대 등을 켜고 구석구석에 향이 피어나는 촛불도 켰다. 그리고 노트북을 열어 조금 전까지 기타 연주를 해주던 곡을 방안 가득 틀었다. 언니! 기분 좋아지죠? 침묵으로 동의를 표하는 냥의 머리를 가슴에 안으며 즐거워했다. 그녀 가슴에서 재스민향을 닮은 살 내음이 아련하게 피어났다. 김형규도 이 향기에 취해 꿈과 현실의 경계에서 갈팡질팡했으리라고 냥은 생각했다.

준의 입술은 방금 이슬을 먹고 피어난 꽃잎처럼 연하고 폭신했다. 두툼한 입술의 부피가 느껴질 때마다 온몸이 앉은 채로 붕 떠오르는 것만 같았다. 규격이 꼭 맞는 블록처럼 냥의 입술에 꼭 맞아 들어왔다. 꿀처럼 달고, 용암처럼 뜨겁다. 혼곤히 잠든 준의 얼굴을 바라보면서 냥은 생각에 잠겼다. 준이 빠져나간 이부자리 위에서도 그의 동선이 되살아났다. 신음처럼 내뱉던 숨결 사이에서 피어오르던 그의 내음에 취해 있으면 밤이라는 시간을 꼭 쥐고 있는 것처럼 든든했다. 그 앞에만 서면 엄숙한 의식을 치르듯 경건해진다.

아! 그를 남겨두고서 어떻게 발길을 돌려야 하나. 기약 없는 만남을 수년째 이어가고 있는 우리는 어디쯤 와 있을까. 이제 어디로 가야 하나. 문득문득 솟구치는 숱한 의문들이 밤새 냥을 흔들어댔다. 해갈되지 못한 여독에도 불구하고 짧은 꿈을 꾸었다. 무지개를 잡으려 하자 소나기처럼 흠뻑 적셔놓고 달아나는 꿈이었다. 꿈속에서 준은 매서운 눈으로 흘겨보다 냥의 뺨을 내려치기도 했다. 그 바람에 침대가 휘청거렸다. 화들짝 놀라 깨어 보면 냥의 손가락에 깍지 낀 준의 손이 보였다. 몇 번이고 잠든 준의 평온한 얼굴을 재차 확인했다. 창밖으로 펼쳐진 바다가 하늘에 닿아있다. 단둘이 담긴 방은 작은 상자처럼 바다와 하늘을 가로지르며 동동 떠다니는 것만 같다. 동동…. 깨어나지나 말았으면…. 동동동…. 이렇게 끝까지 가보았으면…. 동동동…. 머릿속으로 파고드는 상념들과 점점 나약해지는 마음. 세월을 나아갈수록 둘은 멀어진다.

하지만 준은 그날도 어김없이 냥에게 눈 맞추지 않았다. 일을 치르는 내내 단 한 번도 기약이나 다짐이 담긴 말을 하지 않음으로써 그녀를 용케 비껴갔다. 영원을 고대하던 언덕 위로 속절없이 해질녘 노을이 퍼져 내리듯 냥의 입술은 준이 빠져나간 다음에도 외롭게 잠든 어린애의 눈가처럼 말라 있다. 길게 허리를 펴고 누운 준은 담배를 태우며 처음으로 입을 열었다. 돈 많이 모았냐? 또 돈타령…. 정말로 냥이 얼마간의 저축을 성실하게 해두었는지가 궁금한 것인지 돈이 필요하다는 말인지 분간할 수 없다. 조금만 모으면 큰 걸로 한 장이야. 그러나 냥은 재롱부리는 어린 딸처럼 곧이곧대로 말해버렸다. 처음엔 진심으로 놀라는 표정을 지는가 싶더니 얼른 태도를 바꾸었다. 칫, 그것 갖고 되겠어? 100억은 돼야지! 맞아! 하하하하! 자지러지게 웃던 냥은 웃음이 잦아들 무렵 결국 체념하듯 신음하듯 읊어본다. 아, 100억…. 냥은 가슴 앞으로 내려앉는 천장을 멍하니 바라보았다.

휴가를 마치고 돌아오자 경비는 현관 밖까지 나와 냥의 짐을 거들어준다. 한국에서 시간을 보내는 내내 냥이 불친절한 경비 걱정을 했을 리 만무했으므로 당연히 그녀는 경비가 부탁한 겨울 재킷 따위를 준비하지 못했다. 경비는 슈케이스를 내려다보며, 재킷! 재킷! 어린애 떼쓰듯 했다. 못배운 입으로 짧은 영어를 해대는 몸짓이 그렇게 무례해 보일 수가 없었다.

“못 사 왔어요. 재킷 같은 건 직접 입어보고 사야 돼요.”

그는 춥다는 말만 반복하며 으슬으슬 떠는 시늉까지 했다. 이번에는 와이프, 와이프를 반복했다. 와이프에게 선물

할 재킷을 어서 내놓으라는 성화였다. 남녀를 구분하지 않고 재킷을 찾아 헤매던 이유를 늦게야 깨달은 냥은 숨죽이고 있다가 마침내 입을 열었다.

"이 봐! 내 말 똑똑히 들어. 언제 나한테 돈 맡겨놨어? 내가 왜 당신 마누라 옷까지 철마다 해 입혀야 되는데?"

냥은 슈케이스를 거칠게 잡아끌면서 엘리베이터로 향했다.

집 안으로 들어서자 참았던 울음이 터져 나왔다. 아무리 생각해도 준은 너무 멀리 있다. 이상기류를 아슬아슬 통과하면서 가까스로 균형을 잡기 위해 애쓰는 사물처럼 우리의 몸짓은 소란스럽다. 모든 것이 부질없다. 냥은 인제 그만 놓기로 한다. 깊은 밤 사무치게 그리운 나머지 또다시 준을 주워들게 되면 어쩌나. 한없는 두려움이 장막을 가로막았다. 그녀는 서랍을 열어 준이 선물해 준 사탕과 젤리들을 꺼냈다. 그가 계산대 위로 올려놓았을 때, 저걸 받을 조카나 여자들을 참 좋겠다…. 했었다. 계산을 치르고 가게를 나서면서 사탕이 담긴 봉지를 건네주는 준이 얼마나 사랑스러웠는지 모른다. 과일 모양의 젤리가 한 점씩 떼어 놓은 준의 살점인 것만 같다. 도저히 씹어 삼킬 수 없다. 입안에 밀어 넣자 목이 울컥 메었다. 아, 보고 싶어 미치겠다. 냥은 앉은 자리에서 그대로 목을 매 죽을 것처럼 커튼을 잡아당기며 목놓아 울었다. 어디에서 그를 처음 봤는지 벌써 기억이 희미하다.

냥은 준과 함께 찍은 사진들을 모두 꺼내 4등분으로 조각내기 시작했다. 조각난 사진이 수북이 쌓인 쓰레기통은 갈기갈기 찢긴 그의 무덤으로 변했다. 낙엽처럼 쌓인 그의 얼굴 위로 코 푼 크리넥스, 간이 영수증 조각, 고린내 풀풀 풍기는 올 나간 스타킹, 피비린내가 저린 생리대가 차곡차곡 쌓였다. 썩어, 썩어 없어져 버려…. 그러나 몸이 아파 끙끙 앓거나 펄펄 끓는 전기장판 위에서 늘어진 문어처럼 처량하게 잠이 들다 맨살이 뜨거워 깨어난 밤엔 죽을 듯이 그가 그리워졌다. 냥은 썩어 가는 그의 무덤을 파헤쳐 그의 얼굴이 남아있는 파편 같은 사진을 꺼내 들고 오래도록 용서를 빌어야 했다.

all I do is lay around 2 years full of tears
2년 동안 덩그러니 벽에 비치는 당신 얼굴을 보며
from looking at your face on the wall
눈물로 시간을 보냈어요.
just a week ago you were my baby,
얼마 전까지만 해도 당신은 내 사랑이었는데,
now even I don't know you at all,
I don't know you at all

지금은 당신을 기억조차 못 하다니.

난 당신을 모르겠어요…….

미란이 아니었다면, 이럴 때 이 절규와도 같은 슬픔을 어떻게 견뎌야 할지 알지 못했을 것이다. 방안 가득 노트북으로 다운받은 노래를 틀어놓고 한 소절 한 소절 가사를 읊다 보면 그 마음이 꼭 내 마음과 맞아떨어져 한소끔 끓는 솥 안의 여물처럼 울었다. 언니! 미란은 터져 나오는 울음을 참지 못한 채 냥의 방문을 열고 서 있다. 냥은 울음을 멈추고 미란을 올려다보았다. 오늘 김형규한테 전화가 왔어요. 한국은 지금 한밤중 일 텐데, 여태 술을 마셨더라고요. 지난번 휴가 갔을 때 친구 관계 마저 정리하기로 했는데, 술을 마시니 갑자기 내가 미치도록 보고 싶대요. 김형규도 지금 가슴이 아픈 거예요. 쉽사리 나를 잊지 못하는 거에요. 서로 좋아하잖아요. 근데 왜 사랑하면 안 되나요? 냥은 눈물로 얼룩진 볼을 소매로 훔치며 울고 있는 미란에게 다가갔다. 미란이 냥의 외로움을 거품처럼 거두어 주었을 때처럼 냥은 미란의 들썩이는 머리를 말없이 끌어안았다. 경비의 아내는 주말에는 차밭에서 찻잎을 따고, 평일에는 학교에 나가 글을 가르치며 지금도 남편을 기다릴 것이다. '여보, 날이 추워졌어요. 다음번에 오실 때는 제 겨울 재킷 꼭 사 오실 거죠?' 어쩌면 그런 편지를 날이면 날마다 이 행성에 부치고 있을지 모른다.

사람들은 어째서 사랑의 완성을 결혼이란 케케묵은 제도로만 규정하려 드는가? 그것도 참으로 많은 오류를 동반하고 있는 일부일처제로 말이다. 인간이 삶을 완성하는 데는 하나의 주제를 품고 있는 지점마다 매듭을 짓듯 사랑이 완결되기도 하는 것이다. 봄이 지나야 활화산 같은 여름이 도래하고, 아쉽지만 그 뜨거운 여름을 보내야만 곡식과 과일이 무르익는 가을이 오는 법이라고 냥은 믿었다. 물이 흐르듯 일의 순서를 지켜보는 것이 삶의 지혜를 갖추는 길이란 걸 사람들은 모른다. 짧으나 숱한 만남을 나눈 세월 동안 단 한 번도 내게 화내는 법이 없었던…. 그 칠흑같이 어두운 서울의 밤을 환히 밝혀 주었던…. 그녀의 온기 없는 손을 지긋이 잡아주었던…. 너무나 달콤해서 이성을 잃을 것만 같았던… 준과 함께 하면서 지금까지 당해왔던 모든 '사랑'이란 허상의 상처가 치유됨을 느끼질 않았던가. 준을 만나러 가는 길엔 언제나 눈물과 하늘이 가로질러 있었고, 그녀는 줄곧 유영하듯 하늘을 가르며 그에게로 귀화했다. 이 거룩한 만남에 대해서 누구 하나 농을 던진다면 용서할 수 없을 것이다. 그래, 어쩌면 호기심과 호감이란 명목으로 젊은 한 시절 서로의 위로가 돼줬을 뿐, 이제 서로의 안녕을 기도해주면 그뿐이다. 밤이 무르익을수록 슬픔은 더더욱 주체할 수가 없었다.

냥은 장롱을 열어 몇 벌의 겨울 재킷이 있는지를 세어 본다. 겨울마다 세일 시간을 놓치지 않고 장만한 코트가 무려 아홉 벌이었다. 여섯 벌은 뉴욕과 유럽의 아울렛에서 싸게 장만한 것이고, 나머지 세 벌은 재킷이라기보다는 니트에 가까운 카디건으로 한국에서 가져온 것들이다. 냥은 독일 버버리 매장에서 큰마음 먹고 장만한 트렌치코트를 바라보았다. 겨울이 오면 이 트렌치코트를 입고 준을 만나러 한국에 갈 계획이었다. 조수석에 앉아 준의 어깨에 머리를 기대면, 그는 어김없이 말했다. "나, 빚 있다!" 냥은 빚을 갚아나갈 자신이 없어 말이 떨어지기 무섭게 기댔던 어깨에서 고개를 뗐다. 아, 100억…. 아무리 열심히 일해도 100억을 벌어 준을 사오는 일은 이룰 수 없을 것 같다. 냥은 버버리 코트를 오래도록 바라보았다. 아무래도 경비의 젊은 부인에게 그럭저럭 잘 맞을 것 같았다. 근사한 옷은 사랑받고 사는 여자의 몫이라고 단정을 내리자 마침내 마음이 편해졌다. 누구보다 경비의 아내에게 잘 어울릴 거라 믿으며 냥은 차곡차곡 코트를 접어 선물 상자에 담! 았! 다!

기내식

비행을 마치고
집으로 돌아가는 통근 버스 안에서
히얀은 자리에 앉기 무섭게 곯아떨어졌다.
버스가 덜컹거릴 때마다
창가에 기댄 그녀의 이마도 출렁였다.

창공 위의 시간이 늪처럼 한 자리를 파고든다. 비행기가 속도를 내지 못하고 일부러 제자리를 배회하는 기분이다. 객실 서비스 속도 역시 더디다. 숙면을 취하지 못한 탓인지 주방과 객실을 넘나드는 발걸음도 엿가락처럼 늘어진다. 장거리 비행 후 제대로 쉬지 못했다. 오늘따라 앉아서 식사할 여유가 없다. 기내 주방에서 땅콩이나 초콜릿을 몰래 먹으며 허기를 달랜다. 기체가 이륙한 지 삼십 여분도 되지 않아 승객들이 호출 버튼을 누르기 시작했다. 창가 좌석에 앉은 승객이 식사하면 음식 냄새를 맡고 잠에서 깬 복도 측 승객이 메뉴를 훑는다. 이런 풍경이 도미노 게임처럼 순차적으로 이어지는 것이다. 무슬림들이 낮 동안 단식해야 하는 라마단 기간이지만 비무슬림 승객들은 시나브로 술과 음식을 찾았다. 한창 바빠야 할 서비스 시간이 이렇게 길게 느껴지다니! 아무래도 몸에 이상이 생긴 것이 분명하다. 허기가 느껴지는가 싶더니 서서히 복통이 찾아왔다. 기압 차로 인한 일시적인 증상이기를 바라며 나는 의연하게 복통을 외면했다.

가만히 보니, 주방 담당인 히얍의 손놀림이 그리 노련하지 못하다. 히얍은 주문 받은 음식을 재빨리 탄생시키지 못하고 있다. 캐비어를 어떤 접시에 어떻게 담아야 할지 몰라 망설이는 티가 역력하다. 매뉴얼을 펴놓고 하나하나 음식 사진을 대조하고 있는 모양새가 무슨 식품연구소 직원 같다. 일을 재촉하면 미안해하는 기색도 없이 되려 짜증을 부린다. 기다리다 지친 나는 오븐에 남아있던 빵 하나를 몰래 꺼냈다. 복통은 차츰 가라앉자 배가 고팠다. 나는 앞니로 빵을 뜯어 얼른 삼켰다. 어느새 빵 하나를 먹어 치우자 목이 말랐다. 물 한 잔을 벌컥벌컥 들이켰다. 그 와중에도 캐비어는 완성될 기미가 보이지 않는다.

승객이 메뉴를 살피기 시작하면, 호출을 받기 전에 대기해야 한다. 식전 빵, 전채 요리, 오늘의 수프, 샐러드, 메인요리, 치즈, 케이크와 아이스크림 중 어느 하나라도 부족하면 대체 메뉴를 마련해야 한다. 원하는 메뉴를 얻지 못한 승객들은 경우에 따라 불편한 심정을 여지없이 드러낸다. 이런 경우 기내 음식 공급과 수요의 균형을 맞추기 위해서 기내에서 어떤 노력을 했는지 상부에 보고해야 한다. 코스별 요리가 제공될 때마다 음식이 승객의 기호나 구미에 맞는지도 빠짐없이 확인한다. 와인을 교체할 때는 새 잔을 대령하고, 해당 와인의 빈티지와 품종을 소개해야 한다. 비즈니스 클래스를 탈 기회가 많지 않은 승객일수록 서비스에 대한 기대치가 높은 경우가 많다. 메뉴에 소개된 모든 종류의 와인과 음식을 최대한 많이 경험해 보고 싶어 한다. 어떤 상황이든 즐겨야 한다. 고급 와인을 선사할 때는 내 인생을 걸어야 한다. 포도의 품종과 수확 연도만 정확히 읊어도 승객은 이미 와인의 맛에 달달하게 취하게 된다. 와인을 소개하는 나의 식견과 안목을 신뢰하기 때문이다. 무엇이든 삐딱하게 생각하는 순간부터 서비스는 예술에서 노동으로 전락한다. 예술가로 남느냐 노동자로 소모되느냐는 한끗 차이다.

남은 와인을 마시며 캐비어를 기다리는 1A 승객에게 조심스럽게 말을 붙여 본다.

1A 승객은 중동 6개 산유국에 본인 소유의 체인 호텔을 갖고 있는 귀빈이었다.

"좀 전에 소개해드린 와인이 마음에 드셨는지 모르겠습니다. 기다리시는 동안 다른 와인을 좀 더 소개해드리면 어떨까요?"

"괜찮소!"

"그럼, 샴페인이나 보드카는 어떠신지요?"

"괜찮소! 지금 마시고 있는 보르도에 아주 만족하오! 최근에 프랑스에 포도 농장을 하나 매입했는데, 내 포도 농장에서 나오는 와인 못지않게 훌륭하군요. 이런 고급 와인을 선사하는 항공사에 깊은 경의를 표합니다."

귀빈의 여유와 고급 와인 덕분에 조마조마하던 가슴이 진정이 됐다. 나는 안도의 한숨을 내쉬며 주방으로 돌아왔다. 그 시각까지도 히얍은 캐비어를 완성하지 못 하고 있었다. 앓느니 죽는 마음으로 내가 팔을 걷어붙이고 위생 장갑을 착용했다. 나는 보란 듯이 캐비어 둘레를 저민 양파, 잘게 으깬 계란 노른자와 흰자로 꾸몄다. 캐비어가 꽃밭처럼 예쁘게 담기자 마침내 히얍의 입가에도 엷은 미소를 번졌다.

"일등석에서 비행한 지는 얼마나 됐니?"

서비스를 끝내고 조용히 히얍에게 물었다.

"오래되진 않았어."

"그랬구나. 여긴 일반석 서비스와는 차원이 다르니까... 적응할 시간이 필요할 거야. 음식을 먹음직스럽게 담아내는 일도 손에 익으면 그림 그리는 일처럼 재밌거든."

"그림을 그린다고?"

"그래, 그림! 접시를 흰 도화지라고 생각하고 그 위에 음식으로 스타일을 내 봐. 아무리 배가 부른 사람이라도 한 입 더 먹고 싶어질 거야."

나는 생각의 전환으로 히얍의 긴장된 어깨가 풀리길 바랐다.

"휴가를 길게 써서 그런지 일이 손에 잘 안 붙어."

경계가 풀렸는지 히얍이 속내를 털어놓기 시작했다.

"일등석으로 진급한 지는 얼마나 됐니?"

"삼 년쯤…."

생각에 잠겨 햇수를 헤아리던 히얍이 의기양양하게 답했다.

"뭐라고? 삼 년?"

히얍은 나름대로 숙련된 일등석 승무원이었다. 그런데도 휴가 후유증을 운운하며 일에 재미를 못 붙이고 있는 히얍이 의아했다. 삼 년이면 갓난아이가 걸음마를 떼고 혼자 밥을 먹을 수 있는 시간이다. 직장의 소중함을 알고 있다면 휴가 내내 일터가 그리웠어야 한다. 그도 아니라면 마음이 떠났거나…. 초점 잃은 눈빛과 생기 없는 표정, 슬픈 기운마저 감도는 히얍의 얼굴은 보고 있자니 내 기분까지 우울해졌다.

"뭐라도 좀 먹지 그래? 계속 그렇게 멍하니 앉아있을 거야?"

더 이상의 깊은 대화를 나누는 것도 의미가 없을 것 같아 나는 음식을 권하며 분위기 쇄신에 나섰다.

"마침 양고기가 남았네. 이거라도 먹고 기운 좀 차려 봐."

오븐에서 양고기를 꺼내 히얍에게 내밀었다.

"미안하지만 지금 단식 중이야. 해가 지려면 아직도 멀었어."

햇살이 반짝이는 창밖을 가리키며 히얍이 쐐기를 박듯 말했다.

"아, 맙소사…!"

나는 아차 싶었다. 그러고 보니 모로코 출신인 히얌은 하루 다섯 번 메카를 향해 기도를 올리고, 라마단 기간에 단식하는 무슬림이었다. 해 뜨는 시각부터 물 한 모금 제대로 먹지 못하고 비행을 하고 있다는 사실을 뒤늦게 알아차렸다. 이슬람 율법에 따라 단식을 수행하고 있는 히얌에게 고기를 내밀다니. 배려심도 없이 함부로 상대를 판단한 내 경솔함이 못내 부끄러워졌다. 힘들게 버티고 있는 히얌이 늑장을 부린다고 섣불리 오해하다니…. 히얌이 보는 앞에서 버젓이 빵을 집어 먹고 벌컥벌컥 물을 들이킨 경솔함도 부끄러웠다. 서서 먹는 밥이 어쩐지 죄스럽더라니…. 기압 탓인지 빈속이 더부룩했다.

죄책감을 떨쳐내기 위해서 퉁퉁 부은 발로 잠든 승객들 사이를 걷기 시작한다. 조종실과 객실 좌석을 점검한다. 배불리 식사를 마친 승객들은 대부분 잠이 들었거나 영화에 빠져 있었다. 나는 컴퓨터로 업무를 보고 있는 승객에게 다가가 간식과 음료를 권했다. 그때 젊은 아랍인 부부가 젖먹이 아기를 재운 보모를 가리키며 말했다.

"우리 보모가 식사를 할 수 있도록 좀 도와주겠소?"

젊은 부부는 보모로부터 아기를 건네받으며 자애롭게 웃었다. 붉은 해가 지평선 너머로 사라지고 있었다. 이제 단식을 종료할 시간이었다. 식사 순번을 보모에게 먼저 돌린 부부는 평화롭게 잠든 그들의 2세를 들여다보며 세상을 다 가진 듯 행복하게 웃고 있었다. 이제 갓 스물을 넘겼을 법한 어린 보모는 주인 부부와 함께 일등석에 동석했다는 사실에 감격하는 눈치다. 시키는 대로 뭐든 열심히 하겠다는 듯 예의 바른 태도로 매사에 싹싹하고 야무지게 굴었다. 내가 테이블을 당겨 식탁보를 펼쳐주자 황송해하는 기색이 역력했다. 식전 빵과 촛불을 하나하나 자신의 가슴 앞으로 늘어놓자 두 볼을 수줍게 밝혔다. 종일 목이 탔는지, 물잔에 생수를 부어주자 양손으로 잔을 집어 들고는 순식간에 비운다. 닭고기 볶음밥과 샐러드를 한 점도 남김없이 먹어 치웠다. 그 와중에도 보모는 자신이 먹고 있는 음식이 이슬람 율법에 따라 요리된 할랄인지 재차 물었다. 내가 천천히 두 번 고개를 끄덕이자 마음이 놓였는지 해맑게 웃었다. 식사를 마친 보모는 밥값만큼은 제대로 하겠다는 듯 기저귀 가방 안에 담겨있던 아기용품들을 가지런히 정리해 놓고, 부부에게서 아이를 건네받았다. 부부가 식사하는 동안, 잠든 아기에게서 눈을 떼지 않고 보초를 선다.

해가 지자, 히얍도 기내 주방 모퉁이에 앉아 단식을 종료했다. 반 잔의 우유를 천천히 마신 히얍은 안도하듯 두 눈을 지그시 감았다. 이제야 살 것 같다는 표정이었다. 라마단이 끝나려면 아직 달포의 시간이 더 남아 있었다. 평생 무슬림으로서 따라야 할 이슬람 율법은 시공간을 초월했다. 생활, 일터, 관계 등 삶의 깊숙한 곳을 속속들이 관장하고 있었다. 히얍이 맨손으로 허겁지겁 빵을 베어먹는 모습을 보고 있자니 종일 빈속으로 주방 일을 도맡았을 그녀가 안쓰러웠다. 비행을 마치고 집으로 돌아가는 통근 버스 안에서 히얍은 자리에 앉기 무섭게 곯아떨어졌다. 버스가 덜컹거릴 때마다 창가에 기댄 그녀의 이마도 출렁였다. 나는 창문 커튼을 내려 그녀의 머리 위로 새어 들어오는 가로등 불빛을 막아 주었다. 단식 수행으로 삶을 비우고 있는 히얍에게 최소한의 예의는 지키고 싶었다.

비행을 마치고 집안으로 들어서자 기다렸다는 듯이 허기가 몰려왔다. 기다리는 사람 하나 없는 집은 때때로 사막이다. 여간해서 요리를 하지 않으니 주방에는 물기조차 없다. 유니폼도 갈아입지 않은 채 냉장고 문을 열었다. 물병을 꺼내 벌컥벌컥 들이킨다. 1.5리터짜리 물병이 금세 절반이나 동이 났다. 뱃속에 물이라도 들어가니 살 것 같았다. 하루 종일 제대로 먹지 못하고 긴장한 탓인지 입안이 바짝 말랐다. 어디까지나 무슬림 동료를 배려하는 마음에서 자청한 일이다. 오늘 밤은 누적된 허기를 풀어줘야 다리를 뻗고 잘 수 있을 것 같다. 햇반과 라면을 끊은 터라 찬장 어디에도 바로 먹을 수 있는 음식이 없었다. 예전에 한 집에 기거하던 이집트 국적의 동료는 내가 먹는 음식에 극도로 예민한 반응을 보였다. 끓는 물에 된장을 풀기 시작하면 괴성을 지르며 달려 나와 방향제를 뿌려댔다. 미역을 물에 담가두면 물고기 밥을 먹느냐며 비웃었다. 그 시절만 해도 아랍권에 한국 문화가 전혀 알려지지 않았다. 한국이 어디에 있는 나라인지도 모르는 것은 물론이고, 필리핀과 혼동하는 아랍인들도 제법 많았다. 아랍권에 한국의 위상이 제대로 전해진 건 항공사를 통해 미국 노선이 활발하게 개설된 2010년 이후였다. 대한민국 여권의 강력한 힘에 눈을 뜨면서 케이팝 스타들의 활약에도 열광하기 시작했다.

당시엔 인천까지 직항으로 갈 수 있는 노선도 없었다. 상하이나 오사카를 경유해야 가까스로 인천에 도착할 수 있었다. 한국인 승객들이 과반수를 이루어도 한국어 기내방송이 실시되지 않던 시절이었다. 인천 노선에 실리는 김치와 비빔밥에 대해서 별도의 교육이 실시되지 않던 시절이었으니 이집트 동료가 냉장고만 열면 퍼져 나오는 김치 냄새에 경악을 금치 못했다. 김치와 된장의 과학적 효능에 대해서 설명도 해보았지만 막무가내였다. 이상한 음식을 먹는 자와 동거할 수 없다고 진정서를 올려, 하루는 직원 복지과에서 내가 먹는 음식을 조사하러 나왔다. 내 인생을 통틀어서 그 순간만큼 모욕적이고 비참한 순간은 없었던 것 같다. 숙소

내부에 비치된 온갖 가전제품 위에 LG, 삼성 로고가 반짝이는데도, 그것이 한국 기업이라는 것을 모를 만큼 한국에 대해서 알려진 바가 없던 시절이었다. 하루는 그녀가 닭을 손질하고 있길래 닭요리를 준비 중이냐고 물었더니, 디스 이즈 덕! 그녀가 오리라고 답했다. 아! 오리라고? 독이 아니라 덕!!! 개가 아니라 오리라면서 그녀는 식칼로 도마를 탕탕 두들겼다. 너도 개를 먹니? 한국인들이 개와 고양이를 잡아먹는다는 소리를 어디서 들었다면서 그녀는 내게 물었다.

한집에 기거하는 현실이 그야말로 지옥이었다. 아침이면 아침 준비로, 저녁이면 저녁 준비로 끼니때 마다 그녀와 마주칠 때마다 시한폭탄처럼 폭발했다. 급기야 내가 이상한 음식만 먹는다는 소문을 퍼뜨렸다. 그런 이유로 더는 나와 함께 살 수 없다고 하소연을 하고 다니기 시작했다. 우리 집 냉장고에 무엇이 들어있는지 궁금하다고 초인종을 누르는 이웃집 동료까지 등장했다. 인스턴트 음식에 의존하기 시작한 건 순전히 생존을 위해서였다. 침실에 커피포트를 하나 갖다 놓고 뜨거운 물만 부으면 3분 안에 조리되는 음식들만 잔뜩 사다 놨다. 최소한 거실이나 주방으로 동선이 확장되지 않도록 방 안에서 간단한 조리가 가능하도록 구색을 갖추었다. 다행히 침실이 넓어서 전기밥솥, 커피포트에 전자레인지까지 들여놓아도 비좁은 줄 몰랐다. 언젠가 밥 다운

밥을 먹는 것이 꿈이었던 시절이었다.

고비를 넘기는 데는 세월이 약이었다. 참고 견디니 마침내 독채를 배정 받는 눈물겨운 날이 왔다. 근속 연수를 감안한 업무 성과가 크게 참고되었다. 고생 끝에 낙이 온다는 말을 이럴 때 쓰는구나 싶었다. 독채로 이사하면서 쟁여두었던 인스턴트 음식을 모두 내다 버렸다. 이틀 간격으로 장을 봐서 신선한 재료로 따뜻한 밥을 짓고 집안 가득 냄새가 퍼지도록 된장찌개를 끓였다. 혼자 먹는 밥은 평화로웠다. 살림에 재미를 붙인 또래 여성들의 삶이 소개되는 한국 드라마를 볼 때는 물론 뒤처지는 기분이 들기도 했다. 그럴 때는 고독이 몰려왔다. 국위 선양 혹은 외화획득? 무엇을 위하여 타향살이 하는가 싶은 의문이 들었다. 그래서 하루는 부탁한 물건을 전해주러 잠시 우리 집에 들른 후배를 붙들었다. 거의 반강제로 식탁에 앉혀 놓고 밥을 먹였다. 계란말이와 김치찌개를 만들어서 후배와 함께 밥을 먹었다. 갑작스러운 식사 초대가 부담스러웠는지 후배는 먹는 둥 마는 둥 깨작거렸다. 김칫국물이 덕지덕지 묻는 밥을 반 공기나 남기고 후배는 가버렸다. 남은 밥과 찌개를 보자 공연히 허튼짓을 했다는 생각이 들었다. 혼자 먹는 밥이 진리로구나! 나는 어쩔 수 없는 결론에 도달했다. 혼자 먹기에 알맞은 양만 오물조물 버무려서 그 자리에서 한입에 해치우는 것이 가장 손쉬웠다. 그때부터 나는 주방에 서서 이것저것 집어 먹는 것으로 요기를 하는 습관이 생겼다.

부엌 찬장을 헤집자 유통기한이 딱 하루 남은 라면이 나왔다. 인스턴트 음식을 끊은 지 오래지만 배가 고팠다. 냄비에 생수를 부어 불 위에 올려놓았다. 허기 때문인지 손이 파르르 떨려왔다. 물이 팔팔 끓기를 기다렸다가 면과 수프를 탈탈 털어 넣었다. 냉장고 야채 칸에서 숨 죽은 양파와 고추를 기적처럼 찾아냈다. 도마를 꺼내 서둘러 칼질을 시작한다. 칼날을 세워 양파를 반으로 갈랐다. 자른 양파 위에 다시금 칼을 내리꽂는데 졸음이 쏟아진다. 면발이 유들유들 풀어지는 소리와 함께 양념 수프가 물에 녹아들었다. 악!!! 그때 였다. 양파를 잘라야 할 칼날이 고스란히 왼쪽 검지 끝으로 파고들었다. 손톱이 삼 분의 일이나 잘려 나갔다. 잘려 나간 손톱 밑으로 검붉은 핏물이 뚝뚝 떨어졌다. 나는 식칼을 개수대로 내팽개치고 자리에 주저앉았다. 칼날의 끝이 이토록 잔인한 줄 어찌 몰랐던가? 폭풍 같은 자학이 시작되었다. 때마침 라면 냄비가 끓어 넘쳤다. 좁은 주방이 라면 내음으로 가득찼다. 두 눈을 부릅떴다. 무릎을 짚고 일어나 냄비 뚜껑을 열었다. 인덕션의 전원을 끄고 환풍기를 가동시켰다. 솟아오르는 피는 쉽사리 멈출 기세가 아니었다. 마음까지 극도로 심란해진 라면을 버릴 요량으로 냄비를 싱크대로 옮겼다. 그때 뜨거운 김이 팔목 아래에 와락 들러붙었다. 앗! 뜨거워! 비명과 함께 냄비를 통째로 바닥에 던져버리자 사방이 온통 불어터진 면발로 낭자했다.

데인 팔과 베인 손가락을 살펴본다. 큰 화상을 입진 않았지만 그래서 쉽게 아물 상처가 아니었다. 그래도 이렇게 놀래 보긴 태어나 처음이다. 퇴근하자마자 주방으로 돌진해 라면을 끓여 먹겠다고 이 난리를 치다니! 상처 때문에 당분간 비행을 못 하게 될까 봐 심란해졌다. 음식을 먹는 일이 어쩐지 고스란히 죄로 쌓이는 기분이다. 물배라도 채운 것으로 만족하고 얌전히 잠들었더라면 이런 불상사가 생기지도 않았을 것이다. 식탐이 과하여 자해라도 한 꼴이 되고 말았다. 비록 무슬림은 아니지만, 라마단 기간에 이슬람 국가에서 음식을 탐한 대가를 톡톡히 치르고 있다. 누군가 도끼눈을 뜨고 지켜보고 있는 것만 같다. 나는 갑자기 두려워졌다.

"띵 똥!"

그때 초인종 소리가 경적처럼 울렸다. 심장이 덜컥 내려앉았다. 빼꼼히 현관문을 열자 낯익은 여인의 얼굴이 드러났다. 히얍이었다.

"아니, 우리 집에는 어떻게…?"

약속도 없이 이렇게 한밤중에 불쑥 찾아들었다는 것이 의아했다. 히얍의 양손에 들린 커다란 솥이 들려있었다. 솥에서 고소한 냄새가 풍겼다. 히얍은 양팔을 길게 뻗어 음식이 담긴 쟁반을 내밀었다.

"히얍! 같이 먹지 않을래? 기내에서 아무것도 못 먹었잖아."

마침 배가 고프지를 않았는가. 히얍과 한 건물에 살고 있다는 사실이 다행스러워 나는 배시시 웃었다. 나는 기꺼이 히얍을 집안으로 들였다. 단식으로 기력이 쇠했을 텐데 이렇게 저녁을 만들 정도로 부지런한 구석이 있다는 것이 놀라웠다. 이웃과 음식을 나누는 의식을 치르기 위해 내 생각을 했다는 것도 고마웠다.

히얍이 가져온 양고기 찜을 사이에 두고 히얍을 바라보고 있다. 누군가와 마주 앉아 식사하는 일이 어색할 따름이다. 불과 몇 시간 전까지 일머리도 없이 더디게 굴어 나를 짜증나게 만들었던 히얍은 안정을 되찾은 얼굴이다. 심지어 다정한 손길로 빵을 뜯어 내게 건네기까지 한다. 히얍이 만든 양고기는 정갈하게 식탁에 올라 나를 올려다보고 있다. 꽃을 꺾는 마음으로 조심스럽게 음식으로 손을 뻗을 때였다.

"손가락이 왜 그래?"

히얌이 내 검지를 가리키며 눈을 동그랗게 치켜떴다.

"양파를 자르다 그만 베였지 뭐야.."

"오, 저런!"

"괜찮아. 크게 다치진 않았어."

"팔은 또 왜 그래? 데인 거야?"

"응. 좀 전에 라면 끓이다 살짝…."

"뭐라고? 어디 좀 봐."

히얌은 나의 팔을 당겨 자세히 들여다보더니 자리에서 벌떡 일어났다.

"미련하게 이걸 그냥 두면 어떻게 해? 찬물이라도 부어야지!"

"찬물에 담갔더니 좀 가라앉았어. 뭐 그리 대단한 건 아니야."

"가만 있어 봐. 집에 가서 약 좀 가져올게. 그러다 흉 지면 어쩌려고 그래."

히얌은 냉큼 자신의 집으로 건너가 약을 가져왔다. 상처가 머문 내 팔에 연고를 발라주고, 반창고를 감아주었다. 내 몸에 닿는 타인의 손길이 도시 너머로 펼쳐진 사막의 뜨거운 정적처럼 평온했다. 응급처치를 끝낸 히얌은 거실 소파에 날 끌어다 놓았다.

"그냥 가만히 있어."

내가 양고기를 먹는 동안, 행주를 빨아 싱크대와 바닥

을 훔치며 엉망이 된 주방을 정리했다. 히얍은 내가 잠드는 모습을 확인하고서야 거실을 소등하고 집으로 돌아갔다. 미안하고도 고마운 라마단이었다.

빈집에 나는 혼자 남겨졌다. 상처 입은 팔을 배 위에 올려놓고 눕자 피곤이 모래바람처럼 우수수 지나간다. 윤수는 퇴근 시간에 맞춰 날 회사 근처로 불러놓고는 하염없이 어디론가 차를 몰곤 했다. 묻지도 않고 패스트 푸드점, 테이크아웃 코너 옆에 정차했다. 조수석에 날 태워놓고 햄버거 세트를 달랑 하나만 주문하는 이기적인 인간이었다. 그는 투명 인간처럼 나를 대했다. 갓길에 차를 세워놓고 혼자 우적우적 햄버거를 씹어먹었다. 신호 대기 중에 껌을 꺼내 먹을 때도 내게 권하는 법이 없었다. 추레한 그의 식사가 끝날 때까지 나는 착착 가라앉은 숨을 내쉬었다. 그와 함께 저녁을 먹게 될 줄 알고 점심을 거른 사실까지 잊고 있었다. 무슨 마음으로 저런 행동을 하는 걸까? 나는 곰곰이 생각에 잠겼다. 그가 함부로 나를 대하는 자세가 깊은 상념을 몰고 왔다.

"너 오늘 저녁 뭐 먹었어?"

그가 햄버거를 다 먹은 다음 추궁하듯 내게 물었다.

"저녁?"

"저녁, 안 먹었어? 진작 말을 했어야지."

"미안해. 나 원래 햄버거 안 먹잖아…."

제 입으로 들어갈 끼니는 머슴 밥 먹듯 하면서 머리부터 발끝까지 명품으로 치장하는 윤수는 사고 뭉치 아들 같았다. 나는 아들이 철들기 만을 기다리는 엄마처럼 참아야 했다. 그렇게라도 하지 않으면 차오르는 모멸감을 떨쳐버릴 수 없었다. 밥 한 끼를 같지 먹지도 않으면서 그는 왜 나를 놓지 못하는 걸까? 나는 대체 뭘까? 통증 때문에 쉽게 잠이 들 수 없다. 검지 끝에서 시작된 고통이 팔을 타고 가슴으로 스며들었다. 통증이 아픔을 동반했던 기억을 훑고 지나갔다. 나는 자리에서 일어나 서랍을 뒤졌다. 진통제 두 알을 입에 털어 넣고 나아지기를 빌었다.

새벽녘에 요의를 느껴 잠에서 깼다. 달달한 믹스 커피를 한 잔 마시고, 새벽 하늘의 별을 올려다보다 서서히 밀려오는 허기를 느꼈다. 사과 반쪽에 토스트를 한 장 곁들여 남은 커피를 마저 마셨다. 그렇게 식사를 마치는데 채 10분이 걸리지 않았다. 어떤 날은 컵라면에 뜨거운 물을 부어 날계란을 하나 풀어 먹는다. 비행을 마치고 호텔 방에서 혼자 쉴 땐 룸서비스를 시켜 먹곤 하는데, 그런 행위는 집에서도 배달 음식을 즐기는 습관을 양성하고 말았다. 비번인 날 집에서 요리를 해 본 적이 몇 번 있지만, 매번 기대했던 맛을 가늠할 수 없었다. 먹는 것보다 버리는 게 더 많았다. 음식을 쓰레기통에 고스란히 처넣을 때면 요리를 하기 위해 소모한 시간과 노력이 억울했다. 무엇보다 손수 차린 식탁에서조차 인정받지 못한다는 낭패감이 징그러웠다. 생존과 번영을 위해 음식을 먹는 일에 내게는 금지된 사치 같았다. 밥을 먹는다는 행위는 무슨 의미일까? 혼자 밥을 먹는 일에 언제쯤 당당해질 수 있을까?

상처가 아물 때까지 비행을 쉬어야 했다. 용모 담당 교관에게 상처를 보여주자 모든 스케줄이 보류되었다. 오사카, 휴스턴…. 장거리 비행이라 제법 비행 수당이 높은 비행들이 줄줄이 취소되었다. 매일 아침 병원으로 가 상처 부위를 소독하는 것으로 하루가 시작되었다. 히얍에게 안부를 남겼더니 그녀는 매일 저녁 음식을 만들어 날 찾아왔다. 나는 매일 저녁 손가락 하나 까딱하지 않고 히얍이 차려주는 밥상을 받았다. 히얍은 영양사처럼 자신이 가져온 음식의 영양가에 대해서 열심히 설명했다. 첫날은 입에 잘 맞지 않았지만, 이튿날부터는 적응이 됐다. 어떤 날은 밀가루를 입혀 기름에 바싹하게 튀긴 생선과 호밀빵을, 또 어떤 날은 강황 소스에 푹 쪄낸 닭요리를 가져왔다.

히얍의 출입이 잦아지면서 저녁의 일상도 달라졌다. 히얍은 함께 영화를 보기도하고 비행에서 만났던 까다로운 승객에 대해서도 흉금을 털어놓았다. 밤 비행이 있는 날은 아예 우리 집에서 비행 준비를 하기도 했다. 화장품 파우치와 유니폼을 한 짐 챙겨와 한껏 치장했다. 한국 화장품에 관심이 많다며 화장대에 진열된 스킨, 로션과 크림 통을 열어서 자신의 손등에 발라 보기도 했다. 갖고 싶어 하는 눈치길래 샘플을 몇 가지 챙겨줬더니 입이 귀에 걸리도록 좋아했다. 나는 히얍이 화장을 하는 동안 불편한 팔을 움직여 그녀의 재킷 단추를 새로 달아 주기도 했다.

비행이 없는 날, 히얍은 종일 소파에 널브러져 텔레비전 채널을 이리저리 돌려댔다. 그렇게 함께한 지 벌써 열흘이 다 되어가고 있었다. 하루는 헝클어진 머리카락을 빗겨 주려고 도끼 빗을 들고 다가갔다. 놀랍게도 머리에서 쉰내가 풍겼다. 어느 순간부터 그녀가 머문 자리엔 늘 쓰레기가 넘쳐난다는 사실도 감지됐다. 먹다 흘린 음식들이 낭자하게 소파와 식탁 밑으로 굴러다녔다. 빨래 널 공간이 부족하다며 젖은 빨래를 들고 온 적도 있었다. 거실 한 쪽에 히얍의 촌스러운 속옷과 올이 나간 스타킹이 깃발처럼 나부꼈다. 적당히 핀잔을 주기도 했지만 히얍은 크게 개의치 않는 눈치였다. 저녁을 나눠 먹고 소파에 늘어져 시간을 보내다 아예 잠들어 버렸다. 잠든 그녀의 어깨에 담요를 끌어 올려주는 것도 조금씩 성가셨다. 라마단이 끝나려면 아직 사흘이나 더 기다려야 했다.

하루는 보다 못한 내가 청소기를 돌렸다. 소파에 앉아 있던 히얍의 발밑으로 청소기를 들이밀자 두 다리를 번쩍 들어 올렸다. 텔레비전 볼륨을 높이면서 추호도 청소에 동조할 의지가 없음을 내비쳤다.

"갑자기 왜 청소를 하고 그래?"

그녀의 어조는 사뭇 의미심장했지만 이대로 물러설 순 없었다.

"청소한 지가 좀 됐잖아. 너도 좀 거들어."

히얍은 담요를 머리끝까지 끌어올리고 5분여 정도 침묵으로 일관했다.

"설마 지금 나더러 가라는 거야?"

"왜? 정말 가려고?"

언제부터인가 사막처럼 고요하던 나만의 일상을 되돌리고 싶어졌다.

"알았어. 그럼, 갈게!"

히얍은 벌떡 일어나 터벅터벅 식탁으로 걸어갔다. 가져온 그릇과 냄비를 챙겨 짐을 싸더니 현관으로 걸음을 옮겼다. 막상 냉정하게 돌아서는 히얍을 보자 나는 돌연 두려워졌다.

"왜 이래? 히얍. 농담한 거야! 정말 가는 거야?"

나는 히얍의 손목을 세게 끌어당겼다. 그러나 히얍의 마음은 이미 굳어 있었다.

어느덧 상처는 아물었다. 그리고 다시 비행이 시작되었다. 인천 비행이 나왔다고 윤수에게 기별을 넣어보았다. 한국은 제법 날이 많이 풀렸다는 답변이 돌아왔다. 하늘 위에서 아홉 시간을 분주히 움직이며 한국에 도착했다. 숙소에 도착해서 유니폼을 갈아입고 로비로 내려왔다. 로비 정문 맞은편으로 윤수의 차가 보였다. 윤수는 정차된 자신의 차 옆으로 서서 담배를 태우고 있었다. 그를 이 세상에서 처음 발견했을 때도 저렇게 비딱하게 서서 담배를 태웠다. 우수 어린 몸짓과 눈빛이 모성 본능을 자극했다. 집까지 바래다 달랠까 봐 아예 차를 안 갖고 나오는 이기적인 인간들한테 정이 떨어질 무렵이었다. 윤수는 비가 오나 눈이 오나 흑기사를 자청했다. 몰래 훔쳐본 그의 핸드폰에서 이처럼 쏟아져 나오는 수십 통의 부재중 수신 전화와 윤수를 다양한 애칭으로 부르는 요상한 문자들이 늘 별처럼 머릿속을 빙그르르 돌았지만 자신 있게 캐물을 수 없었다. 이 여자는 뭐고, 또 저 여자는 뭐냐고 따지는 순간 내 옆에서 혼자 밥을 먹는 일조차 그만둘 것 같았다. 자신이 없었다. 나와 한 번도 마주 앉아 식사하지 않는 남자에게 그런 질문을 하는 것이 과연 어울리는 일인지 알 수 없었다. 매일 연락을 주고받으면서도 이 남자가 날 얼마나 진지하게 생각하는지 알 수 없는 묘한 기분. 윤수는 나를 데리고 공항에서 1시간쯤 떨어진 신도시의 번화가로 향했다.

"커피 한 잔 사 와!"

영화관 매표소 앞에서 윤수가 처음으로 입을 뗐다. 영화표를 구매하는 그의 뒤에서 잠자코 서 있는 나를 향해 그는 분명히 그렇게 외쳤다. 나는 당황한 나머지 한 걸음 뒤로 물러섰다. 그의 입은 분명 내 쪽을 향해서 비죽 벌어져 있었다. 나 말고 주변에 사람이라고는 없었다. 당연하다는 듯 반말로 그런 지령을 내릴 사람이 맞은편에 서 있는 매표소 직원은 아닐 것이다. 순간 멍해져 버렸다. 두 잔도 아니고, 한 잔을 겨우 가져오라고 외칠 때의 그는 쫓기듯 불안하고 경박하기까지 했다. 졸음이 한꺼번에 몰려오는 모양이다. 공공장소에서 나에게 잔심부름을 시킨 남자는 단 한 번도 없었으므로 나는 그 자리에서 선 채로 깊은 생각에 잠겼다. 그는 익숙한 일상의 궤도에 나를 들였을 뿐, 나에게 무례하게 구는 것은 아니다. 선택과 마찬가지로 번복도 내 몫이다. 별희한한 경우를 다 보겠다는 듯이 배시시 웃으며 지령을 거절하면 괜히 불필요한 화를 불러올 게 뻔했다. 하지만 끝끝내 커피 한 잔을 배달하는 계집이 되고 싶지는 않았다. 나는 지갑을 깜빡했다는 이유로 커피 대령을 한사코 거절했다. 그러자 그는 아버지처럼 자상한 어조로 나를 타일렀다.

"그럼, 진작 말을 했어야지. 자, 여기…."

그는 신용카드를 내 손에 꼭 쥐여 주며 기필코 커피 심부름을 시켰다. 나는 많은 생각에 시달리느라 영화에 집중할 수 없었다. 하지만 그는 주인공이 총에 맞아 쓰러지고도 어렵사리 몸을 일으키는 순간마다 무릎을 치며 열광했다. 무언가 잘못되고 있었다. 여기서 멈추어야 한다는 생각이 솟구쳤다. 그가 화장실에 간 사이 달아날 생각도 했었다. 하지만 이상하게도 주제넘은 책임감이 옹달샘처럼 끊임없이 샘솟았다. 나마저 그를 외면해버리면 영영 혼자 밥을 먹으며 위태롭게 늙어버릴 것만 같았다.

어떻게 영화를 봤는지 모르겠다. 극장을 빠져나온 윤수는 허름한 기사 식당으로 나를 안내했다. 야구 모자를 푹 눌러쓴 채 메뉴를 살피는 그가 불현듯 낯설고 아득했다. 용도도 불분명한 물건을 덜컥 사들인 기분이다. 내 마음을 어떻게 되돌릴 엄두도 나지 않았다. 밑반찬과 물병 그리고 물잔이 서둘러 따라 나왔다. 내가 나서서 물잔을 채우고 수저를 놔주길 기다리는 눈치다. 아, 그런데 통 모르겠다. 마주 앉아 식사한다는 것이 이렇게 많은 상념을 불러오는 일이란 걸 비로소 깨닫는다. 행선지를 알 수 없는 사람과 얼떨결에 한 끼 식사를 나누는 것처럼 이 자리가 낯설다. 허름한 기사 식당이 아닌 정갈한 한정식 집에라도 데려가 주었다면 좀 달랐을까? 1년여를 알고 지내면서 처음 갖는 식사 자리 치곤 성의가 없다. 어쩐지 윤수는 나를 각별히 여길 마음이 조금도 없는 것 같다. 나는 입맛이 없다고 했다. 그러자 윤수는 제 몫의 갈비탕과 파전을 시켜놓고 혼자 먹기 시작했다. 한술 떠보라고 권하지도 않는다. 순전히 밥을 먹는 것만이 목적이라는 듯 고개를 푹 숙이고 머슴처럼 수저질만 한다. 뚝배기에 파묻었던 얼굴을 들어 올리며 "와!"라는 의성어를 뱉었던 건 국물이 시원해서였다. 나는 윤수의 물 빠진 티셔츠를 다시 한 번 찬찬히 들여다봤다. 두 달 간격으로 직원이 들고 나는 사업의 실태, 월세며 운영비를 감당할 수 없는 매출도 그의 티셔츠를 바꿔 줄 여유를 주지 못했을 것이다. 커피를 사 오라고 호통을 칠 때의 무례함을 생각하면 어쩐지 불쌍한 인간이란 생각이었다. 아, 그는 누구일까? 불현듯 두려움이 밀려들었다. 저녁을 먹고 윤수는 새로 생긴 와인바에서 술을 마시지 않는 나와 나란히 앉았다. 내가 느끼한 치즈로 허기를 달래는 사이 윤수는 혼자 와인 두 병을 모두 비웠다. 그의 차 안에서 대리 기사가 오기를 기다리는 동안, 누구도 먼저 입을 열지 않았다. 가끔 모르는 번호로 전화가 걸려왔다. 대리 기사가 정확한 위치를 찾지 못하고 헤매자, 윤수가 에이 씨…. 하고 짜증을 냈다.

"또 보자!"

대리 기사가 운전하는 차를 타고 숙소 앞에 도착했을 때 윤수가 지껄였다. 장성한 초등학교 동창들 끼리나 주고받을 진정성 없는 작별 인사였다. 옛날 같았으면 변함없이 서로에게 남아 주자는 말로 착각했을 것이다.

"넌 내가 그렇게 우습니?"

그동안 차마 꺼내지 못했던 질문을 던지는데 불현듯 배가 고팠다.

"갑자기 무슨 말이야?"

버릇없는 직원을 나무라는 상사처럼 그가 말했다.

"하나만 물어보자!"

"왜 나랑은 밥을 안 먹는 거야?"

"풋! 오늘 먹은 건 밥이 아니고 뭐야?"

"너 혼자 먹었잖아! 넌 왜 내 눈을 똑바로 못 봐?"

"뭘 자꾸 피곤하게 물어대? 보기 싫으니까 안 봤겠지."

변명이나 해명을 기대했는데 그는 끝까지 내 자존심을 사정없이 짓밟았다. 허름한 기사 식당에서도 나는 동반자로 인정받지 못했다.

다시 사막으로 돌아왔다. 느닷없이 당한 실연의 상처를 떨쳐내기 위해서 닥치는 대로 몸을 움직여야 했다. 운동실로 내려가 한 시간이 넘도록 뛰고 또 뛰었다. 자전거 페달을 밟으며 흠뻑 젖은 목덜미의 땀을 수건으로 훔쳤다. 운동을 마치니 배가 고팠다. 집으로 돌아온 나는 쌀을 씻어 전기밥솥에 안쳤다. 냉장고를 열어 계란 두 알을 꺼낸다. 계란을 풀어 저민 양파와 당근을 넣고 프라이팬에 부었다. 계란말이가 완성되는 동안 김치에 참기름을 둘러 밥을 볶았다. 혼자 먹기엔 양이 지나치게 많다. 자연스럽게 히얍이 떠올랐다. 한국 음식이 맛있다며 서툰 발음으로 '돌솥비빔밥'이나 '김치 프라이드 라이스'를 만들어 달라고 조르곤 했다. 상처만 아물면 얼마든지 만들어 주겠노라고 몇 번이나 새끼손가락을 걸었었다.

- 히얍, 지난번엔 내가 지나쳤어. 미안해. 진심으로 사과할게. 네가 좋아하는 김치볶음밥을 해줄게. 부디 내게로 와서 함께 식사해 줘.

윤수에게 당한 모욕을 섣불리 털어놓을 용기는 물론 없었다. 하지만 이럴 때 히얍이 내 곁에 있다면 마음을 추스르는 데 큰 힘이 될 것 같았다. 나는 절실하고도 다급한 마음으로 히얍에게 기별을 넣었다.

- 정말 고마워. 하지만 이제 곧 기도 시간이야.

십여 분 후에야 답신이 날아들었지만 쉽게 나를 받아들이지는 않는 눈치였다.

- 그럼, 기도가 끝날 때까지 기다릴게.

나는 다시 한번 통사정을 해 보았다.

- 정 그렇다면, 기도를 마치고 잠깐 얼굴이라도 보지 뭐.

끝까지 밥은 먹지 않겠다는 말로 들렸지만 찾아주기만 하면 어떻게든 설득해서 수저를 들게 할 참이었다. 매정하게 돌아서긴 했어도 나를 진심으로 아끼는 착한 친구였다.

기도를 마친 히얍은 검은 히잡과 아바야로 온몸을 가리

고 나를 찾아왔다. 속이 더부룩해서 우유 한 잔으로 겨우 저녁을 때웠다며 극구 식사를 사양했다. 결국 나는 히얍이 지켜보는 앞에서 홀로 수저를 들었다.

"여사님! 더 필요하신 음료는 없으신가요?"

히얍은 승객의 식사를 살피는 승무원처럼 내게 물으며 장난스럽게 웃었다. 뒤끝이 없는 착한 아이였다.

"탄산수에 얼음과 레몬을 가득 섞어주세요."

히얍은 까다로운 승객을 만나서 난감하다는 표정을 짓더니 금세 주방으로 달려와 얼음과 레몬을 꺼내왔다. 상처는 잘 아물었는지도 잊지 않고 물었다. 나는 한국에서 가져온 화장품 샘플과 마스크 팩을 히얍에게 선물했다. 히얍이 좋아하는 김치볶음밥은 도시락통에 담아 따로 챙겨주었다. 히얍은 자신에게 늘 마음을 써줘서 고맙다며 미소지었다. 외로웠던 내 가슴 안으로 온기가 실렸다.

라마단이 끝나려면 사흘이나 더 남았다. 무슬림 승객들은 낮 동안 단식하며 메카의 방향을 향해 기도를 올렸다. 자리에 앉아 두 손바닥을 하늘을 향해 열어놓은 채 기도문을 읊었다. 기도가 끝나면 해가 지는 시각을 확인하며 식사를 주문했다. 무슬림들이 일제히 단식을 종료하면 기내 주방도 일제히 분주해진다. 오븐이 가동되고, 쟁반 가득 샐러드와 빵, 음료가 가득 채워진다.

"손님, 방금 해가 졌습니다. 이제 식사를 준비해도 되겠습니까?"

기도를 마친 승객은 전방의 스크린을 주시하면서 웃음을 짓고 있다. 영화에 집중하느라 쟁반 가득 음식을 들고 서 있는 내가 안중에 없는 모양이다. 뒤늦게 인기척을 느낀 승객이 헤드셋을 벗었다. 그는 접혀있던 테이블을 펼치고 내가 식탁보를 깔고 테이블 조명에 불을 밝힐 때까지 잠자코 기다렸다. 창밖 지평선 너머로 넘실대는 오렌지빛 노을이 종일 단식 의무를 지킨 그를 환영했다. 상이 차려지자 그는 황제처럼 느긋한 자세로 고고한 식사를 시작했다. 오른손으로 나이프를 쥐고 스테이크를 자른 다음 왼손으로 포크를 눌렀다. 한 점씩 고기를 입으로 옮기고 여유롭게 씹어 삼키는 그의 눈빛엔 계획과 규율이 담겨 있었다. 앞으로 순차적으로 진행시킬 일들과 그에 소요될 에너지의 분배를 어떻게 할 것인가? 다 생각이 있다는 얼굴이었다. 함께 마주 앉아 밥을 먹어 줄 사람 따윈 개의치 않는 눈치다. 그의 서명 하나에 수천 명 직원들의 인생이 달려 있었다. 대부분의 직원들은 각자 한 가정을 책임지는 가장들이었다. 그에게 따르는 막중한 책임감을 잊지 않겠다는 듯 그는 초점을 잃지 않고 머릿속 계획을 따라 분주히 입과 손을 움직여 식사를 마쳤다. 선한 계획을 관장하는 자는 고독을 즐길 줄도 알아야 한다는 듯 완벽한 식사였다. 목적지를 향해 같은 시간을 달려가는 일등석 승객들은 혼자 밥 먹는 것을 두려워하지 않는다. 밥을 먹고 영화를 보고 잠을 자는 시간 내내 그들이 궤도 안에서 순항 중이란 사실을 모르지 않는 것이다. 눈에 보이는 것만이 다가 아니었다. 보이지 않는 세상을 예측하는 법을 배워야 한다. 그 경계를 초월하지 않으면 나는 언제까지고 선 채로 요기를 하거나, 혼자 밥 먹는 시간을 억울해할 것이다. 식사를 마친 승객이 잠든 모습을 확인한 나는 주방으로 돌아왔다. 쟁반 가득 샐러드와 스테이크를 올려놓고 오랜만에 자리를 잡고 앉았다. 포크와 나이프를 쥐고 스테이크를 천천히 썰었다. 입안에 고기를 넣자 달고 기름진 육즙이 지친 혀를 따뜻하게 감쌌다. 겨울날 아랫목에 묻어둔 밥공기처럼 혀가 뜨끈하게 달아올랐다. 어금니 사이로 고기가 씹히며 혀가 움직였다. 잘게 으깨진 고기가 식도를 타고 위장으로 쿵 떨어졌다. 차가웠던 위장에도 온기가 흐르기 시작했다. 아! 혈액이 리듬에 맞춰 온몸 곳곳을 순환하기 시작한다. 하늘 위에서 혼자 밥을 먹는 이 시간이 내게만 허락된 특권인 것만 같다. 살아갈 힘이 차곡차곡 차오른다. 목적지를 향해 고독하게 질주하는 비행기 날개 사이로 별들이 도란도란 속삭였다.

독자를 위하여

곤고한 삶의 민낯을 넘어서
지병림의 소설

김종회(문학평론가/전 경희대학교 국문학과 교수)

1. 우리 소설의 새 지경과 형식 실험

소설은 어떤 방식으로든 삶의 현장을 반영한다. 그 삶이 역사적 흐름에 입각한 큰 부피를 가질 수도 있고, 한 개인의 일상을 닮은 정밀한 것일 수도 있다. 존 밀턴이"험악한 시대를 깨어 있는 정신으로 살았다"고 한 것은 전자의 경우다. 소설가가 아니라 시인이긴 하지만, 윌리엄 블레이크가 "한 줌의 모래에서 세계를 보고 들에 핀 꽃에서 우주를 본다"고 한 것은 후자에 가까운 예술론이다. 삶의 현장은 궁극적으로 개인의 체험을 반영하는 것이며, 소설에 있어서는 그것이 암시적이거나 선언적이기 보다 구체적 세부를 통해 풀어서 말하는 형식이어야 한다. 그러기에 비록 작가가 스토리텔러를 전면에 내세우고 자신은 마스크 뒤에 숨어 있다 할지라도 그 스토리와의 친연성을 내버리기 어렵다.

지병림의 소설 작품들을 원고 묶음으로 읽으면서, 필자는 내내 가슴이 얼얼했다. 소설 속의 캐릭터들이 겪으며 감당해야 하는 서사적 현실에 대한 생각도 그러했지만, 어떤 모양으로든 이 체험의 변주곡들이 작가의 내면과 연계되어 있다고 할 때 그 사실성과 절박성을 함부로 면대할 수 없었기 때문이다. 특히 이 작가는 아랍계 외국 항공사의 고위급 승무원으로 일해 온 개인사를 갖고 있고 지금도 그 직분을 수행하고 있으며 거기서 목도한 일들을 소설의 소재로 활용했다. 그러기에 그의 비행 관련 소설적 이야기들은 생생한 현장성을 담보하고 있으며, 이는 그와 같은 경험의 과정을 걸어오지 않은 소설가로서는 도저히 서술하거나 묘사할 수 없는 대목들을 포괄한다. 현직 항공사 승무원인, 좋은 소설가가 국내외를 막론하고 흔할 리 없는 터이다.

그의 소설에 등장하는 아버지는 대체로 무책임하고 폭력적이며 그 존재 자체가 화자나 다른 가족, 특히 어머니에게 폭군과 같은 지위로 행세한다. 당연한 결과로 어머니는 가족을 떠나고 힘들게 성장하여 사회적 인식을 형성한 화자는 이 구조적 질곡 속에서 스스로의 삶을 꾸려가야 한다. 가족을 떠난 어머니는 제2의 삶에 성공하고 있으며, 화자가 꿈꾸던 것처럼 옛날로 돌아올 수 없는 상황에 이르러 있다. 화자에게 남은 것은 자기 스스로의 내부에서 이를 견디고 이길 수 있는 힘을 발양하는 일이다. 마치 사막을 건너는 다리로서의 낙타가 극한 상황에서 등의 굳기름을 물로 바꾸는 변신처럼 말이다.

주로 여성 화자인 '나'의 삶을 일정 부분 공유하는 '남자'는 대체로 시원치 못하고 어딘가 부족하거나 정신적으로 소통할 수 있는 품성의 함량을 갖추지 못한 인물로 드러난다. 아니면 사태 해결에 별반 도움이 되지 않는 허위의식으로 가득 차 있다. 이른 바 '선자불래 내자불선(善者不來 來者不善)'의 옛 경구처럼 선한 마음이나 손길을 기대하기 어려운 형국에 당착해 있는 것이다. 그런 만큼 지병림의 서사적 경계는 비극적 세계관으로 일관하고 있고, 그것을 예시하거나 확증하는 여러 가지 구도를 매설하고 있다. 왜 이렇게까지 한 방향으로 몰아가야 하는지, 그 질곡을 벗어날 수 있는 유암(柳暗)하고 화명(花明)한 나날은 도저히 없는 것인지가 소설을 읽어나가는 필자의 안타까움이었다.

소설가 키플링이 바다의 어두움을 묘사하기 위하여 스쿠버 잠수로 바다 밑으로 내려간 사례가 없는 것이 아니며, 악의 묘사는 그 극복을 위해 있다는 소설론이 없는 것이 아니다. 하지만 이처럼 암울한 안타까움만으로 지속된다면 결코 새로운 힘을 가진 소설이라 할 수 없었을 것이다. 마치 이 질문에 답변이라도 하듯 지병림은 그 막막하고 답답한 소설적 이야기의 결미에 이르면서, 그 상황을 벗어날 화자의 주체적 인식과 희망의 메시지를 발견할 수 있게 한다. 겨울의 혹한이 거셀수록 봄의 향훈이 더 감미로울 수 있다. 이러한 소설적 사태의 전개, 근자의 한국 소설에서는 찾아보기 어려운 반전과 극복의 서사를 당면할 수 있기에, 그의 소설이 새로운 지경을 열고 그것을 가능하게 하는 형식 실험을 수행하고 있다고 언표(言表)할 수 있는 터이다.

2. 부정적 세계인식의 구조적 질곡

지병림의 이 소설집에 실린 10편의 단편 가운데 작가의 특정한 직업적 체험을 반영하여 화자가 항공사 승무원으로 등장하는 작품은 세 편, 그리고 승무원 지망생들의 문제적 실상을 다룬 작품이 한 편이다. 표제작 「응급약」의 화자는 직업 군인이었다가 퇴직한 후 가정폭력의 대명사처럼 변한 아버지, 그 아버지와 딸을 버리고 뉴질랜드로 도피하여 지금은 유복한 생활을 누리고 있는 어머니, 그리고 그다지 볼품없고 어쩌면 아버지의 판박이 같은 남자와의 관계망을 가진 소설이다. 지병림 소설의 서사 원형을 보여주는 이 작품에서, 화자인 윤이가 승무원이 된 것은 그 어머니를 찾으려는 의욕이 바탕에 있다. 그러나 다시 찾은 어머니는 이미 화자가 바라던 어머니가 아니다.

"때론 아무 일도 일어나지 않는 삶이 덜 고통스러운 법이란다. 넌 고통이 뭔지 모르지? 죽지 못해 달아나고 싶게 만드는 고통을 너는 아직 모르지…. 얘야, 인생을 바꾸려고 너무 애쓰지 말아라…. 나는 그럭저럭 괜찮단다. 그러니까 너도 보란 듯이 잘 살렴…. 알았지?"

-「응급약」 중에서-

다시 만난 어머니의 말이다. 화자는 세상에 인력으로 어찌할 바가 없는 '운명'이라는 것이 있다는 생각을 한다. 비록 여리고 불분명하긴 하지만 이와 같은 각성의 뒤끝에서 화자는, 쏟아지는 별 사이에 가로등처럼 우뚝 선 달을 바라보며 반드시 당도해야 할 최종 목적지가 있다는 다짐을 하고 있다. 이러한 소설적 자아정립의 표현은 글쓰기가 곧 자기 구원의 길임을 반영하는 레토릭이다. 이와 같은 창작 방식은 유사한 패턴을 가진 작품 「겨울 재킷」이나 「기내식」에도 그대로 적용된다. 「겨울 재킷」의 중심인물 '냥'은 승무원 숙소에서 동료'미란'과의 여러 일상을 공유하고, 탐탁찮은 남자'준'이 있으며, 겨울 재킷이 필요하다고 성화인 새로 온 경비직원을 응대해야 한다. 냥은 여러 생각의 부유(浮遊)와 갈등의 단계를 지나 소설의 말미에서 결국 경비의 아내에게 줄 선물로 재킷을 접어 상자에 담는다.

「기내식」의 승무원 숙이는 기내에서 프리미엄 승객들의 식사 시중을 함께 하는 동료 히얌 그리고 예의 그 신통찮은 '남자' 윤수 등을 동반하고 있다. 비교우위에 있는 다른 사람의 식사를 돕는 것이 본분인 만큼 화자 자신의 식사는 열악하기 그지없다. 윤수를 만나고 온 것은 전혀 위안이 되지 않는다. 화자가 새 힘을 섭생하는 것은 마침내 현실의 자리로 돌아와 자신의 음식으로 몸 안의 신진대사를 돌볼 때이다. 좀 급격한 이야기의 행보(行步)이기는 하나 '나'는 새로운 삶의 결의를 충전한다. 「겨울 나비」는 승무원 지망생들이 겪는 힘겨운 구직의 형편, 그 와중에서 고등 사기 수법으로 이들을 절망케 하는 일당, 이를 고스란히 바라보며 당하는 화자 '정연'의 이야기이다. 이 소설은 이러한 사회악의 진행을 이야기의 흐름에 따라 보여주는데 그치지 않고, 소설을 쓰려는 화자의 심리적 욕망을 교묘하게 악용하는 전혜영이란 인물을 그려 보인다. 대학 강사이며 외국어에 능통하여 승무원 임용 심사위원으로 나오는 이 '악녀'의 행위 반경을 매우 생생하고 실감 있게 형상화한다. 그 형상의 디테일이 강한 공감을 불러오는 만큼 이 소설의 설득력이 살아난다. 이처럼 지병림의 소설, 특히 비행과 승무원을 소재로 한 소설들은 숱한 '잉여인간'가운데서 화자가 자기 정체성을 찾아가는 소설 문법을 드러낸다. 여기 이 소설에서도 화자는,'모든 질문의 해답을 찾는 것 순전히 내 몫이란 사실'을 확인한다. 항공기 승무원과 비행, 그리고 그 일에 결부된 개인사 및 가족사의 동통(疼痛)을 그리는 지병림의 작품들은 이러한 새로운 소설 유형으로 한국 문학에 하나의 새로운 지평을 열고 있다.

3. 약자 또는 소수자의 눈과 입지점

이 소설집에 실린 나머지 다섯 편의 작품은 모두 약자나 소수자의 눈으로 본 세상살이의 어려움을 말한다. 이 작품들의 화자가 가진 직장이나 신분은 보잘 것이 없다. 형편이 어려운 학원교사, 유치한(?) 신문사의 신입 직원, 비정상적인 산부인과의 간호조무사, 그다지 평판 없는 학교의 학생 등이 그 표찰들이다. 다만 「영원한 낙원」이란 작품의

'나'는 변호사의 지위를 가지고 있지만 그의 가정과 주변 환경 그리고 주변 인물들은 모두 앞서의 소설들과 별반 다르지 않은 열악한 외형에 있다. 왜 이 작가가 자신이 살아가는 세상, 그 삶의 현장을 이렇게 부정적이고 비극적으로 관찰하고 있는가를 먼저 해명하는 것이 필요하다. 그런데 이 의문에는 기실 정답이 없다. 우리가 접근할 수 있는 방도가 있다면, 그의 비극적 세계관을 통해서 그 인식의 내면풍경을 유추할 수 있을 뿐이다.

「영원한 낙원」의 화자'나'는 역시 불우한 결손가정 출신이다. 외간 여자들과 밖으로 도느라 늘 바빴던 아버지, 삯바느질로 번 돈으로 과자 값을 쥐어주던 할머니, 어린 아들을 버리고 팔자를 바꾼 어머니, 네 번이나 결혼을 한 아버지 곁의 계모들이 화자인 '민성'의 세계를 에워싸고 있는 인물 구성원들이다.'나'가 기를 쓰고 이러한 '개천'을 넘어 신분상승을 이룩한 것은 소설에서나 현실에서나 전례가 드문 일이지만,'나'는 그 세속적 성공담에 전혀 자긍심을 보이지 않는다. 한 번 부서진 세계가 얼마나 회복하기 어려운가, 단순히 그 외관의 붕괴가 아니라 내면이 모두 무너져 내린 다음 그 복구가 얼마나 어려운가는'나'가 어머니를 재회하는 장면에서 오히려 선명하게 부각된다.

'수화기 너머로 남의 자식들이 엄마의 팔다리로 감겨들며 재롱을 떠는 단란한 가정의 모습이 그려졌을 때 내가 극복해야 했던 깊은 슬픔을 억누를 수 있었던 건 이런 날이 한 번쯤은 반드시 있으리란 오기 때문이었다. 변호사가 되어 엄마를 만났지만 조금도 행복하지 않았다. 고생한 흔적이라곤 눈을 씻고 찾아봐도 없었다. 양귓볼과 목덜미에서 진주알이 대롱거렸다. 직업 화가라는 엄마의 손은 간신히 붓만 잡을 수 있을 만큼 작고 뽀얗게 여물어 있었다. 엄마의 예쁜 손을 보고 있자니 은연중에 성질이 났다. 내가 중국집 배달부가 되어 나타났다면 저 하얀 손으로 비질비질 땟국으로 얼룩진 내 손을 잡아 주었을까…. 다문 어금니 사이로 힘이 들어갔다.'

-「영원한 낙원」 중에서-

이와 같은 예문을 통해 알아차릴 수 있는 것은, 지병림 소설의 비극적 세계관이 신분의 고하보다는 그 지경에 이른 인물들의 어긋난 삶의 행태(行態)에서 말미암는다는 것이다. 이와 마찬가지로 비록 다른 작품들의 중심인물이 하찮고 보잘 것 없는 신분을 가지고 있다 할지라도, 그를 절망과 패퇴의 자리로 몰고 가는 요인은 그 환경 조건이 초래한 내면의 낙담과 와해에서 기인한다 할 것이다. 「순정」의 은영은 생활이 곤궁한 학원교사인데, 마음 속에 품고 있는 '준형'과 학원의 교무부장 사이에서 자신의 존엄성을 지켜내지 못한다. 이 인간관계 사이에는 서로의 결핍을 메울 수 있는 진정성을 발견할 수 없다. 하지만 작가는 이 난관을 넘어서는 소설의 힘을 포기하지 않는다. 은영은 삶이 잉태한 모든 결핍 또한 제 몫의 삶이라 여기며 준형의 얼굴을 뜨겁게 끌어안는다.

「인어의 꿈」에서 허술한 신문사 신입 기자인 양정희는 그 부당하고 치졸한 직장생활을 견디지 못하고 사표를 쓰고 만다. 거기에 반전이 있다면 그가 핸드백 속에 가위를 챙기며 결기를 다지는 마지막 장면이다. 「공범」의 화자이자 간호조무사인 '나'는 '행복한 산부인과' 원장의 낙태수술을 돕고 조각난 태아의 몸을 맞추는 일을 한다. 종교적 또는 인륜적 차원에서 보면 이 일은 범죄이고 '나'는 공범인 셈이다. 등장인물이 사건을 일으키고, 그 대상자에게 '특단'의 반격을 준비하는'나'의 반응양식 또한 지병림 소설의 관습적인 면모에 부합한다. 어쩌면 이러한 이야기의 양상이야말로 그의 소설이 소설다운 가치를 발양하는 기반인지도 모른다.

「원 써머 나이트」는 불안정한 아버지와 어머니의 관계, 여전히 시원찮은 남자친구 '기훈'등 지병림 소설의 전매특허가 그대로 살아 있는 작품이다. 명문대학 학생이라고 말한 기훈은 그 대학의 지방 캠퍼스 소속이고, 나는 그나마 들어간 4년제 대학을 포기하고 재수를 하고 있다. 기훈과의 관계를 통해'나'는 필요 없는 것을 내던지고서야 필요한 것을 갖추어 나갈 수 있다는 사실을 깨닫는다. 이렇게 지병림의 소설들은 곤고하고 척박한 삶의 민낯을 넘어서 새로운 길을 찾아가는 의욕과 결의를 다지는 형국으로 전개된다. 단단한 소설적 형틀, 생동하는 인물들의 충돌, 극한의 상황을 헤치고 나가는 의지의 형용, 반복적인 이야기 구조를 통한 자기세계의 적층 등이 그의 소설을 호명하는 언어들이다. 이러한 성과의 연장선상에서 더 큰 울림으로 다가올 이 작가의 다음 소설을 기다려 보기로 한다.

작가의 말

이번 소설집은 생애 첫 창작집이다. 『예술세계』를 통해 정식으로 등단했던 2003년부터 각종 문예지에 발표했던 작품들을 한데 묶어 출간하리란 오랜 꿈이 이제야 실현된 것이다. 그동안 몇 차례에 걸쳐 소설집 출간을 시도했지만 이런저런 사정으로 작업이 끝까지 진행되지 못했다. 그럴 때 마다 소설이 머나먼 강처럼 아득하게 느껴졌다. 열사의 땅에 적을 두고 항공 승무원으로 생업에 종사하면서 소설쓰기에 온전히 열중하지 못했던 것도 사실이었다. 문예지에 작품을 발표한 지도 오래되었고, 문단의 지인들과도 교류가 쉽지 않았다. 무엇보다 내 작품이 과연 소설이 될 수 있는 가에 대한 의구심이 가중되었다. 가질 수 없는 것을 향한 그리움과 열망은 두려움을 몰고와 자신감을 앗아갔다. 그 무렵, 지푸라기라도 잡는 심정으로 2019년「재외동포문학상」에 작품을 응모했는데, 천만다행으로 순위 안에 들었다. 문예지에 작품을 발표할 기회도 좀처럼 잡을 수 없었던 내게 입상은 커다란 전환점이 되어주었다. 그리하여 나는 누가 뭐라든 용기를 잃지 않기로 다짐할 수 있었다.

이번 소설집에 실린 열 편의 작품들 가운데 세 편은 수상 작품들이다.「인어의 꿈」은『예술세계』신인상 공모전에서 당선된 작품이고,「겨울 재킷」은 해외에 거주하면서 국내 문예지에 발표해 문제작으로 선정된 작품이다. 그리고 2019년에 발표된「응급약」은 필자가 소설 쓰기의 의지를 거의 잃어갈 무렵,『재외동포문학상』에 응모하여 등수 안에 들었던 소중한 작품이다. 세 작품은 필자의 소설이 과연 소설이 될 수 있는가? 이를 자문할 때 마다 초심과 용기를 상기시키는 머릿돌 같은 작품들이다. 그리고 나머지 일곱 작품들은 물음과 혼돈 그리고 꿈으로 가득했던 나의 20대 내내 문예지에 발표했던 작품들과 승무원으로 일하면서 집필한 작품들이다. 원대한 꿈을 향해 달렸지만 늘 빈손이나 다름없었던 나의 20대, 강자가 늘어놓는 불합리한 이론에 휘말리지 않고 맑은 정신으로 내 길을 가리란 눈물겨운 패기가 고스란히 담겨있다. 작품에 활용된 인간 군상들은 재외국민이자 여성으로 살면서 지켜온 내 본연의 가치를 형상화한 것이다. 표제작인 「사막으로 떠난 인어」는 결혼을 통해 여성의 행복을 추구할 수 있었던 매개체였던 '남자'를 버리고 과감하게 삭막한 세상으로 나온 인어(人魚)의 염원을 담았다. 거품이 되어 사라진 인어처럼, 갑과 을의 관계에서 소멸함으로써 새로운 세상을 만날 수도 있음을 말하고자 했다. 행복한 인생을 운항하는 방식을 사회적 제도로 규격화 할 수는 없으니 말이다. 나는 우리가 각자의 방식으로도 충분히 행복하고 평등하게 살기를 바란다.

우리의 2000년대는 활발한 해외 진출과 물질적 풍요가 범람하면서도 사회 전반적으로 깊은 병폐가 난무하던 시기였다. 텔레비전만 켜면 유명인들의 호사스런 집안 내부를 과시하는 프로그램이 경쟁하듯 전파를 탔고, 학벌주의와 외모 지상주의에 찌든 군상들의 가짜 학력이나 민낯이 탄로 나는 일도 허다했다. 검소하면 억척을 떤다는 핀잔과 야유를 듣고, 너나 할 것 없이 외제차나 명품 백으로 자신을 치장하려 들었다. 부동산으로 한몫 단단히 잡아 평생 불로소득을 꿈꾸는 일이 초등학생들 사이에서 유행처럼 돌던 묘한 세상! '성괴', '헬조선'이라는 신조어를 쓰며 '개천의 용' 조차 꿈꿀 수 없게 된 우리 사회를 답답한 가슴으로 바라봐야 했다. 필자의 작품에 등장하는 주인공들은 딱히 저지른 잘못도 없이 사회적 병폐가 구분지은 위치에 도달하지 못했다는 이유로 늘 갑질의 희생양이 된다. '무절제의 눈으로 볼 때 절제가 추하게 보인다.'고 니체는 말했다. 갑과 을의 경계가 허무러진 평등한 세상에서 물질과 정신이 모두 검소한 삶을 실현하고자 하는 필자의 마음이 독자들에게 온전히 전달되기를 바란다.

소설집을 꾸리는 동안 많은 사람들을 통과했다. 어떤 이는 못처럼 내 가슴을 뚫고 등으로 빠져나왔으며, 어떤 이는 얼음처럼 나를 후려치고 달아났다. 물론 겨울 침낭처럼 따뜻하게 안아 주는 이도 있었다. 원고를 끝내고 모두가 필연이었음을 인정했다. 그렇지 않았다면 소설에까지 죄다 불러낼 이유는 없었을 것이다. 소설을 쓸 때 마다 나는 고작 '인간'이라는 미물에 불과하다는 사실을 겸허하게 받아들인다. 소설이 아니었더라면 나는 꽤 오만한 인간이 되었을 것이다.

아름다운 삶의 통로가 되어 주신 사랑하는 부모님과 나의 조국, 대한민국! 내 청춘이 고스란히 깃든 카타르, 이슬람 사원의 기도 소리, 매일같이 넘나들던 무수한 기종의 항공기, 그리고 나와 마주쳤던 수많은 인종의 승객들, 동료들…. 자료 조사에 많은 힘을 주신 의료 관계자 여러분이 아니었다면 작품집을 완성할 수 없었다. 코로나로 투병하는 가족을 돌보는 와중에도 미숙한 원고를 끝까지 읽고 용기를 주신 숙명여대 한국어문학부의 권성우 교수님, 부족한 작품의 평론을 기꺼이 맡아주신 경희대학교 국문학과의 김종회 전 교수님께도 지면을 빌어 심심한 감사의 마음을 전한다. 고독했던 집필의 시간 내내 함께해 준 모든 존재들에게 감사드린다. 마음먹었던 취지가 작품에 녹아들지 못한 아쉬움이 있다면 부단한 노력으로 극복하리라 약조해 본다.

허공에 떠버린 언약과 앞으로 다가올 인연을 위하여! 술이 금지된 이슬람 땅에서 남몰래 축배를 든다. 인샬라! 앞으로 모든 일은 신의 뜻대로 해결될 것이다. 부디 필자의 소설을 읽는 재미로 삶의 활력을 얻길 바란다.

이천이십이년

카타르에서

지병림

수록작품 발표지면

순 정	2006년 4월 「월간문학」
응급약	2019년 「재외동포 문학상」 가작 수상작
겨울 나비	2006년 10월 「한국소설」
인어의 꿈	2003년 9월 「예술세계」 신인상 수상작
원 써머 나이트	2005년 4월「한국소설」
겨울 재킷	2011년 「문예운동」 여름호, 2012년 「한국문제소설선집」우수상 수상작
영원한 낙원	2004년 12월 “희망은 아름답다” 04. 예작동인지
공 범	2004년 5월「제3의문학」